ULISSES
SPIELE

Obwohl der Autor seit seiner Geburt 1978 in Leverkusen lebt, hat er es erfolgreich vermieden, mit Chemie oder Fußball zu tun zu haben. Stattdessen studiert er Informatik an der Universität Bonn und arbeitet als freiberuflicher Programmierer. Neben einigen Fan-Romanen im *Perry-Rhodan*-Umfeld steuerte er einen Roman zur Science-Fantasy-Reihe *SunQuest* bei. *Salsweiler* ist der erste Beitrag zum *Schwarzen Auge*.

Alex Noffz

Salsweiler

Ein Roman in der Welt von

Das Schwarze Auge©

Originalausgabe

Ulisses Spiele
Band 11071

Titelbild: Arndt Drechsler
Aventurienkarte: Ralph Hlawatsch

Satz und Layout: Ralf Berszuck
Umschlaggestaltung: Ralf Berszuck

Printed in Poland 2011

ISBN 978-3-86889-161-4

Gewidmet den Mitgliedern
meiner langjährigen DSA-Gruppen

Marc Fuhrmans
Paul Hoffmann
Marcel König
Manuell Rinas
Christine Stiehl
Gert Weinand
Johannes Witt
und ihren Lieblingshelden

sowie mit Dank an meine Testleser

Jochen Hesemann
Tobias Rothmund

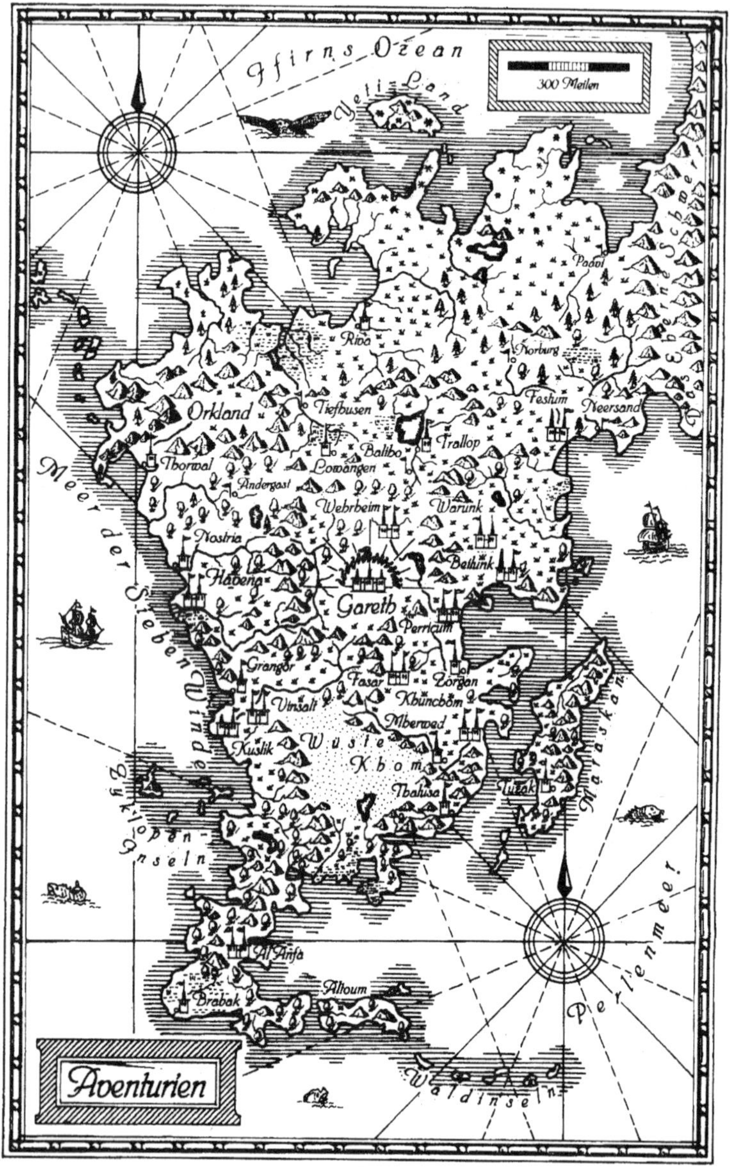

Ifirns Ozean
Yeti-Land
300 Meilen
Riva
Paavi
Norburg
Festum
Neersand
Orkland
Tiefhusen
Trallop
Baliho
Thorwal
Lowangen
Andergast
Wehrheim
Warunk
Nostria
Havena
Bethank
Gareth
Perricum
Grangor
Fasar
Zorgan
Vinsalt
Khunchom
Mherwed
Kuslik
Wüste Khom
Thalusa
Tuzak
Meer der Sieben Winde
Zyklopen-Inseln
Maraskan
Al'Anfa
Altoum
Brabak
Perlenmeer
Waldinseln
Aventurien

Prolog

Mit lautem Krachen flog die Haustür auf und brach fast aus den Angeln. Hesinja stieß vor Schreck einen schrillen Schrei aus.

»Er ist weg!«, donnerte eine tiefe Stimme durch die Öffnung.

Die Sechsjährige flüchtete unter den Küchentisch und kroch dann unter die Bank. Dort angekommen, fühlte sie sich sicher und riskierte einen Blick. Im Eingang der Bauernkate stand eine gedrungene, bullige Gestalt. Das runde Gesicht, das von einer breiten Nase und einem Schnauzbart dominiert wurde, war vor Wut rot angelaufen. Hesinja schauderte. Genauso sah sie Vater auch immer an, wenn sie wieder einmal Dummheiten begangen hatte. Hinzu kamen die Schneeflocken, die die Silhouette umwehten und den unangekündigten Besucher wie einen Dämon erscheinen ließen.

Ihr Blick huschte von der Tür an den Kleiderhaken und der Kochstelle vorbei zur Treppe. Vater war oben in der Guten Stube. Hesinja durfte nur zum Tag der Heimkehr das Zimmer betreten und staunte jedes Mal erneut über die weichen Polster und die Ikone der gütigen Travia, die in einer Zimmerecke über einem kleinen Schrein hing.

»Wenn du einmal groß bist, wirst du hier auch dein tägliches Gebet vorbringen«, sagte Vater immer, nachdem ihr Blick dort angekommen war, und wischte sich danach jedes Mal eine Träne fort. »Deine Mutter hätte es sicherlich so gewollt …«

»PJEROW!«, riss sie ein erneuter Ruf aus ihren Erinnerungen. Die Stimme wurde lauter und fordernder.

Hesinja bekam fürchterliche Angst und presste sich weiter unter die Bank. Früher hatte sie viel besser hier drunter gepasst, nun konnte sie nur noch flach auf dem Bauch liegend hinunterrutschen. Möglicherweise würde sie sich bald gar nicht mehr hier verstecken können. Schon jetzt hatte sie Mühe, mit ihrer Puppe zusammen …

Voller Schreck sah sie, dass sie auf der Flucht ihre Puppe mitten in Zimmer liegen gelassen hatte. Vorsichtig versuchte sie, danach zu greifen, doch hoffnungslos – ihre Karinja war mehrere Schritte entfernt. Es hätten auch Meilen sein können; sie war ganz und gar unerreichbar. Hesinja fühlte sich plötzlich sehr einsam und begann, die Enden ihrer Zöpfe zu kneten, um sich abzulenken. Wo blieb bloß Vater?

Als hätte er diesen Gedanken vernommen, öffnete sich die Tür zur Guten Stube. Mit großen Schritten eilte er die Treppenstufen herab und fiel vor dem großen Mann auf die Knie. Hesinja verzog das Gesicht, als Vater die mit schlammigem Schnee verkrusteten Stiefel küsste.

»Hier bin ich, Herr«, sagte er in einem jammernden Ton, den sie nie zuvor bei ihm vernommen hatte. »Wie immer stets zu Euren Diensten, Euer Hochwohlgeboren.«

Der große Mann verpasste Hesinjas Vater einen Fußtritt genau ins Gesicht, sodass er benommen liegen blieb. Das Mädchen quiekte vor Schreck und presste sich so weit unter die Bank, dass die Schultern schmerzten.

»Er ist verschwunden!«, brüllte der große Mann und trat Vater in den Bauch, sodass dieser aufstöhnte. »Und das alles nur wegen deinem dämlichen Ausflug in den götterverlassenen Überwals vor einer Woche.«

Vater röchelte und wand sich auf dem Boden. Hesinja bemerkte zu ihrem Entsetzen, dass Blut aus seiner Nase lief. Sie steckte sich ein paar Finger in den Mund, um nicht erneut aufzuschreien.

Schließlich gelang es Vater doch, einige Worte auszustoßen: »Ich – ich konnte doch nicht ahnen, dass der Strauch gefährlich war. Der Junge hatte was von einem kleinen Mädchen gefaselt, und ich hatte so ein Gewächs noch nie …«

»Schweig Er!«, donnerte der große Mann und verpasste Vater eine Ohrfeige. Er winkte nach draußen. »An den Pranger mit ihm!«

Einige weitere Erwachsene, die Hesinja bisher nicht gesehen hatte, trampelten in die Kate und zerrten Vater mit sich nach draußen. Nur der große Mann blieb stehen und ließ den Blick durch den Raum gleiten. Hesinja hielt die Luft an. Ob er ihre Schreie gehört hatte? Mit Sicherheit! Hoffentlich fand er sie nicht. Sie wollte nicht ebenfalls von ihm geschlagen werden. Mit Schaudern dachte sie daran, wie ihr Vater sie sonst bestrafte.

Der große Mann setzte sich in Bewegung und blieb vor ihrer Puppe stehen. Als er Karinja aufhob, drohte Hesinjas Herz stehen zu bleiben.

Nein, nicht Karinja!, schrie sie in Gedanken und biss sich abermals auf die Finger, um keinen Mucks von sich zu geben.

Einen endlos langen Moment hatte sie nur die schweren Stiefel in ihrem Blickfeld, die eine große Dreckspur auf den Dielen hinterlassen hatten. Nachher würde sie das alles wieder wegschrubben müssen, da war sie sich sicher. Was dachte sie hier eigentlich? Ihr Vater war verprügelt worden, ihre Puppe schwebte in Lebensgefahr – und sie dachte nur ans Putzen!

Mit einem dumpfen Schlag landete ihre Karinja mit dem hölzernen Kopf auf dem Boden, und die Stiefel entfernten sich. Erst als die Erwachsenen verschwunden waren, wagte Hesinja es, die Finger aus dem Mund zu nehmen und ihren Tränen freien Lauf zu lassen.

* * *

Sie wusste nicht, wie lange sie unter der Küchenbank ausgeharrt und geschluchzt hatte, aber schließlich wagte sich Hesinja doch aus ihrem Versteck. Ihr erstes Ziel war Karinja. Vorsichtig rutschte sie auf Knien heran und hob ihre Puppe behutsam auf. Dass sie dabei ihr Kleid in den Fußspuren verdreckte, störte sie nicht im Geringsten. Vater würde das schon verstehen.

Hesinja zuckte zusammen. *Vater!* Hätte er nicht längst zurück sein müssen? Was hatte der böse große Mann bloß mit ihm gemacht? Der Pranger, richtig!

Einmal, als Vater mit ihr auf dem Dorfplatz unterwegs gewesen war, hatte eine Frau Hände und Kopf durch die drei Löcher der Holzwand geschoben. Hesinja hatte sich darüber amüsiert, doch ihr Vater hatte gesagt, dass die Frau unartig gewesen war und vom Grafen dafür bestraft wurde. Hieß das etwa, dass Vater … Dann musste der große Mann der Graf sein!

Sofort sprang sie auf und stopfte sich ihre Puppe in das Hüftband ihres Kleids. Sie riss ihren Mantel vom Haken und rannte, so schnell sie konnte, zum Dorfplatz.

Tatsächlich stand Vater völlig allein am Pranger, Hände und Kopf wie damals die Frau durch die Löcher gesteckt. Er sah schlimm aus. Seine Nase wirkte seltsam platt, das Gesicht war von Blut bedeckt, seine Beine zitterten und die Lippen waren blau angelaufen.

»Vater! Vater!«, rief Hesinja und lief zu ihm.

Mühsam hob er den Kopf, soweit es das enge Loch zuließ, und blickte in ihre Augen. Sein Blick hatte etwas in sich, das sie sofort zum Weinen brachte.

»Hesinja, es tut mir leid.« Seine Stimme war nur ein Flüstern. »Meine kleine Hesinja …«

Nun begannen auch Tränen aus seinen Augen zu fließen. Sie nahmen das Blut mit sich und hinterließen rote Punkte im Schnee.

Hesinja fing trotz des Mantels, den Vater zu Beginn des Winters für sie genäht hatte, zu zittern an. Heute Nacht war es wirklich eisig kalt!

»Hör mir zu!«, sagte Vater zu ihr. »Halte dich immer an Travias Gebote, hörst du? Packe zu Hause ein paar Kleidungsstücke zusammen, dann gehst du zum Tempel und bittest Mutter Jella, dich aufzunehmen. Danach ...«

»Aber Vater!«, stieß sie zwischen zwei Schluchzern hervor. »Du kommst doch morgen wieder, oder?«

Müde blickte er sie an und schwieg. Lediglich das Klappern seiner Zähne durchbrach die Stille.

Hesinja verstand. »Dir ist zu kalt! Warte, ich hole dir deinen Mantel! U... und das Bild der gütigen Travia. Das wird dich vor dem bösen Mann beschützen!«

Vater schüttelte den Kopf. Weitere Tränen und Blutstropfen hinterließen ihre Spuren im Schnee. Eine Windböe heulte über die Dächer und schien Vater und sie zu verhöhnen.

»Nein, meine Hesinja!«, flüsterte er. »Ich habe unserem Herrn unrecht getan. Wir sind sein Besitz und haben unseren Bronnjaren zu gehorchen. Als er mich bat, seinem Sohn das Spurenlesen beizubringen, hätte ich besser auf ihn Acht geben müssen. Dann wäre das nie passiert. Er ...« Vaters Stimme brach. Er spuckte Blut.

Ein dicker Kloß hatte sich in Hesinjas Hals gebildet. Nur mit Mühe gelang es ihr, die nächsten Worte auszustoßen: »Aber wenn du mich bestraft hast, war doch anschließend auch wieder alles gut. Ich hab's einfach nicht wieder getan. Wird der Sohn des Grafen denn nicht wieder gesund?«

»Komm her, meine Tochter«, sagte Vater statt einer Antwort. »Ich möchte noch einmal durch dein schönes blondes Haar streichen.«

Mit bebender Unterlippe gehorchte sie und beugte ihren Kopf unter die eingezwängte Hand.

Sie genoss die sanfte Berührung, auch wenn Vaters Finger kalt wie Eiszapfen waren.

»Es ist gut«, vernahm sie seine Stimme. Inzwischen war diese so leise geworden, dass Hesinja ihn nur noch mit Mühe verstehen konnte. »Ich werde nun deiner Mutter in Borons Reich folgen und ihr berichten, für welch hübsche Tochter sie ihr Leben gegeben hat.«

Hesinja schluchzte und wischte sich mit der Hand die Nase ab. »Sag so etwas nicht …«

Sie spürte, wie die Finger in ihren Haaren ihr einen Stoß gaben.

»Und nun geh!«, befahl Vater. »Mach, was ich dir gesagt habe, und komm nicht wieder zurück!«

Hesinja wich ein paar Schritte zurück, sodass sie ihm in die Augen sehen konnte, und heulte hemmungslos. »Vater …«

»Geh!«, rief er in einem Tonfall, der keinen Widerspruch zuließ. »Sofort!«

Schweren Herzens wandte sie sich ab und rannte weinend nach Hause. Dort angekommen, schloss sie die Tür und kauerte sich vor dem warmen Herd zusammen.

»An Travias Gebote halten …«, murmelte sie, wischte sich die Tränen aus den Augen und starrte in die Glut. *Travia ist die Göttin des Herdfeuers,* erinnerte sie sich. Aber was war nur die andere Sache, auf die Travia Wert legte?

»Ich weiß es nicht mehr!«, heulte sie und stand wieder auf. Vater würde es ihr sicherlich sagen können. Aber nein, sie sollte ja nicht wiederkommen!

Schluchzend stand sie mitten in der Küche und wusste nicht, was sie tun sollte. Wie magisch blieb ihr Blick an der Tür zur Guten Stube hängen. Sie stand immer noch offen, da Vater sie nicht mehr abschließen konnte. Konnte sie …? Sollte sie …?

Aber nein, Vater hatte es verboten!

Allerdings war da doch die Ikone. Sicherlich würde die Göttin ihr helfen können. Eilig rannte sie die Stufen empor und sank vor dem Schrein auf die Knie.

»Gütige Mutter Travia«, flehte sie, obwohl sie das Bild durch ihre Tränen nur erahnen konnte. »Vater steht draußen in der Kälte am Pranger und hat gesagt, ich soll deine Gebote halten. U... und in deinen Tempel gehen! Aber ich habe vergessen, was deine Gebote sind. Du bist mir doch sicherlich nicht böse, wenn ich ihn noch einmal frage, oder? Ich werde ihm dein Bildnis mitbringen ... und seinen Mantel. Dann wird morgen alles wieder gut.«

»Hab keine Angst, mein Kind«, vernahm sie plötzlich eine Stimme hinter sich.

Hesinja vergaß vor Schreck zu atmen. Hatte die Göttin persönlich zu ihr gesprochen?

Vorsichtig drehte sie sich um und war beinahe enttäuscht, als sie Mutter Jella erkannte. Doch die Enttäuschung dauerte nur einen Augenblick, dann fiel sie der Geweihten in die Arme und ließ ihre Tränen in ihr Gewand fließen.

Sanft streichelte ihr die Travia-Priesterin über den Kopf. »Ich komme gerade von deinem Vater. Ich hatte Lärm gehört und bin dann zum Pranger gegangen, so schnell ich konnte. Er hat mir alles erzählt. Ich werde dich gern als Novizin in den Tempel aufnehmen und mich um dich und deine Ausbildung kümmern. Ich habe deine Mutter gut gekannt. Sie hätte es auch so gewollt. Packe ein paar Sachen zusammen, dann gehen wir zum Tempel. Alles wird gut, hörst du?«

Hesinja vergoss nicht eine Träne und sagte kein Wort, während sie ihre Habseligkeiten zusammenpackte, das Herdfeuer löschte und der Geweihten in den Tempel folgte.

Als sie am nächsten Morgen aufwachte, wollte sie direkt zum Pranger laufen. Doch Mutter Jella hielt sie fest und schüttelte nur traurig den Kopf. Da wurde Hesinja bewusst, dass ihr Vater tot war und sie ihn nie wiedersehen würde. Sie riss sich los und rannte heulend in eine Ecke der Tempelhalle, direkt unter einen Tisch. Dort kauerte sie sich zusammen und schwor sich, ihren Vater eines Tages zu rächen.

Ein schwerer Gang

»Solltet Ihr Euch nicht lieber um das Feld kümmern?« Eine tiefe Zornesfalte grub sich in Hesinjas Stirn. Das war jetzt bereits der dritte Meskinnes, den Koj bestellte – und es war nicht einmal Mittag.

Koj Perschoff musterte sie mit ausdrucksloser Miene. Sein von einer großen Knollennase beherrschter Glatzkopf wirkte nicht so, als wäre Hesinjas Botschaft in ihn eingedrungen.

»Lass ihn in Ruhe!«, mischte sich nun sein Saufkumpan Lumin Rodensen ein. Der kräftig gebaute Holzfäller und Schreiner schien ebenfalls nichts Besseres zu tun zu haben. »Koj hat sich die Schnapsrationen hart erarbeitet.«

Hesinja stemmte wütend die Fäuste in die Hüften. Bevor ihr eine passende Antwort einfiel, bemerkte sie, wie Vater Vigo beruhigend seine Hand auf ihre Schulter legte.

»Lass sie, Hesinja. Lauf lieber hinüber zu Mutter und hole mir noch einen Topf Suppe. Ich habe gerade gesehen, dass eine Fähre angelegt hat. Die Schiffer werden sicherlich Hunger haben.«

Sie schluckte ihren Ärger hinunter, drehte sich ohne ein weiteres Wort um und verließ schnellen Schrittes die kleine Gaststätte Salsweilers. Draußen auf dem Dorfplatz riskierte sie einen lauten Seufzer. Tagein, tagaus hingen Lumin und Koj im Schankraum herum und schütteten einen Meskinnes nach dem anderen in sich hinein. Was sollte bloß der Graf von ihnen halten?

Hesinja lachte gehässig auf. Ja, der *liebe* Graf … Unwillkürlich blieb ihr Blick am Pranger hängen.

Zehn Jahre war es jetzt bereits her, dass Graf Joost von Salsweiler ihren armen Vater hingerichtet hatte. Sie ballte die

Fäuste. Nie, aber auch wirklich nie würde sie dem Bronnjaren das vergeben. Irgendwann einmal, ja irgendwann …

Mühsam löste sie ihre Aufmerksamkeit vom Pranger und wandte sich dem Travia-Tempel zu. Das Steingebäude mit quadratischem Grundriss wurde durch den großen Kamin in seiner Mitte dominiert. Außen war das Gotteshaus mit Szenen aus dem Familienleben bemalt. In einem Verschlag direkt daneben schnatterten Wildgänse aufgeregt.

Hesinja raffte ihre hellgelbe Robe. Nein, sie war eine Novizin der gütigen Göttin. Solche Gedanken gehörten sich für eine angehende Geweihte nicht.

Sie bemühte sich, nicht die Schultern hängen zu lassen und ein möglichst fröhliches Lächeln aufzusetzen, als sie den Tempel betrat, doch Mutter Jella konnte sie damit nicht täuschen. Die Geweihte, die Hesinja inzwischen als ihre richtige Mutter betrachtete, sah ihr die miese Stimmung sofort an.

»Ach, mein Gänslein«, sagte sie sanft, legte den Rührstab beiseite und eilte auf die Novizin zu. »Es ist wieder wegen Hochwohlgeboren, habe ich recht?«

Hesinja nickte automatisch. Wenn man jemanden nichts vormachen konnte, dann Mutter. Mechanisch suchte sie Kelle und Topf zusammen, um etwas Suppe abzuschöpfen.

»Hesinja, so kann es nicht weitergehen.« Mutters Stimme nahm eine Bestimmtheit an, die Hesinja aufhorchen ließ. »Du solltest endlich um deine Freigabe bitten.«

Hesinja griff nach einem Löffel und probierte die Suppe. Es war Kohleintopf, und er war Mutter wie immer fantastisch gelungen. Sie ließ den Blick über die Küchenablage gleiten, um sich zu merken, welche Kräuter und Gewürze Mutter verwendet hatte.

»Kind, hörst du mir überhaupt zu?«

Hesinja zuckte zusammen. »Nie werde ich ein Wort mit ihm wechseln«, fauchte sie.

Auf einen Schlag war der Hass wieder da. Entsetzt erkannte sie, dass sie den Löffel wie eine Waffe erhoben hatte, und ließ ihn erschrocken sinken.

Mutter Jella legte beide Hände auf Hesinjas Schultern. Obwohl die Geweihte kleiner war als sie, strahlte sie auch durch diese vertrauliche Geste große Autorität aus.

»Deine Zeit als Gänslein neigt sich dem Ende entgegen«, sagte Mutter eindringlich. »Das Einzige, was dir noch zu tun bleibt, ist eine Pilgerreise nach Rommilys, um das Hohe Paar und den Friedenskaiser-Yulag-Tempel kennenzulernen. Danach kannst du die Weihe Travias empfangen.«

Hesinja nickte. All das hatte sie schon oft genug gehört, und so wusste sie auch, was jetzt kommen würde. Sie krampfte sich innerlich zusammen.

»Nur kannst du nicht einfach so deine Pilgerreise antreten, denn du bist eine Leibeigene. Du würdest als Schollenflüchtige verfolgt werden.« Mutter seufzte. »Es hat keinen Sinn, es immer und immer zu wiederholen. Wir müssen es endlich tun. Komm, lass uns zum Grafen gehen.«

Hesinja erstarrte und blickte Mutter schockiert an. »Das … das kannst du nicht tun.«

Mutter nickte. »Und ob ich das kann. Hesinja, ich weiß, dass du den Grafen nicht magst …«

»Ich *hasse* ihn!«

»Hüte deine Zunge! Travia liebt alle Menschen, und das solltest du auch.«

Hesinja schluckte. Was konnte sie bloß tun? Nie, niemals wollte sie wieder in die Nähe des Grafen gelangen. Seit dieser furchtbaren Nacht war sie ihm immer aus dem Weg gegangen, was in dem kleinen Ort Salsweiler nicht einfach, aber machbar war. Sie war sich sicher, dass es dem Bronnjaren sogar bisher entgangen war, dass der Travia-Tempel eine Novizin ausbildete.

»Hesinja, es ist nur dieser kleine Moment«, durchbrach Mutter die Stille. »Danach bist du frei und hast nie wieder mit ihm zu tun.« Sie blickte Hesinja in die Augen.

Diese merkte, wie sich ihre mit Tränen füllten. »Ich … kann es nicht«, brachte sie mühsam hervor.

»Du brauchst es auch nicht, denn *ich* werde mit dem Grafen reden. Das Einzige, was ich von dir verlange, ist, dass du mitkommst und dich zusammenreißt. Für Travia!«

»Für Travia«, wiederholte Hesinja matt und ließ es geschehen, dass Mutter sie an die Hand nahm und langsam, aber bestimmt aus dem Tempel zog.

Draußen auf dem Dorfplatz erkannte sie einige bullige Gestalten unweit der blühenden Apfelbäume, die auf einem Hain direkt am Walsach wuchsen. Die Schiffer waren bereits angekommen! Und so zügig, wie sie auf das Gasthaus zuschritten, würde es unmöglich werden, vor ihnen mit dem gefüllten Topf anzukommen.

Energisch riss sie sich wieder los. »Mutter, Vater braucht noch etwas von dem Eintopf für die Schiffer.«

Ohne eine Antwort abzuwarten, eilte sie in den Tempel zurück. So schnell es ging, füllte sie den Topf mit der dampfenden Suppe, dann huschte sie wieder nach draußen. Mutter stand immer noch auf derselben Stelle, weit genug entfernt, und machte keinerlei Anstalten, sie aufzuhalten. Zum Glück noch einmal davongekommen!

Als sie die Dorfschänke betrat, ruckten sofort unzählige Augenpaare in ihre Richtung. Oh, wie sie das hasste, vor allem von den Männern angestarrt zu werden. Sie hielt den Topf wie einen Schild vor sich gestreckt und tat so, als würde sie nichts bemerken. Nur gut, dass sie die Novizenrobe davor bewahrte, angegrabscht zu werden.

Hesinja machte sich nicht sonderlich viel aus Männern. Sie seufzte. Vermutlich lag es einfach daran, dass die Auswahl in

Salsweiler sehr begrenzt war. Da war zum einen Stanjuscha, der älteste Sohn des Säufers Koj Perschoff, was ihn eigentlich schon deshalb disqualifizierte, denn Erziehung war etwas, das er nie genossen hätte. Sicherlich sah Stanjuscha ganz nett aus, allerdings er war auch zwei Jahre jünger als sie. Nein, absolut niemand, den man mit seinen Kindereien in der Nähe haben wollte.

Zum andern gab es noch Jarle. Der Stallbursche des Grafen war ein Jahr älter als sie – und die Hässlichkeit in Person. Gut, dass er nur selten aus der Grafenburg herauskam, denn immer, wenn er ihr über den Weg lief, gab er ihr zu verstehen, dass er sie schon als seine künftige Frau ansah.

So ein Widerling! Angeekelt verzog sie das Gesicht. Der Rest war entweder schon in festen Händen oder aber weit jenseits von Hesinjas Alter.

»Schmeckt der Eintopf so schlecht?«, riss sie Vater Vigo aus ihren Gedanken. »Du siehst aus, als hättest du rohen Rhabarber essen müssen.«

Jetzt galt es, schnell das Thema zu wechseln. Gerade Vater war der Meinung, dass eine angehende Travia-Geweihte nicht ohne Ehemann bleiben durfte.

»Mutter möchte, dass wir noch heute zum Grafen gehen und um meine Freilassung bitten.«

Vater stellte den Bierkrug ab, den er gerade füllte, und umarmte sie. »Das ist doch wunderbar. Ich dachte schon, dein Noviziat findet nie ein Ende.«

Hesinja versteifte sich. Verstand denn niemand, wie sehr sie sich vor dem Augenblick fürchtete, ihrem Vatermörder vor die Augen treten und um ihre Freiheit betteln zu müssen?

»Du zitterst ja.« Vater begann, ihr beruhigend über den Rücken zu streicheln. Genauso hatte er es immer getan, als sie in den Monden nach dem Verlust ihres leiblichen Vaters unter furchtbaren Albträumen gelitten hatte.

Hesinja wollte sich dagegen auflehnen, war sie doch kein Kind mehr! Aber mehr und mehr spürte sie, wie sie sich beruhigte.

»Wirt, wo bleibt mein Bier?«, durchbrach eine tiefe Stimme den aufmunternden Moment.

Vater seufzte ergeben und griff wieder nach dem Krug. »Die vier Männer am mittleren Tisch haben nach einer deftigen Mahlzeit gefragt. Kannst du ihnen den Eintopf anbieten? Gib ruhig noch ein paar Stückchen Speck mit hinein, wir wollen ja niemanden hungern lassen, oder?« Er zwinkerte ihr aufmunternd zu und verschwand mit den Händen voller Bierhumpen durch die Küchentür.

Hesinja breitete die Teller auf der kalten Kochstelle aus und begann, den Speck zu schneiden. Da Vater Vigo, selbst Travia-Akoluth, mit der Geweihten verheiratet war und diese das Herdfeuer im Tempel niemals ausgehen ließ, ergab es keinen Sinn, in der Gaststätte zusätzlich noch zu kochen. Das brachte es mit sich, öfter Nachschub aus dem Tempel zu holen, was Durchreisende immer wieder mal irritierte. Aber in Salsweiler waren die Wege kurz, und im kalten Winter verließ ohnehin niemand sein warmes Haus, sodass auch keine Gäste zu bewirten waren.

Als ein Schmerz durch ihren Daumen drang, zuckte sie zusammen. Jetzt hatte sie sich doch tatsächlich mit dem Küchenmesser geschnitten. Was war das nur für ein Tag? Sie ließ die Speckwürfel in die Schüsseln gleiten und steckte sich den schmerzenden Daumen in den Mund. Dann musste diese Fleischeinlage halt reichen. So wie die Männer sie angestarrt hatten, sollten sie ohnehin froh sein, überhaupt etwas extra zu bekommen.

Sie schaute sich um. Vater musste inzwischen mit einer zweiten Runde in den Schankraum geeilt sein. Also blieb ihr doch nichts anderes übrig, als selbst das Essen zu den Schiffern zu bringen.

Sie griff nach einem Tablett und platzierte die Schüsseln darauf. Wie sie befürchtet hatte, war es ihr fast schon zu schwer. Stöhnend wuchtete sie das Gewicht empor und bugsierte es in den Schankraum. Die wenigen Schritte zum Tisch kamen ihr wie Meilen vor. Erst nach einer gefühlten Ewigkeit konnte sie das Tablett erleichtert auf den Tisch sinken lassen. Beim nächsten Mal würde sie die Schüsseln lieber einzeln bringen. Aber hatte sie sich das nicht schon letztens vorgenommen?

Während sie das Essen austeilte, versuchte Hesinja die stechenden Blicke zu ignorieren. Dennoch blieb ihr nicht verborgen, dass gerade der hässlichste der vier – ein unförmiger Kerl mit verunstalteten Gesicht und schiefen Zähnen – offenbar Gefallen an ihrer Oberweite gefunden hatte. Sie zwang sich, nicht wütend zurückzustarren.

»Viermal Gemüseeintopf mit Speck für die Herren Schiffer. Lasst es Euch schmecken.«

Hesinja wirbelte herum und wollte schnell wieder in der Küche verschwinden. Moment, hatte sie da nicht etwas Orangefarbenes am Nachbartisch gesehen? Sie warf einen kurzen Blick zurück. Tatsächlich, Mutter saß dort und lächelte ihr freundlich zu.

Zurück in der Küche ließ sich Hesinja stöhnend auf den Hocker sinken. Mutter war es tatsächlich ernst. Heute noch würden sie den Grafen aufsuchen, und es gab nichts, womit Hesinja das verhindern konnte. Ihr Blick blieb an dem Meskinnes-Fass hängen, aus dem sie vorhin Lumin und Koj bedient hatte. Verhindern nicht, aber vielleicht etwas erträglicher machen. Sie wartete, bis Vater mit einer weiteren Ladung Getränke verschwunden war, dann füllte sie schnell ein Glas mit der bernsteinfarbenen Flüssigkeit. Sie kippte den Inhalt in einem Zug hinunter. Was bei Lumin und Koj gut war, konnte ihr nicht schaden.

Nur einen Augenblick später hatte sie das Gefühl, etwas würde von innen Speiseröhre und Rachen zerfetzen, auch die Zunge stand in Flammen. Mit Tränen in den Augen suchte sie nach dem Wassereimer, konnte jedoch kaum etwas sehen. Dann eben die Suppe, Hauptsache irgendetwas im Mund.

Sie tastete nach der Suppenkelle. Zum Glück lag sie immer noch am selben Ort. Hesinja machte sich nicht die Mühe, nach einem Teller zu suchen, sondern trank direkt aus der Kelle. Erleichtert bemerkte sie, dass das Brennen nachließ. Wie konnten die beiden sich nur tagtäglich so ein Gift in die Kehle kippen?

Sie hörte Schritte hinter sich. Schnell wollte sie das Schnapsglas verschwinden lassen, doch Vater musste es bereits gesehen haben.

»Ach, Gänslein«, sagte er, dann nahm er ihr Glas und Kelle aus der Hand. »Als wenn du neuerdings Meskinnes vertragen würdest. Wenn du deine Angst wegtrinken willst, dann nimm lieber ein Bier.« Auffordernd hielt er ihr einen Humpen unter die Nase.

Hesinja blickte ihn irritiert an. Offensichtlich meinte er es ernst. Schwankte der Raum, oder bildete sie sich das nur ein?

Sie schüttelte den Kopf. »Lass nur, ich schaffe es auch so.«

Mit hängenden Schultern stand sie auf und versuchte, den Einfluss des Alkohols zu ignorieren. Sie hatte das Gefühl, spontan an Dumpfschädel erkrankt zu sein. Nur gut, dass sie das Glas nicht ganz voll gemacht hatte. Nach ein paar Mal Augenzwinkern fühlte sie sich wieder einigermaßen normal.

Mit demonstrativ festen Schritten ging sie zu Mutter und nickte ihr zu. So sehr sie Entschlossenheit vortäuschte, sie konnte nicht verhindern, dass ihr eine einzelne Träne die Wange hinablief.

Mutter erhob sich und nahm ihre Hand.

Hesinja klammerte sich unwillkürlich an diese und spürte, dass Mutter durch ihren festen Händedruck stärkende Nähe vermittelte. Als sie die Gaststätte verließen, waren Hesinja die Blicke der Männer zum ersten Mal völlig gleichgültig.

Nachdem sie draußen den Dorfplatz überquert und gerade den Pranger passiert hatten, war es um Hesinjas Zuversicht bereits geschehen. Ihre Knie verwandelten sich mit jedem Schritt mehr in Butter. Während Mutter den großen Türklopfer am Eingangsportal der Burg betätigte, presste sie die Beine zusammen, um sich nichts anmerken zu lassen.

Ausgerechnet Jarle war es, der das Guckloch öffnete. Kaum hatte er Hesinja bemerkt, stahl sich ein breites Grinsen in sein pickeliges Gesicht mit der viel zu breiten Nase. »Oh, Euer Gnaden mit Anhang.« Die Art, wie er das letzte Wort betonte, verriet, dass er die Anrede am liebsten genau anders herum ausgesprochen hätte. »Ich nehme an, ich darf Euch dem Majordomus melden?«

Sein Blick ruhte die ganze Zeit über auf Hesinja. Diese versuchte, an ihm vorbei zu schauen, spürte aber, dass ihr der Zorn das Blut ins Gesicht trieb. Hoffentlich wurde das Ekel dadurch abgeschreckt.

Mutter nickte. »Meldet dem Majordomus, dass ich um eine Audienz bei Hochwohlgeboren bitte.«

Mit sichtlichem Bedauern schloss Jarle das Guckloch.

Hesinja atmete auf. Fürs Erste hatte sie wieder Ruhe.

Doch diese hielt nicht lange an, als ihr wieder bewusst wurde, wo sie sich aufhielt. Sie hatte noch nie die Grafenburg betreten. Wozu auch? Hesinja ließ ihren Blick an der hohen Mauer vorbei gleiten. Reisende hatten erzählt, dass die Burgen anderer Grafen gewaltige Bauwerke waren, so wie die Feste Grauzahn in Notmark oder das riesige Schloss Ilmenstein. Irgendwie konnte sie sich das nicht so recht vorstellen, war doch Joosts Burg das mit Abstand größte Gebäude Salsweilers.

Nicht einmal der Tempel überragte die Mauer, obwohl er das einzige andere Steingebäude in ihrem Heimatort war.

Was sie wohl auf ihrer Pilgerreise alles zu sehen bekommen würde? Irgendwie machte ihr die Vorstellung Angst, in der großen weiten Welt verloren zu gehen.

Mit einem Quietschen wurde die Schlupftür des Eingangsportals geöffnet. Hesinja erschrak fast zu Tode.

In der Öffnung stand der Majordomus Mew Wulfski. Früher hatte Hesinja immer Angst bekommen, wenn sie ihn im Dorf gesehen hatte. Der Herr über den gräflichen Haushalt war weit kleiner als sie, sogar noch kleiner als Mutter. Hesinja schätzte ihn auf knapp über sieben Spann. Hinzu kam, dass er unglaublich dürr war. Seine Haut schien sich wie Pergament über das knöcherne Gesicht zu spannen, das von schütterem, weißem Haar eingerahmt war. Sie würde sich nicht wundern, falls der Majordomus nächtens durch die Gegend schlich, um das Blut von … Sie riss sich zusammen und verbannte diesen Gedanken aus dem Kopf.

»Seid gegrüßt, Euer Gnaden.« Mew Wulfski sprach mit einer heiseren Reibeisenstimme, die Hesinjas Blut zu Eis erstarren ließ. Hatte sie eben noch die Vermutung weit von sich geschoben, eine unheilige Kreatur vor sich zu haben, war sie bei dieser Stimme geneigt, noch einmal darüber nachzudenken.

Der Majordomus schien kein Mann langer Reden zu sein, denn ohne ein weiteres Wort wandte er sich um und schlurfte mit langsamen Schritten in den Hof.

Es kostete Hesinja unendliche Überwindung, die Schwelle zur Grafenburg zu überschreiten. Erst als Mutter sie sanft, aber bestimmend mit sich zog, wagte sie es, den ersten Fuß auf den gräflichen Grund zu setzen. Streng genommen hatte sie ja bereits ihr gesamtes Leben auf seinem Besitz verbracht – was machte es da noch für einen Unterschied, nun das Allerheiligste seines Eigentums zu betreten?

Hesinja wagte nun, den Blick zu heben, und wäre beinahe erstaunt zurückgewichen. Auf der anderen Seite der abweisenden Mauer befand sich ein wunderschöner Garten, dessen Bäume und Sträucher in voller Blütenpracht standen. Mew Wulfski lief direkt auf ein mehrstöckiges Gebäude zu, das außen mit kunstvollen Schnitzereien und bunten Malereien bedeckt war. Allein auf der Treppe, die zum Eingang führte, hätte der Heilige Herd des Tempels problemlos Platz gefunden. Die Innenseite der Mauer war ebenfalls von bunten Malereien oder blühenden Wein- und Rosenranken bedeckt. Ihr Blick wanderte zum Gebäude an der rechten Mauer. Zunächst erschien ihr der Holzbau etwas schlicht, und sie konnte seinen Zweck nicht erkennen. Doch dann vernahm sie ein Wiehern aus seinem Inneren. Hier waren also die Pferde des Bronnjaren untergebracht. Ihr Blick trübte sich, als sie den immer noch grinsenden Jarle auf einer kleinen Bank davor entdeckte, der ihr übertrieben zuwinkte. Schnell schaute sie auf die linke Seite des Hofs. Auch hier drängte sich ein schmuckloses Gebäude in eine Mauerecke. Da es keine Fenster besaß, nahm sie an, dass dort die Feldfrüchte gelagert wurden, die die Bauern im letzten Herbst der Erde abgerungen hatten.

Hesinja spürte einen sanften Stoß in ihre Seite. »Mach den Mund zu, Gänslein. Wie willst du denn erst die Pracht von Festum, Perricum und Rommilys genießen können, wenn du bereits hier aus der Fassung gerätst?«

Schnell schloss sie den Mund und setzte ein verlegenes Lächeln auf. In der Tat war ihr nicht bewusst geworden, wie sehr diese Burg ihre Aufmerksamkeit gefesselt hatte. Es war immer noch *seine* Burg. Sie ermahnte sich, das nie zu vergessen.

Inzwischen hatte Mew Wulfski trotz seines langsamen Tempos die Eingangstür erreicht. Hesinja wunderte sich, warum er stehen blieb und keinerlei Anstalten machte, nach dem Öffner zu greifen. Doch da wurde das Portal bereits von innen geöffnet. Eine stämmige Frau mittleren Alters hielt dem Majordomus den Türflügel auf. Hesinja war sich sicher, diese Bedienstete bereits beim Markt gesehen zu haben, nur wollte ihr der Name nicht einfallen.

Als sie mit Mutter vorbeikam, nickte die Magd der Geweihten freundlich zu, sagte jedoch kein Wort.

Hesinja wäre beinahe wieder die Kinnlade heruntergefallen, als sie sich im Eingangssaal umschaute. War ihr bereits die Treppe vor der Tür groß vorgekommen, konnte man hier die gesamte Schar der Gläubigen am Tag der Heimkehr problemlos unterbringen. Ein halbes Dutzend Türen zweigte von der Halle ab, doch Blickfang war ganz eindeutig die große Treppe, die in den ersten Stock führte. Unter einigen Gemälden und Wandteppichen luden Sitzpolster zum Verweilen ein.

Erst Jahre, nachdem sie in den Tempel gezogen war, hatte Hesinja herausgefunden, dass eine Gute Stube keineswegs selbstverständlich war. Sie wusste nicht, wie ihr Vater es angestellt hatte, sich so ein Zimmer einrichten zu können, doch erst als es zu spät gewesen war, war ihr bewusst geworden, warum er es mit Leib und Seele gepflegt hatte.

Es war sein Schatz gewesen. Und ich war der andere …

Dieser Gedanke holte sie endgültig in die Realität zurück. Wahrscheinlich hatte der Graf den Vorfall nach einer Woche wieder vergessen gehabt. Eine lächerliche Lappalie, nicht weiter von Belang, gab es in dieser Burg doch genug andere Dinge, um sich abzulenken.

Bis auf die Tatsache, dass jener Abend Hesinjas Leben zerstört hatte.

Sie ballte die Hand zur Faust und öffnete sie sofort wieder. Nein, so wie es jetzt war, ging es ihr gut. Auch wenn Mutter und Vater die einzigen Vertreter der Travia-Kirche waren, die sie kannte, fühlte sie sich doch geborgen wie im Schoß einer riesigen Familie, gewärmt vom Feuer des Heiligen Herds und umsorgt von der Heimstadt ihres Tempels.

Beinahe wäre sie über die erste Treppenstufe gestolpert. Tief in Gedanken versunken, hatte sie nicht bemerkt, dass Mutter sie bereits weitergezogen hatte.

Einige wenige Stufen noch, dann würde sie Graf Joost von Salsweiler gegenübertreten.

Hesinja bemerkte, wie ihr Herz schneller schlug. Ein eisiger Schauer lief ihren Rücken hinab, und ihre Handflächen wurden feucht. Wie gut, dass ein Lamm nicht wusste, dass es zur Schlachtbank geführt wurde, denn sonst würde es sich auch ganz genauso fühlen.

Unwillkürlich zählte sie die Stufen mit. Bei der achtzehnten waren sie im ersten Obergeschoss angekommen. Mew Wulfski, der sie immer noch unendlich langsam anführte, bog nach rechts ab. Normalerweise hätte sie sein Gehtempo aufgeregt, doch momentan war ihr alles recht, was die Begegnung mit dem Grafen hinauszögerte.

Unvermittelt blieb der Majordomus stehen und hob den Arm. Hesinjas Blick fiel auf eine dürre Hand mit viel zu langen Fingern. Er krümmte diese, sodass die langen Nägel, die sie an Krallen erinnerten, die Haut aufzuschlitzen drohten, und schlug dann mit dem Knöchel des Zeigefingers gegen eine mächtige Tür. Kaum hatte er das getan, trat er zur Seite und ging ohne ein weiteres Wort davon. Hesinja zwang sich, ihm nicht hinterherzustarren, jedoch drang jeder seiner leisen Schritte in ihre Ohren.

»Herein!« Die Stimme des Grafen!

Hesinjas Gewicht verdoppelte sich schlagartig. Sie hatte das Gefühl, keine Luft mehr zu bekommen, und das Herz, das ohnehin schon viel zu schnell schlug, wollte ihre Rippen von innen durchschlagen.

Mutter ließ die Hand einmal beruhigend durch Hesinjas hüftlangen Blondschopf gleiten, dann öffnete sie die Tür.

Der Saal, in dem Hochwohlgeboren seine Audienzen abzuhalten pflegte, wurde von einem Holzthron genau gegenüber dem Eingang dominiert. An den Wänden erkannte Hesinja die Jagdtrophäen von Hirschen, Wildschweinen, Rotaugen, Bären und ihr völlig unbekannten Tierarten, deren Schädel fein säuberlich sortiert in den Raum ragten. Links und rechts neben dem Thron standen sogar zwei ausgestopfte Braunbären, die Pranken drohend erhoben.

Und zwischen ihnen räkelte sich wie die Made im Speck Graf Joost von Salsweiler, einen weiteren Bärenschädel in den Händen. In den letzten zehn Jahren war der Graf fett geworden. Ein mächtiger Bauch wölbte sich den Knien entgegen, und auch sein Kinn ging ohne deutlich sichtbaren Übergang in den Hals über. In dem schütter gewordenen Haar zeichneten sich schon graue Strähnen ab. Unwillig blickte der Graf auf die Neuankömmlinge. Als sich sein und Hesinjas Blick trafen, schaute sie schnell weg.

Mutter machte einen Knicks. Schnell vollzog Hesinja die höfliche Geste nach. Sie wollte Mutters Hand fester ergreifen, doch diese entzog sich ihr. Nun war ihr also auch noch der letzte Halt genommen worden. Ob man trotz der Novizenrobe erkennen konnte, wie sehr ihr die Knie schlotterten? Sicherheitshalber verbarg sie die Hände hinter dem Rücken, da diese ebenfalls zu zittern begannen.

»Sprecht, Euer Hochwürden«, durchbrach der Graf die Stille. »Was ist Euer Begehr?«

»Hochwohlgeboren, ich suche Euch heute mit meiner Novizin auf. Hesinja Nagraski hat in den letzten Jahren fleißig gelernt und ist bereit, die Weihe Travias zu empfangen. Dazu erbitte ich von Euch, Ihr die Freiheit zu schenken.«

Joosts Blick strich von oben bis unten über Hesinjas Körper. Es war eine Sache, von Männern angestarrt zu werden, doch dieser Blick durchdrang sie völlig, fraß sich in ihr Innerstes, ließ sie völlig schutzlos und allein dastehen.

Nach einer endlos langen Zeit der Musterung hefteten sich die Augen an ihren Busen. »Nagraski … Nagraski … Ist sie Pjerows Tochter?«

Hesinjas Knie verloren nun endgültig den Halt. Sie taumelte und blieb nur mit Mühe aufrecht stehen. Er erinnerte sich! An ihrem gesamten Körper stellten sich die Haare auf. Plötzlich war sie wieder da, die Kälte dieser einen unvergessenen Nacht. Sie sah das blutverschmierte Gesicht ihres Vaters direkt vor sich. Ihre Augen füllten sich mit Tränen.

Fang jetzt nicht an zu weinen!, ermahnte sie sich. *Du wusstest, dass es schlimm werden würde. Mutter, sag doch etwas!*

Doch es war Hochwohlgeboren, der weitersprach: »Ich möchte allein mit Euch sprechen, Mutter Jella.«

Hesinja schaute zu Mutter, und diese gab ihr durch ein kurzes Kopfnicken zu verstehen, den Raum zu verlassen.

Das ließ sie sich nicht zweimal sagen. Alle Etikette ignorierend, wirbelte sie herum und schloss die Tür im Korridor hinter sich. Dann atmete sie erleichtert auf, und ein Großteil der Anspannung löste sich.

Der Gang war leer. Sie ließ sich mit dem Rücken an der Tür zu Boden gleiten. Jetzt hielt nichts mehr ihre Gefühle zurück. Ihre Unterlippe bebte, Tränen rannen die Wangen hinab. Sie schluchzte und presste das Gesicht auf die Knie, um die sie die Arme legte. Hoffentlich drang so kein Geräusch nach außen. Am liebsten wäre sie wie als kleines Mädchen unter einen Tisch gekrochen, doch sie wagte es nicht, sich von der Tür zu entfernen.

»Das wagt Ihr nicht!« Hesinja konnte nicht sagen, wie lange sie in dieser Position verharrt hatte, als diese Worte Mutters durch die geschlossene Tür zu ihr drangen.

Irritiert hob sie den Kopf. Was meinte Mutter damit? Ob sie es riskieren konnte, an der Tür zu lauschen? Ihr innerer Widerstand währte nur Bruchteile eines Herzschlags, dann siegte die Neugier. Sie presste ihr Ohr auf das raue Holz.

»Vigo Laikis ist genauso mein Eigentum, wie es die Kleine ist«, hörte sie den Grafen sagen. »Überlegt Euch also gut, was Ihr zu tun gedenkt.«

»Damit werdet ihr niemals durchkommen«, widersprach Mutter. »Ich werde noch heute eine Depesche nach Rommilys senden.«

Joost von Salsweiler lachte auf. »Nur zu. Ich bin mir allerdings ebenfalls sicher, dass sich auch der Wahrer der Ordnung für Euer aufwiegelndes Verhalten interessieren wird. Es ist nicht sehr praiosgefällig, den göttergegebenen Herrn zu übergehen, wenn es um dessen Besitz geht.«

Stille!

Hesinja presste ihr Ohr stärker gegen die Tür, aber offenbar war tatsächlich Schweigen eingetreten. Was meinte der Graf nur damit? Praios hatte verfügt, dass die Bauern dem Adel leibeigen sind, das war ihr klar. Aber was, bei Travia, hatte Vater damit zu tun?

Plötzlich hörte sie Schritte und wich erschrocken zurück. Schnell sprang sie auf die Füße und strich ihre Robe glatt, da öffnete sich bereits die Tür.

»Wir gehen!« Hesinja hatte Mutter selten so aufgebracht erlebt, dennoch wandte sich diese noch einmal um. »Travia zum Gruße, Hochwohlgeboren.«

»Praios zum Gruße«, kam es amüsiert zurück, als Mutter die Tür schloss. Dann zog sie Hesinja energisch mit sich.

»Mutter, was …?«

»Still! Wir gehen in den Tempel.«

Mutters Abgang aus der Grafenburg glich einer Flucht. Hesinja konnte nicht sagen, dass ihr das nicht behagte, dennoch blieb das dumpfe Gefühl, dass etwas ganz furchtbar schiefgelaufen war.

Als sie den Tempel erreicht hatten, ließ Mutter Hesinjas Hand los und sank vor dem Heiligen Herd auf die Knie. An ihren

Lippen konnte Hesinja sehen, dass sie in stummer Zwiesprache mit Travia vertieft war.

Worum mochte es bloß in dem Vier-Augen-Gespräch zwischen Mutter und dem Grafen gegangen sein? Hesinja verwünschte sich dafür, ihrer Neugier zu spät nachgegeben zu haben. Offenbar hatte sie den interessanten Teil verpasst. Sie konnte sich absolut nicht erklären, warum der Graf Mutter darauf hinweisen musste, dass ihr Mann ebenfalls Leibeigener war, genau wie die »Kleine«.

Hesinja stutzte, manchmal nannten Gäste sie hinter ihrem Rücken so. Ob der Graf damit *sie* gemeint hatte? Also gefiel ihm nicht, dass Mutter über sein Eigentum verfügte – nämlich sie selbst. Das bedeutete, dass ihre Pilgerfahrt nach Rommilys …

Als Hesinjas Gedanken bei diesem Punkt angelangt waren, erhob sich Mutter und blickte sie an. Hesinja sah, dass ihre Augen mit Tränen gefüllt waren.

»Kind, zieh deine Novizenrobe aus!«, befahl sie mit matter Stimme.

Warum schlug Mutter nur plötzlich diesen harschen Ton an? Und warum nannte sie sie nicht Gänslein, so wie immer?

Ein Kloß bildete sich in ihrem Hals. »Mutter …«

»Tu, was ich dir sage. Sofort!« Mutter war lauter geworden, sodass Hesinja zusammenzuckte.

Mit zitternden Händen zog sie sich das gelbe Gewand über den Kopf. Den Schmerz, als sich ihre langen Haare darin verhakten, ignorierte sie. Sie wagte es nicht einmal, die zerzauste Mähne zurückzustreichen, als sie das Gewand in die auffordernd ausgestreckten Hände legte.

Mutter drehte sich ohne ein weiteres Wort um und verschwand in den Nebenräumen des Tempels.

Obwohl sie unmittelbar neben dem warmen Herd stand, begann Hesinja zu frösteln. Unter der Novizenrobe pflegte sie lediglich ein oberschenkellanges Leinenhemd zu tragen, sodass sie sich hilflos und nackt vorkam. Hoffentlich betrat jetzt kein Gläubiger den Tempel ... Ob sie lieber in ihrer Kammer verschwinden sollte?

Hesinja entschloss sich dafür, auf einem der Küchenhocker Platz zu nehmen und das Leinenhemd so weit wie möglich nach unten zu ziehen. So musste es gehen, und Mutter kam sicherlich gleich wieder.

Vielleicht war es ja doch nicht so schlimm, wie sie annahm, und Mutter würde ihr gleich ein Pilgergewand überreichen. Mochte ja sein, dass Mutter und Vater dem Grafen Zugeständnisse machen mussten, damit sie ziehen konnte, aber in der Pilgerrobe der Traviakirche würde sie endlich richtig erwachsen sein. Die Leute würden ihr mit Respekt begegnen und ihr unentgeltlich Unterkunft und Speise gewähren, wie es Travias Gebote verlangten.

Hesinjas Gesicht verzog sich zu einem Lächeln. Wie es wohl draußen in der weiten Welt sein mochte? Die Wals-Schiffer fuhren immer zwischen Notmark im hohen Norden und Neersand im tiefen Süden, wie sie aus ihren Gesprächen herausgehört hatte. Beides mussten sehr große Städte sein, mit weit über tausend Einwohnern. Neersand lag darüber hinaus noch am Ozean, wo es bis zum Horizont nichts anderes als Wasser gab. Von da aus konnte man mit einem Schiff nach Festum fahren, der größten Stadt im Bornland, deren Villen legendär waren. Von dort aus ging es dann mittels eines großen Seglers zum unfassbar weit entfernten Perricum ...

Hesinja schreckte aus ihren Träumereien auf, als Mutter zurückkehrte. Sie sprang auf, um einen Blick auf das Pilgergewand werfen zu können, und stutzte, als sie die schlichte Kleidung einer Magd erkannte. Hesinja hatte noch nie eine Robe der Travia-Pilger gesehen, aber irgendwie hatte sie sich diese prächtiger vorgestellt.

Schweigend ergriff sie Kleid und Schürze, dann schlüpfte sie hinein. Es war etwas weit um die Hüften und schnürte ihre Brust ein, aber irgendwie würde es schon gehen. Erst als sie den letzten Knopf geschlossen und in das letzte Band eine Schleife gebunden hatte, sprach Mutter sie an.

»Du wirst sich jetzt beim Majordomus melden, damit er dich in deine neue Aufgabe einweisen kann.«

Was für eine neue Aufgabe? Gab es noch irgendetwas zu erledigen, bevor sie aufbrechen durfte? Verständnislos blickte sie Mutter an.

Bevor sie eine entsprechende Frage formulieren konnte, kam Mutter auf sie zu und nahm sie in den Arm. Hesinja spürte, dass Mutter zitterte und nur mit Mühe die Tränen zurückhalten konnte.

»Ich kann derzeit nichts für dich tun, Hesinja«, flüsterte sie mit bebender Stimme. »Aber ich verspreche dir, dass ich dich so schnell da heraushole, wie es mir möglich ist.«

Wo herausholen? Schlagartig traf sie die Erkenntnis. Mutter hatte ihr die Novizenrobe abgenommen und sie in die Kleidung einer Magd gesteckt. Nun sollte sie sich beim Herrn über den gräflichen Haushalt melden. Das hieß … das hieß …

Hesinjas Beine versagten den Dienst. Hätte Mutter sie nicht weiterhin fest umarmt gehalten, sie wäre wie ein Mehlsack umgefallen. Es gab keine Pilgerreise, stattdessen würde sie dem Bronnjaren als Hausmädchen dienen müssen. Ausgerechnet dem verhassten Grafen!

Sie gab sich keine Mühe, die Tränen zurückzuhalten. Hemmungslos weinte sie los. Mutter ließ sie weiterhin nicht los und strich ihr beruhigend über den Rücken. Unendlich langsam sanken sie nach unten, bis sie unmittelbar vor dem Heiligen Herd auf dem Boden hockten.

»Warum nur?«, brachte Hesinja schließlich hervor. »Warum?«

Mutter drückte sie fest an sich. »Ich nehme an, dass er immer noch nicht überwunden hat, dass er sein einziges Kind durch die Schuld deines Vaters verloren hat.«

»Aber ich kann doch nichts dafür«, schluchzte Hesinja leise.

»Das weiß ich, aber ist es nicht Travias Wille, für eine sichere und schöne Heimstatt zu sorgen? Das kannst du auch für den Grafen und seine Gattin tun. Bringe den Segen der Göttin in den gräflichen Haushalt!«

Als Hesinja schließlich zur Burg aufbrach, hallten die Worte in ihrem Gedächtnis nach. Nie zuvor war ihr eine Aussage Mutters derartig hohl und falsch vorgekommen.

Eine neue Aufgabe

Mit einem mulmigen Gefühl und zitternden Knien betätigte Hesinja den Klopfer am Burgtor. Außer dem alten Magdkleid, das sie am Leib trug, hatte sie lediglich einen Beutel bei sich, der all ihre Habseligkeiten enthielt. Hesinja hatte nie viel besessen; das war im Tempel auch gar nicht nötig gewesen, da Mutter und Vater alles mit ihr geteilt hatten. Sie ließ die linke Hand in den Beutel gleiten. Die Finger glitten über Karinja. Aus irgendeinem Grund hatte die Puppe die letzten Jahre unbeschadet überstanden und war nun das Einzige, was sie mit ihrem leiblichen Vater verband. Es kam ihr wie Leichenschänderei vor, Karinja mit in die Burg zu nehmen, doch hätte sie es nie geschafft, die Puppe zurückzulassen. Abgesehen davon befanden sich noch die Ikone des Travia-Schreins aus der Guten Stube und eine schlichte Kette, die Mutter ihr zum vorletzten Tsatag geschenkt hatte, im Beutel.

Hesinja atmete innerlich auf, als der Majordomus das Guckloch öffnete. Sie hatte bereits befürchtet, dass es wieder Jarle sein würde.

»T – Travia zum G – Gruße!«, stotterte sie, presste die Beine aneinander und die Hände an den Körper, damit Mew Wulfski ihr Zittern nicht sehen konnte. Umständlich versuchte sie einen Knicks und senkte den Blick. »I – ich sollte m – mich bei Euch m – melden.«

Hesinja hörte ein Schaben und hob vorsichtig den Kopf. Das Guckloch hatte sich wieder geschlossen. Was hatte das nur zu bedeuten?

Im nächsten Moment schwang die Schlupftür auf. Der Majordomus gab ihr durch einen Wink zu verstehen, dass sie ihm folgen sollte. Beim Überschreiten der Schwelle wäre sie beinahe gestolpert, denn sie musste sich erst daran gewöhnen, nicht mehr das hellgelbe Novizengewand mit dem orangenen Kragen zu tragen. Vielleicht half es, wenn sie den Saum etwas umnähte.

Ein heiteres Lachen ließ sie aufblicken. Jarle kam auf sie zugelaufen, die Arme weit ausgebreitet, als wollte er sich ihr direkt an den Hals werfen. »Ich wusste doch, dass du es irgendwann einsehen würdest. Dein schüchternes Erröten vorhin hat dich verraten.«

Was meinte er bloß? Fieberhaft blickte sich Hesinja nach einem Fluchtweg um, doch die Situation war alles andere als günstig. Nach vorne blockierte Mew Wulfski den Weg, der weiterging, als hätte er Jarle nicht zur Kenntnis genommen. Zurück konnte sie auch nicht, denn dann hätte sie gegen die Bitte Mutters verstoßen.

Blieb nur die Scheune. Hesinja lief so schnell sie konnte drauf zu. Sie spürte, wie Jarle immer näher kam. Bald würde er sie eingeholt haben. Wenige Schritte vor dem Scheunentor schlug sie einen Haken und rannte wieder auf den Majordomus zu, dabei einen Blick über die Schulter werfend.

Jarle konnte nicht mehr bremsen und prallte mit voller Wucht gegen das Holz. Stöhnend fiel er um.

Hesinja konnte sich ein Kichern nicht verkneifen. Bisher war sie dem Stallburschen immer auf diese oder ähnliche Art entkommen.

Sie drehte den Kopf wieder nach vorne – und prallte gegen Mew Wulfski, der längst nicht so weit gekommen war, wie sie angenommen hatte. Sie fielen beide zu Boden.

»Was erlaubt Sie sich?« Mit einer Geschwindigkeit, die sie ihm nicht zugetraut hatte, stand er wieder auf den Füßen.

Hesinja blieb am Boden und senkte demütig den Kopf. »Ich bitte vielmals um Entschuldigung, Herr. Ich …«

»Schweige Sie und strecke Sie mir die Hände entgegen, Handrücken nach oben!«

Sie sah keinen Sinn in diesem Befehl, hielt es jedoch für besser, den Majordomus nicht weiter zu reizen. Vorsichtig hob sie die Arme, dabei den Blick nach wie vor auf den Boden gerichtet. Sie sah, dass der Zusammenprall eine Blume abgebrochen hatte. Der Blütenkelch ragte zerdrückt unter ihrem Knie hervor. Am liebsten wäre sie etwas zurückgerutscht, wagte jedoch keine weitere Bewegung.

Dann durchzuckte ein grausamer Schmerz ihre Finger. Sofort presste sie die Hände in den Schoß und ließ sich wimmernd zur Seite sinken, die Augen mit Tränen gefüllt.

Aus ihrer liegenden Position sah sie, dass Mew Wulfski immer noch vor ihr stand, einen Stock drohend erhoben. Warum stand er da so? Wollte er sich an ihren Schmerzen laben? Er hatte ihr doch bereits die Finger gebrochen, da war sie sich aufgrund des Schmerzes sehr sicher.

»Der Majordomus schlägt immer dreimal zu, Hesinja«, hörte sie Jarle sagen. Er gluckste amüsiert.

Umständlich wuchtete sie sich wieder hoch, dabei die Hände nach wie vor fest gegen den Körper gepresst. Als sie es auf die Knie geschafft hatte, biss sie die Zähne zusammen und streckte die malträtierten Finger den Majordomus entgegen. Sie zitterte am ganzen Körper und schloss in Erwartung des Schmerzes die Augen.

Erneut krachte der Stock auf ihre Finger. Sie stieß einen Schrei aus, zwang sich aber, die Arme sofort wieder anzuheben. Dann kam der dritte Hieb.

Hesinja ließ sich einfach nach vorne sinken, bis ihre Stirn den Kieselboden berührte. Anschließend wuchtete sie sich heulend auf die Ellbogen und steckte die brennenden Finger nacheinander zur Linderung in den Mund. Sie schmeckte Blut, wagte jedoch auch weiterhin nicht, die Augen zu öffnen.

Langsame Schrittgeräusche verrieten ihr, dass der Majordomus offenbar genug hatte. Sie ignorierte ihn und blieb wimmernd in der Position, in der sie war. Gebrochen war offenbar doch nichts, aber es würde wohl Stunden dauern, bis sie die Hände wieder gebrauchen konnte.

Erneut hörte sie Schritte, dieses Mal jedoch jung und dynamisch. »Das hättest du dir ersparen können, wenn du mir nicht davongelaufen wärst.« Ein geworfener Kiesel traf sie am Rücken, doch der Schmerz war nichts gegen den in ihren Händen. »Und das ist für das Scheunentor. Wir sehen uns beim Abendessen, Schätzchen.«

Eine Hand strich durch ihr Haar. Eine Gänsehaut überzog sie, doch sie wagte nicht, in irgendeiner Weise auf Jarles Geste zu reagieren. Einen endlos langen Moment später verschwand die Hand, und sie vernahm seine Schritte.

Als sich diese entfernt hatten, ließ sie sich wieder auf die Seite fallen. Sie hatte ihre neue Aufgabe nicht mal richtig begonnen, und die Niederhöllen konnten nicht schlimmer sein.

Travia, was tust du mir an?, flehte sie in Gedanken und schluchzte. *Ist das deine Art, mir eine andere Heimstatt zu geben?*

Sie ermahnte sich, ihr Gebet zu zügeln. Die Heilige Mutter mochte ihre Gründe haben, ihr diese Prüfung zu schicken. Sie musste jetzt stark sein und allen hier zu verstehen geben, dass sie sich nicht brechen ließ.

Aber sie *war* schwach! Ihre Finger brannten wie Feuer, ihr gesamtes Gesicht war mit Tränen bedeckt. Hinzu kam der Schmutz, der sich sicherlich in ihr Kleid gerieben hatte.

Vorsichtig öffnete sie erst das eine, dann das andere Auge. Sie blinzelte die Tränen weg und schniefte. Weit und breit niemand zu sehen.

Als aus dem Schluchzen ein leises Wimmern geworden war, rappelte sie sich wieder auf, wie zuvor ohne Hilfe der Hände.

Es kam ihr wie eine Ewigkeit vor, bis sie schließlich auf den Füßen stand. Mulmig schaute sie an sich herunter. Tatsächlich waren Schürze und Kleid mit Dreck bedeckt. Instinktiv wollte sie ihn wegwischen, doch der neue Schmerz, der durch ihre Finger zuckte, ließ sie mitten in der Bewegung innehalten.

Vorsichtig hob die die Arme und wagte einen Blick auf die Hände. An einigen Stellen war die Haut aufgeplatzt, aber auch die restlichen Finger sahen mit ihren roten Striemen nicht besser aus. Hesinja bemerkte, dass sie die Hände zu Krallen zusammengekrampft hielt, da so der Schmerz am geringsten war.

Langsam stolperte sie auf das Eingangsportal zu und versuchte dabei, zumindest mit den Knien den Schmutz etwas abzuklopfen, was jedoch kläglich misslang.

Als sie die Tür erreichte, wurde diese bereits von innen aufgerissen. Vor ihr stand dieselbe Magd, die sie bereits heute Mittag in Empfang genommen hatte.

»Wagt das Püppchen also doch mal zu kommen?«, fragte die stämmige Frau mit den dunkelbraunen Zopf und den stechend grünen Augen. »Und wie siehst du denn aus? Mach erst einmal deine Kleidung sauber, sonst lasse ich dich nicht herein. Na los!«

»Aber ich …«

»Keine Ausreden! Na los!«

Wimmernd klopfte sie auf den Stoff über ihrem Unterkörper. Jedes Auftreffen der Hände stach wie ein Stachel in ihre Haut. Sie hinterließ ein paar Blutflecken auf der Schürze, doch das schien die Magd nicht zu stören.

»Sehr fein, Püppchen, und nun komm mit!«

Hesinja schniefte, als sie ihr folgte. Warum nur nannte die Magd sie Püppchen? Hesinja hatte eine absolut durchschnittliche Größe, soweit sie das anhand der Dorfbewohner beurteilen konnte. Und ein Kind war sie doch auch nicht mehr!

Die Frau führte sie durch eine Tür im Erdgeschoss in einen kargen Gang, der überhaupt nicht zur sonstigen Pracht der Burg passte. Verstohlen presste Hesinja die Hände an den Körper, doch taten sie längst nicht mehr so weh wie noch vor dem Betreten der Grafenresidenz. Ob die Magd sie deshalb gezwungen hatte, den Schmutz abzuklopfen?

Die Magd blieb vor einer schmucklosen Tür stehen und öffnete diese. Der Geruch von muffiger, feuchter Luft schlug Hesinja entgegen.

»Im Mägdezimmer gibt es nur zwei Schlafgelegenheiten, deshalb wirst du fürs Erste hier unterkommen«, erklärte die Frau. »Mein Name ist Minka, falls er dir entfallen sein sollte. Außer mir gibt es noch Olga als Magd hier auf der Burg von Hochwohlgeboren. Das hat bisher gereicht. Den Majordomus und den Stallburschen kennst du ja hoffentlich schon. Verstaue deine Sachen und melde dich in spätestens zwei Stunden in der Küche, um das gräfliche Abendmahl zu servieren. Das wird deine erste Aufgabe sein.«

Minka ließ sie stehen und verschwand ohne ein weiteres Wort zwei Türen weiter. Sie schaute sich nicht einmal mehr um.

Zögernd trat Hesinja vor und wagte einen Blick in ihre zukünftige Bleibe. Entsetzt hielt sie den Atem an. Minka hatte sie in die Putzkammer verfrachtet!

In dem winzigen Raum türmten sich Besen, Eimer, Wischlappen und Schwämme. Eine Ecke barg einen großen Strohsack mit Leinendecke, der wohl ihre Schlafstätte bilden sollte. Die geschlossenen Fensterläden wiesen so große Lücken auf, dass es hier im Winter wohl eiskalt wurde. Wie gut, dass der gerade überstanden war.

Als Erstes huschte sie zum Fenster und öffnete die Läden. Erst jetzt wagte sie wieder, tief durchzuatmen. Es würde wohl Stunden dauern, die schlechte Luft zu vertreiben. Ihr Blick wanderte durch die Kammer, konnte jedoch keinerlei

Verstaumöglichkeiten für ihre wenigen Habseligkeiten finden. Also ließ sie ihren Beutel einfach neben dem Strohsack zu Boden gleiten und setzte sich auf diesen. Das Stroh stach. Unbehaglich strich Hesinja den Sack glatt. Die folgende Nacht versprach, sehr ungemütlich zu werden.

Minka hatte gesagt, sie solle zum Abendessen in der Küche sein. Aber was bis dahin tun?

Hesinja fuhr auf. Vater! Er wusste noch gar nichts von den schlimmen Dingen, die heute geschehen waren. Sicherlich hatte niemand etwas dagegen, wenn sie mal kurz im Gasthaus vorbeischaute.

Vorsichtig öffnete sie die Tür und sah auf den Korridor. Niemand zu sehen. Sie lief in die Eingangshalle und dann in den Garten hinaus. Ob Jarle ihr wohl noch auflauerte? Zum Glück vom Stallburschen keine Spur! Sie verließ das Anwesen und rannte über den Dorfplatz in Richtung Gasthaus.

Die Schiffer waren inzwischen verschwunden. Lediglich Lumin und Koj hielten sich noch im Schankraum auf – wie immer. Hesinja ignorierte ihre erstaunten Blicke und eilte direkt in die Küche.

»Vater! Ich …« Verdattert blieb sie stehen. Nicht nur Vater hielt sich hier auf, auch Mutter war da. Sie hatten wohl geredet und innegehalten, als sie hereingestürmt gekommen war.

»Ich habe alles erfahren, Hesinja.« Vater erhob sich und nahm sie in den Arm. »Sieh es als Prüfung Travias an. Mutter und ich überlegen uns bereits eine Botschaft, die wir nach Rommilys senden können. Hab Geduld!«

»Was ist denn mit deinen Händen passiert?«, fragte Mutter.

Hesinja entwand sich der Umarmung Vaters und presste die Hände an die Brust. »Der Majordomus. Ich … Er … Jarle …«, stotterte sie hilflos. Ihre Augen füllten sich mit Tränen. Weinend ließ sie sich auf den Hocker sinken, auf dem zuvor noch Vater gesessen hatte.

Nur einen Augenblick später war Mutter da und strich ihr beruhigend durchs Haar. »Travia ist für dich da. Sie bewacht dich und gibt dir immer eine sichere Heimstatt. Sie liebt die Ihren und behütet jedes Gänslein.«

Mit bebender Unterlippe blickte Hesinja Mutter an. Wie konnte Mutter einem nur mit so wenig Worten so viel Kraft geben? Weil sie Travia geweiht war – ein Weg, der Hesinja nun verwehrt blieb. Sie heulte auf und klammerte sich an die Robe der Geweihten.

»Ich vermute, du sollst beim Abendessen helfen und hast bis dahin frei?«

Vater wusste wie immer schon vorher, was passieren würde. Hesinja bewunderte ihn dafür.

Sie nickte und wischte die Tränen aus dem Gesicht.

»Erinnerst du dich an die Grundzüge der höfischen Etikette, die ich dir beigebracht habe?«

Hesinja grübelte. Was meinte er bloß? Aß man als Graf anders?

Vater seufzte, stellte Teller, Besteck und Gläser auf ein Tablett und ergriff dann ihren Oberarm. »Komm mit.«

Unter den interessierten Blicken von Lumin und Koj stellte Vater den Teller auf einen Tisch des Schankraums. Daneben legte er in einer perfekten Reihe Messer nach rechts und Gabeln nach links, jeweils drei. Zuletzt platzierte er drei Gläser der Größe nach sortiert hinter den Teller.

Hesinja beobachtete ihn, konnte sich aber keinen Reim darauf machen. Wie sollte denn jemand drei Gabeln und Messer gleichzeitig benutzen können?

Plötzlich fiel es ihr wieder ein. Die Hohen Herrschaften nahmen ihre Gerichte in mehreren Gängen zu sich. Dabei galt es als unschicklich, dasselbe Besteck mehrfach zu benutzen. Sie nickte Vater zu.

Koj rülpste unterdrückt.

»Beim Servieren stellst du dich immer rechts neben den Grafen«, erklärte Vater. »Falls es vorbereitete Teller gibt, wartest du auf seine Zustimmung und stellst diesen dann vor ihn. Werden in der Burg hingegen Servierplatten verwendet, stellst du diese so auf den Tisch, dass er sich bequem bedienen kann. Grundsätzlich wird zuerst der Graf bedient, danach seine Gattin und erst dann andere, es sei denn, sie sind im Rang höher. Falls du die Möglichkeit hast, iss vorher etwas, denn es ist sehr unangenehm, die ganze Zeit Köstlichkeiten austeilen zu müssen, wenn man selbst hungrig ist.«

Hesinja nickte. Irgendwie würde sie den Abend schon überstehen.

»Vigo, gibt's heute nichts mehr zu trinken?«

Vater wandte sich Koj zu. »Du hast deine Ration bereits aufgebraucht. Ich denke, du solltest besser nach Hause gehen.«

Der Bauer rülpste. »Dann nimm doch die Rationen meiner Frau.«

Vater seufzte. »Das waren deine letzten fünf Meskinnes.«

Verständnislos sah Koj ihn an, dabei schwankte sein Oberkörper hin und her. Schließlich wandte er sich an Lumin. »Das ist alles deine Schuld. Hätte dir nichts abgeben sollen!«

»Hab kaum was getrunken«, lallte dieser und zog sein Glas näher heran.

Die beiden starrten sich eine Weile wütend an, dann standen sie umständlich auf und verließen die Gaststätte.

Vater seufzte erneut. »Wenn ich der Graf wäre, dann würde ich …«

Eine Eishand umgriff Hesinjas Herz. Ein Schluchzer bahnte sich einen Weg durch ihren Hals, ohne dass sie es verhindern konnte.

Sofort war Vater da und strich über ihre Wange. »Oh, Hesinja, ich habe es nicht so gemeint.« Er ging zu dem Tisch, an dem Lumin und Koj gesessen hatten.

Hesinja sprang auf und stieß ihn zur Seite. Sie sammelte die Gläser und Humpen ein. Dann eilte sie in die Küche und kam mit einem Wischlappen zurück.

Vater nahm ihn ihr ab. »Das ist nicht mehr deine Aufgabe. Hesinja, es kann Monde dauern, bis eine Antwort eintrifft. So leid es uns allen tut, akzeptiere deine neue Aufgabe, nur so überstehst du sie.«

Hesinja blieb stehen. Erneut füllten Tränen ihre Augen. Ihr Blick schwankte zwischen Vater und Mutter, die beide traurig zurückschauten.

Schließlich gelang es ihr, den Kloß herunter zu schlucken. »D – darf ich am Herd die Gütige Mutter um Beistand bitten?«

Mutter stand auf. »Gänslein, das darfst du immer!«

Das ließ sie sich nicht zweimal sagen. Sofort lief sie aus der Gaststätte und zum Tempel. Vor dem Heiligen Herd fiel sie auf die Knie. Die Wärme des großen Feuers drang wohltuend durch ihre Kleidung. Sie schloss die Augen und genoss einen Moment lang das Prasseln der Holzscheite.

»Gütige Mutter«, flüsterte sie.

Was sollte sie bloß sagen? Hesinja fiel in dieser Situation nichts ein. Hunderte Gedanken jagten durch ihren Kopf, doch keinen bekam sie zu fassen.

»Hilf mir!«, bat sie schließlich nach einer gefühlten Ewigkeit und stand auf. Travia würde es schon verstehen, vermutlich besser als sie selbst.

* * *

Zaghaft drückte Hesinja die Tür zur Küche auf. Der ihr entgegenschlagende Duft der Speisen ließ ihren Magen knurren. Erst jetzt wurde ihr bewusst, dass sie vor lauter Aufregung seit dem Nippen an der Suppe nichts mehr gegessen hatte.

Sie räusperte sich. »Ich …«

»Da muss noch Salz rein!« Eine Frau im letzten Lebensdrittel fuchtelte mit einem Kochlöffel herum, als wäre er ein Säbel. Das musste Olga sein.

Minka stand daneben und probierte gerade aus dem Topf. »Du spinnst. Das ist alles genau so, wie Hochwohlgeboren es wünscht.«

Sie wirbelte herum und stieß mit Hesinja zusammen, die scheu einige Schritte näher getreten war.

»Was machst du denn hier, Püppchen?«, herrschte sie Hesinja an. »Kannst du nicht jemand anderem im Weg herumstehen?«

»Aber ich …«, begann Hesinja ein zweites Mal.

»Ach so … Graf Joost wünscht, dass du ihm heute kredenzt. Also steh hier nicht wie eine Vogelscheuche herum, sondern decke schon einmal den Tisch im Speisesaal. Na los!«

Hesinja hätte liebend gern gefragt, wo sie denn Geschirr oder aber überhaupt diesen Speisesaal suchen sollte, wagte jedoch nicht, die Magd noch einmal anzusprechen.

Hilflos eilte sie durch die Küche und lugte in die Schränke, dabei den in ihre Küchenschlacht vertieften Mägden ausweichend. Doch wo sie auch hinschaute, überall nur Pfannen, Töpfe, Kochlöffel, Suppenkellen und Messer. Ihre Verzweiflung wuchs.

Dann tippte ihr ein Finger auf die Schulter. Hesinja wandte sich um und erblickte Olga. Die kleingewachsene Magd mit dem grauen Dutt stellte sich auf die Zehenspitzen. Unwillkürlich beugte sich Hesinja zu ihr herab, damit diese ihr ins Ohr flüstern konnte. »Das gesamte Geschirr ist in Schränken im Speisesaal untergebracht. Erster Stock, zweite Tür rechts.«

Hesinja nickte dankbar und flüchtete aus der Küche. Auf der großen Treppe stutzte sie und blieb stehen. War die zweite Tür rechts nicht der Audienzsaal gewesen?

Irritiert erklomm sie die restlichen Stufen und ließ den Blick durch den Korridor wandern. Der rechts von der Treppe abzweigende Teil des Korridors wies in der linken Wand drei Türen auf, bevor er dann in eine aufwärts führende Treppe mündete, allerdings befanden sich auch genau gegenüber drei Türen. In der Tat war das Audienzzimmer der zweite Raum. Ob Olga den Durchgang auf der rechten Seite gemeint hatte?

Mit klopfenden Herzen legte sie die Hand auf die Klinke. Sie fühlte sich kalt an. Allen Mut zusammennehmend, drückte sie, bis das Holz nach hinten aufschwang.

Unwillkürlich atmete sie auf. Zwar fiel aus dem Korridor nur wenig Licht herein, doch die große Tafel war unübersehbar. Ob sie die Fensterläden öffnen sollte? Aber nein, draußen wurde es ohnehin schon dunkel. Sie nahm eine der Kerzen aus dem Flur und entzündete damit den großen Kandelaber auf dem Tisch. Als sie die Kerze zurückbringen wollte, fiel ihr Blick in einen weit aufgerissenen Schlund voller spitzer Zähne. Sie schrie auf und ließ vor Schreck die Kerze fallen. Erst dann erkannte sie, dass der Bär ausgestopft war.

»O nein«, flüsterte sie und trat die Kerze aus, bevor diese etwas entzünden konnte. Doch die Bescherung war trotzdem angerichtet – Wachs hatte sich auf dem Boden verteilt.

Hesinja ging auf die Knie, um die Brocken notdürftig aufzusammeln, da hörte sie schleifende Schritte durch den Eingang. Der Majordomus! Hastig rutschte sie unter den Tisch.

Tatsächlich tauchten wenig später die Taposchen von Mew Wulfski in ihrem Blickfeld auf. Hoffentlich sah er nicht, was sie angerichtet hatte.

»Hesinja?« Der Majordomus sprach leise, flüsterte fast, dennoch drang seine kratzende Stimme durch den gesamten Raum.

Hesinja spürte, wie sich ihre Nackenhärchen aufstellten. Sie hielt den Atem an.

Zwei Dutzend hämmernde Herzschläge später verschwanden die Hausschuhe wieder aus ihrem Blickfeld. Sie wartete noch einige Augenblicke, erst dann wagte sie, befreit durchzuatmen.

Das war noch einmal gut gegangen!

Nur wohin jetzt mit der heruntergefallenen Kerze? Hesinja schaute sich den Fleck an. Mittlerweile war das Wachs erkaltet. Nur einen Span weiter, und das Wachs wäre genau auf den kostbaren Teppich gekleckert. Das war die Lösung!

Eilig kratzte sie es von den Dielen auf und wischte es unter den Teppich. Dabei brach ihr ein Fingernagel ab. Keine Zeit! Sie biss den Rest einfach ab. Die kläglichen Überreste der Kerze ließ sie in der Tasche ihrer Schürze verschwinden. Fertig!

Befreit blickte sie sich im Raum um. Auch hier war alles mit Jagdtrophäen geschmückt. Der ausgestopfte Bär neben dem Eingang dominierte alles, doch auch die unzähligen Elch- und Hirschgeweihe an den Wänden ließen sie erstaunen. Sie wusste, dass die Jagd das Privileg des Adels war. Ob Graf Joost diese Tiere alle selbst erlegt hatte?

In Gedanken versunken öffnete sie den erstbesten Schrank und erstarrte, als sie das kostbare Porzellan erblickte. Sie hatte davon gehört, dass es so etwas gab, doch gesehen hatte sie es noch nie. Ehrfürchtig ließ sie die Fingerspitzen über den Tellerrand gleiten. So glatt und weiß, ganz anders als das Ton- und Bleigeschirr, das sie gewohnt war.

Für wie viele Personen sollte sie eigentlich decken? Adelsbesuch war nicht in Salsweiler, so etwas sprach sich immer schnell herum. Also offenbar nur für das Grafenpaar. Ob der Majordomus auch hier tafelte? Aber nein, er war ja nicht von Stand. Oder doch? Falls sie jetzt einen Teller zu wenig auftrug, würde er sie sicher bestrafen, aber wenn es einer zu viel war, würde der Graf es tun. Hesinja verzweifelte.

Sie betrachtete ihre blauen Finger. *Beim Majordomus weiß ich, was mir blüht …*

Entschlossen griff sie nach drei Tellern.

* * *

»Ich … äh … bin fertig«, murmelte Hesinja durch die Küchentür. Keine der beiden Mägde reagierte. Schließlich fasste sie Mut und wiederholte den Satz lauter.

Minka, die das Kunststück fertig brachte, eine Pfanne und zwei Töpfe gleichzeitig umzurühren, machte sich nicht die Mühe, sich zu ihr umzudrehen. »Hast du auch Wein und Meskinnes auf den Tisch gestellt?«

»Nein …?« Hesinja verstand nicht. Getränke kamen doch immer auf Bestellung.

»Na los!«

Sie begann jetzt schon, diese Arbeitsaufforderung zu hassen.

Olga trat heran und wandte ihr den Kopf zu. »Ich habe vergessen, dir zu sagen, für wie viele Leute du decken sollst«, flüsterte sie.

»Drei«, entgegnete Hesinja unsicher.

Olga schaute sie anerkennend an, nickte und kehrte an die Anrichte zurück. Oha, richtig geraten!

Hesinja holte oben zwei Karaffen und ging zur Scheune. Tatsächlich gab es innen mehrere große Fässer. Aus dem Geruch schloss sie, wo Meskinnes und Wein zu finden waren, und füllte die Behälter.

Eine Hand schwang sich um ihre Hüfte. Sie zuckte zusammen, dann spürte sie warmen Atem an ihrem Ohr. »Es ist noch Zeit bis zum Abendessen. Wollen wir es uns bis dahin nicht etwas gemütlich machen?«

Hesinja erschauderte und entwand sich Jarles Griff. »Ich habe zu tun«, sagte sie kühl und wünschte sich, einen Dolch dabei zu haben. Erschrocken verbannte sie diesen Gedanken.

Travia wünscht allen eine sichere Heimstatt!, ermahnte sie sich.

Jarle griff erneut nach ihr. *Eine sichere Heimstatt!* Er schloss die Augen und spitzte die Lippen. *Sichere Heimstatt!* Dann näherte sich sein Gesicht dem ihren. *Heimstatt!* Schließlich küsste er die Weinkaraffe.

»Was …?«, machte er und zuckte zurück.

Hesinja ließ den Krug sinken, den sie ihm entgegengehalten hatte, dann riss sie sich los und rannte ins Hauptgebäude zurück. Erst dort begann sie, vor Anspannung zu schlottern. Sie krampfte sich zusammen, um nichts vom Alkohol zu verschütten. Als sie die Gefäße auf die Tafel stellte, keuchte sie. Eigentlich gehörte der Vollständigkeit halber noch ein Wasserkrug dazu, aber nichts im Leben würde sie noch mal auf den Hof bringen.

Ihr Blick wanderte über den Tisch. Hesinja war stolz auf die Anordnung, die sie geschaffen hatte. Dann stutzte sie. Irgendwer hatte das dritte Gedeck im respektablen Abstand von mehreren Schritt neu aufgebaut. Auch war dort jeweils ein Besteck und ein Glas verschwunden. Offenbar war es doch ein Fehler gewesen, drei unmittelbar benachbarte Plätze zu decken. Ob der Majordomus ihren Fehler bemerkt und prompt korrigiert hatte? Sie schauderte beim Gedanken an neue Schläge.

Mit einem mulmigen Gefühl im Bauch kehrte sie in die Küche zurück.

* * *

Irgendwann war es dann so weit. Das Läuten einer Glocke wies darauf hin, dass die Herrschaften Platz genommen hatten und das Essen aufgetischt werden sollte.

Minka fluchte. Sie hatte versucht, dass Essen warm zu halten, dabei war es angebrannt. »Steh nicht so herum!«, fauchte sie Hesinja an. »Mach dich nützlich, Püppchen! Na los!«

Hesinja trat hilflos näher. Was erwartete man von ihr?

Da drückte ihr Olga eine leere Suppenschüssel in die Hand. »Vorspeise!«

Energisch winkte Minka sie herbei. Mit einer viel zu großen Kelle und übertriebener Eile schaufelte sie die Suppe aus dem Topf, sodass Hesinja Mühe hatte, alles aufzufangen.

»Nach oben! Na los!«

Mit Brei in den Knien wankte Hesinja die Treppe hinauf. Sie kam sich vor wie Koj oder Lumin auf dem Heimweg. Gleich würde sie wieder *ihm* gegenübertreten müssen. Sie presste die Lippen zusammen und krampfte die Finger um die Griffe der Terrine. Dann setzte sie die Maske des Lächelns auf, die sie auch immer davor bewahrt hatte, schleimigen Gaffern ihre wahre Meinung zu zeigen.

Der Eingang zum Speisesaal geriet in ihr Blickfeld. Die Tür stand offen, sodass sie ungehindert eintreten konnte. Zuerst bekam sie den Majordomus zu Gesicht. Sein stechender Blick musterte sie abfällig. Schnell schaute sie woanders hin.

Einige Schritte weiter tauchte die Gattin des Grafen auf. Hesinja hatte Grimje von Salsweiler bisher nur ein einziges Mal in ihrem Leben gesehen, dennoch erkannte sie die Gräfin sofort. Ebenso wie ihr Mann hatte die Herrin über Salsweiler in den letzten Jahren etwas Speck angesetzt, allerdings hielt es sich noch in Grenzen. In ihrem roten Haar, das auf nivesische Ahnen hindeutete, zeigten sich erste graue Strähnen. Sie trug es straff zurückgekämmt, im Nacken von einer Spange gehalten. Grimje musterte Hesinja, wobei letztere einen erstaunten Gesichtsausdruck wahrzunehmen glaubte. Ansonsten ließ sich die Gräfin nichts anmerken.

Jetzt musste Hesinja *ihn* ansehen. Graf Joost von Salsweiler schenkte ihr einen gönnerhaften Blick. Als sie das Grinsen sah, wurde Hesinja schlagartig übel. Das vertrieb ihre Angst. Am liebsten hätte sie ihn auf der Stelle ins Gesicht geschlagen und ihm damit zu verstehen gegeben, was er ihr heute angetan hatte.

Hesinja zwang sich zur Ruhe. *Travia braucht keine Gewalt, und ich auch nicht. Travia nimmt alle Sterblichen unter ihre Fittiche und beschützt sie genauso wie eine Wildgans ihre Küken.*

Sie stellte die Suppenschüssel in respektablen Abstand zum Grafen hin und machte einen Knicks. Sicherlich erwartete man das von ihr. Dann wartete sie, ob irgendetwas kam, doch sie bemerkte keinerlei Reaktion. Betete man hier etwa nicht vor dem Essen?

Ein Prickeln auf der Wange verriet ihr, dass der Graf sie anstarrte. Sie setzte ihre Lächelmaske auf und zwang sich, ihn in die Augen zu blicken.

»Wünschen Hochwohlgeboren Suppe zur Vorspeise?«

Graf Joost machte eine einladende Handbewegung. Erneut stieg Ekel in ihr empor. »Nur zu!«

Hesinja griff nach der Suppenkelle und wollte den Teller des Grafen füllen. Da hörte sie ein Zischen. Gräfin Grimje hatte es ausgestoßen. Erschrocken ließ sie die Kelle los.

»Da habt Ihr aber eine tolle neue Magd ausgewählt, Joost. Weiß nicht einmal, welche Hand man zu benutzen hat.«

Erschrocken wurde Hesinja bewusst, dass sie in ihrer Aufregung instinktiv die Kelle in die linke Hand genommen hatte. Warum zwangen sie nur immer alle, die rechte zu benutzen? Mit links ging es doch viel einfacher!

Mit einem mulmigen Gefühl im Bauch zwang sie sich, mit der anderen Hand die Kelle zu ergreifen. Ihre Knie zitterten. Gut, dass man das nicht sehen konnte. So behutsam, wie es ihr mit der falschen Hand möglich war, füllte sie die Teller der Anwesenden. Jetzt nur nicht noch so einen Fehler machen.

Als sie beim Majordomus angelangt war, zeigten ihr seine zusammengekniffenen Augenbrauen, dass ihr noch etwas bevorstand. Sie biss die Zähne zusammen, damit diese nicht klappern konnten.

Nun war sie fertig. Und jetzt? Unsicher blickte sie über den Tisch und musterte die drei, wie sie die Suppe genossen.

Musste sie hierbleiben? Die Schüssel in die Küche bringen? Hilflos blieb sie stehen, wo sie war.

Dann blickte Mew Wulfski auf und winkte mit der Rückseite seiner Hand in Richtung Ausgang. Das war eindeutig! Hesinja schnappte sich die Schüssel und eilte in die Küche.

Kaum dort angekommen, entriss ihr Minka das Gefäß. Olga drückte ihr anschließend eine Servierplatte in die Hände. Offenbar stand ihr keine Verschnaufpause zu.

Schnaufend wuchtete sie die Platte die Treppe empor. Nicht nur, dass sie sehr schwer war, sie war zudem noch sehr heiß. Unangenehm brannte sich das Metall in ihre Handflächen. Auf der Platte lag etwas, das Hesinja erst als Reh erkannte, als sie schon fast im Speisesaal angekommen war. Das Wildtier musste noch sehr jung gewesen sein, wie sie anhand der Größe schätzte. Es tat ihr leid, dass das Kitz sein Leben ausgehaucht hatte, um den Herrschaften den Bauch zu füllen. Dann aber ertappte sie sich dabei, wie ihr ebenfalls das Wasser im Mund zusammenlief. Hätte sie doch auf Vaters Rat gehört und vorher etwas gegessen, doch die Aufregung hatte ihr sämtlichen Appetit verdorben. Das rächte sich nun.

Unterwürfig stellte sie Platte auf der Tafel ab und schob sie in die Mitte des Tisches. Dann drehte sie das Tablett so, dass der Graf bequem nach dem Besteck greifen konnte. Auffordernd blickten die drei sie an. Sollte sie etwa …? Aber Vater hatte doch gesagt, dass sich der Graf selbst bedienen würde!

Mulmig griff sie nach Spieß und Dolch. Vielleicht erwartete man von ihr, den Braten zu zerlegen. Welche Portionsgröße wohl angemessen war? Sie bemühte sich, die toten Augen des Kitzes zu ignorieren, und schnitt ein ordentliches Stück Fleisch heraus. Vorsichtig legte sie es dem Grafen auf den Teller. Anschließend wiederholte sie den Vorgang bei den beiden anderen.

Inzwischen hatte der Graf selbst nach einer Kelle gegriffen und schaufelte sich Kartoffeln und Soße auf den Teller. Immerhin das musste sie nicht auch noch tun.

Hesinja trat einige Schritte zurück und blieb starr neben der Tür stehen, die Arme im Rücken verschränkt. Solange ihr niemand das Kommando gab, wagte sie es nicht, den Raum zu verlassen. Obwohl sie es nicht wollte, blieb ihr Blick immer wieder an den drei Mündern hängen. Während dort das Essen verschwand, rumorte in ihrem Bauch der Hunger. Nur ein kleines Stückchen von dem Braten, ach was, eine einzige Kartoffel, und ihr würde es besser gehen.

Ihr Magen knurrte. Vor Schreck zuckte sie zusammen. Ob die anderen es auch gehört hatten? Vorsichtig spähte sie herüber, doch sie aßen weiter, als wäre nichts geschehen.

Nach und nach legten sie dann das Besteck ab. Hesinja begriff es als Aufforderung, abzuräumen. Sie stellte die Teller mit den Essensresten auf die Servierplatte und wuchtete diese erneut empor. Immerhin war sie jetzt um einiges leichter.

An der Treppe hielt sie es nicht mehr aus. Sie stellte das Tablett auf das Geländer und griff mit spitzen Fingern nach einer Kartoffel. So schnell sie konnte, würgte sie sie herunter. Dann ein wenig von dem Braten. Und etwas Sauerkraut.

Hesinja stopfte sich den Mund so voll, wie sie konnte, und schleppte die Servierplatte weiter. Vor der Küchentür kaute sie noch einmal grob durch und zwang sich dann, alles herunterzuschlucken. Wie sie nun bemerkte, war diese schnelle Stopferei ein großer Fehler gewesen. Wenn sie doch nur ein wenig zu trinken bekommen könnte …

Doch abermals riss ihr Minka das Essen aus den Händen. »Als Nachtisch wünschen die Herrschaften Rote Grütze. Ich habe sie bereits in Schälchen gefüllt. Na los!«

Hesinja stutzte, als sie lediglich zwei kleine Schalen sah, doch richtig, Mew Wulfskis drittes Besteck war verschwunden.

Eilig hetzte sie abermals die Treppe empor. Inzwischen brach ihr der Schweiß aus. Das an vielen Stellen zu enge Kleid scheuerte über ihre Haut.

Wieder im Speisesaal angekommen, platzierte sie behutsam den Nachtisch für das Grafenpaar. Dann stellte sie sich wieder neben die Tür und wartete ab. Immerhin war der Hunger jetzt nicht mehr ganz so schlimm. Nie hatte sie ein Essen als so anstrengend empfunden. Dann doch lieber eine Horde Schiffer bedienen und gleichzeitig noch Koj und Lumin ruhigstellen, bevor sie das hier noch einmal auf sich nahm.

Nachdem Graf Joost seine Grütze ausgelöffelt hatte, leerte er sein Weinglas in einem Zug, erhob sich und reichte seiner Gattin den Arm. Gemeinsam verließen sie den Speisesaal. Der Graf war weg – sie hatte es überstanden!

Erleichtert wollte sie das restliche Geschirr abräumen, doch Mew Wulfski versperrte ihr den Weg.

»Du hast die Gräfin verärgert. Streck deine linke Hand nach vorn.«

Hesinjas Herz blieb stehen. Nein, nicht schon wieder! Das konnte er nicht tun!

Doch der Majordomus kannte keine Gnade. Dreimal prallte der Stock auf ihre Finger. Heulend lief sie in ihre winzige Kammer und warf sich auf den Strohsack – durchgeschwitzt, hungrig und mit schmerzenden Händen. Trotzdem wollte sie nur noch schlafen. Sie riss sich das Kleid vom Leib und schlüpfte unter die Decke. Selbst das Nachtgebet vergaß sie.

* * *

»Aufstehen, Püppchen! Das Frühstück wartet. Na los!«

Hesinja fuhr hoch. Wo war sie? Wie kam sie hier her? Und warum taten ihr alle Glieder weh?

Als sie Minka in der Tür stehen sah, kehrte die Erinnerung zurück. Es war *doch* kein Albtraum gewesen. Sie war *wirklich* im gräflichen Anwesen!

Mühsam stemmte sie sich hoch. Alles tat ihr weh, weil der Strohsack keine bequeme Lage zuließ. Auch ihre Haare waren völlig zerzaust. Ob es einen Kamm gab? Überhaupt, wo erleichterte man sich hier?

»Ich komme gleich«, murmelte sie. »Will mich nur noch kurz frisch machen.«

»Dann hättest du früher aufstehen müssen. Der Graf wartet!«

Hesinja schluckte. Minka hatte *sein* Frühstück gemeint, nicht ihres. Also würde sie ihm ungekämmt, hungrig und mit voller Blase bedienen müssen. Sie kämpfte ihren Ärger herunter und fuhr sich mit den Händen schnell durchs Haar. Besser als nichts.

Als sie die Köstlichkeiten nach oben brachte, knurrte ihr Magen. Ob es auffiel, wenn sie eine Kleinigkeit wegnahm? Sie haderte mich sich, widerstand dann jedoch. Lieber etwas hungern, als noch einmal einen Schlag auf die Hände abzubekommen.

Während des Essens wünschte sie sich nur weit weg. Es zerriss ihr schlicht den Bauch, den Herrschaften beim Speisen zuschauen zu müssen, wo sie selbst der Hunger plagte. Gestern war es schon schlimm gewesen, aber nun nahm das Gelage kein Ende. Unmengen an Essen stopften sie in sich hinein, und jeder Bissen schien an ihren Eingeweiden zu nagen. Hinzu kam der immer stärkender werdende Harndrang. Nervös verlagerte sie das Gewicht von einem Bein aufs andere, trotzdem brach ihr der Schweiß aus.

Kaum waren das Grafenpaar und der Majordomus verschwunden, stopfte sie sich einige der Essensreste in den Mund und rannte durchs Haus. Nach stundenlanger Suche –

jedenfalls kam es ihr so vor – fand sie schließlich einen Abtritt. Erleichtert ließ sie sich nieder. Jetzt noch eine Waschschüssel und ein Kamm, dann wäre es gar nicht mehr so schlimm.

Sie zuckte zusammen. Begann sie etwa gerade, sich hier einzuleben? Nie und nimmer! Ob Mutter schon den Brief auf den Weg gebracht hatte? Hesinja hoffte es von ganzen Herzen.

Nachdem sie ihr Bedürfnis erledigt hatte, begab sie sich unschlüssig in den Speisesaal. Eigentlich stand nach dem Abräumen erst einmal nichts mehr an, so ihre Vermutung. Das hieß, dass sie problemlos den Tempel aufsuchen und auch im Gasthaus nach dem Rechten sehen konnte. Freudig stellte sie das Geschirr aufs Tablett und schleppte es nach unten in die Küche.

Dort wurde sie bereits von Minka erwartet. »Wo bleibst du denn nur so lange? Beeile dich mit dem Spülen, schließlich müssen noch die Betten gemacht werden. Na los!«

Hesinja erstarrte. Kein Besuch bei Mutter! Ihr kam es vor, als hätte sie sie seit Jahren nicht mehr gesehen. Mit störrischer Ruhe spülte sie das Besteck ab, obwohl sie es am liebsten gegen die nächstbeste Wand geschmettert hätte. Als Minka nicht aufpasste, nutzte sie das Spülwasser, um sich notdürftig zu waschen. Danach fühlte sie sich einigermaßen besser. Sie warf einen flüchtigen Blick in das Innere eines Topfs. Das hätte sie lieber nicht tun sollen, denn ihr blickte das pure Grauen entgegen. Schaudernd stellte sie den Topf weg und strich sich eine Haarsträhne hinters Ohr. Oder doch lieber alles nach vorne, damit man ihr Gesicht nicht sah? Unschlüssig spülte sie weiter.

Kaum stand alles blitzsauber auf dem Tablett, zog Minka sie mit sich. Hesinja wurde in das zweite Stockwerk geführt, das sie bisher nicht zu Gesicht bekommen hatte. Hier befanden sich offenbar die Privatgemächer des Grafen. Als sie das

Schlafgemach betraten, fühlte sie sich, als wäre ihr der Graf unbekleidet gegenübergetreten. Bei diesem Gedanken wurde ihr schlecht.

Der Raum war riesig. Dominiert wurde er von einem Bett, in dem sie, Vater, Mutter und noch eine weitere Person problemlos Platz gefunden hätten. Auch hier schmückten unzählige Jagdtrophäen die Wände. Außerdem stand in einer Ecke ein Holzständer, auf dem eine Eule saß. Hesinja vermutete zunächst ein weiteres ausgestopftes Tier, dann bemerkte sie, dass der Vogel schlief.

»Das ist Pubitz, das Haustier der Gräfin. Sie mag es gar nicht, wenn man ihn stört.« Minka ging zum Bett und schüttelte die Decke aus, anschließend strich sie das Laken glatt, faltete die Decke in einem komplizierten Muster zusammen und legte das Kissen parallel zur Decke ab. »So, und jetzt du.«

Hilflos griff Hesinja nach der anderen Decke. Reichte es nicht, diese auszulüften und dann wieder aufs Bett zu legen? Warum so kompliziert?

Egal, was sie versuchte, das Laken verrutschte ihr ein ums andere Mal. Auch war aus irgendeinem ihr schleierhaften Grund eine Ecke der Decke immer länger als die anderen. Immer, wenn sie drei Ecken perfekt platziert hatte, stimmte die vierte nicht. Besserte sie diese nach, geriet eine andere in Unordnung.

Barsch riss Minka sie weg. »Das ist ja nicht auszuhalten! Außer gut auszusehen hast du wohl gar nichts gelernt, wie?«

Hesinja wollte entgegnen, dass sie sehr wohl viel gelernt hatte, Travia jedoch lieber die Hungernden speiste und den Obdachlosen Unterkunft gab, anstatt Bettdecken in unnützer Weise zu arrangieren, doch sie verkniff sich einen Kommentar. Wahrscheinlich würde sie von Minka nur bestraft werden.

Kaum war sie in ihren Überlegungen an diesem Punkt angekommen, stieß Minka sie schmerzhaft in die Seite. Sie hatte das Bett inzwischen perfekt angeordnet und suchte offenbar etwas, woran sie sich abreagieren konnte.

Hesinja gelang es, keinen Laut auszustoßen, obwohl ihr die Tränen in die Augen traten. Verstohlen rieb sie über die schmerzende Stelle.

Minka drückte ihr ein Tuch in die Hand. »Hier, nimm das! Staubwischen wirst du ja wohl hinbekommen. Na los!«

Die Tage vergingen. Jedes Mal viel zu früh aufstehen, beim Frühstück bedienen, putzen, zu Mittag essen, noch mehr wischen, Abendessen, aufräumen und schlafen.

Jeden Tag fiel sie erschöpfter auf ihren Strohsack. Inzwischen machte ihr die unbequeme Schlafstelle kaum noch etwas aus, weil die Müdigkeit sie immer mehr überkam. Nicht eine Gelegenheit wurde ihr gelassen, den Tempel und damit Mutter aufzusuchen. Ob inzwischen Antwort aus Rommilys eingetroffen war? Aber nein, so ein Brief konnte Monate unterwegs sein.

Eines Tages hielt sie wieder wie so oft vor dem Einschlafen die Ikone der Travia in den Händen und strich schluchzend über die Federn der abgebildeten Wildgans. Die Göttin sah sicher, was ihr angetan wurde, sie sah ihre schwieligen Finger, die sehr unter den häufigen Strafen des Majordomus gelitten hatten, und sie sah auch, wie sehr sie den Grafen dafür hasste.

Hesinja seufzte. Vermutlich war genau das die Aufgabe, die Travia ihr gestellt hatte. Erst wenn sie ihren Hass in den Griff bekam, würde sie befreit werden. Heulend sank sie in den Schlaf, das Abbild eng an sich gepresst.

* * *

Einige Tage später – es mochten auch Wochen sein, denn Hesinja hatte jedes Zeitgefühl verloren – sollte sie das Arbeitszimmer des Majordomus wischen. Es war das erste Mal, dass sie den Raum betreten durfte. Mew Wulfski war heute Morgen zusammen mit dem Graf zu einem Jagdausflug aufgebrochen und würde erst morgen zurückkehren. Hesinja war froh, einmal Ruhe vor seinem Stock zu haben. Sicherlich würde es ihr heute auch gelingen, sich endlich einmal zum Tempel zu schleichen.

Sie schloss die Tür hinter sich und ließ sich auf die erstbeste Sitzgelegenheit sinken. Erleichtert atmete sie durch. Die kleine Pause würde ihr gut tun. Neugierig ließ sie den Blick umherschweifen. Genauso schlicht, wie sich Mew Wulfski kleidete, so hatte er auch seinen Arbeitsbereich ausgestattet. Ein mächtiger Schreibtisch mit einigen Briefen, ein paar Lehnstühle, die mit Lederpolstern bespannt waren, und ein Bücherregal – sonst nichts.

Neugierig stand sie wieder auf und trat zum Schreibtisch. Was schrieb man als Majordomus? Und an wen? Hesinja war nicht sehr geübt im Lesen, da der Tempel nur wenige Schriftstücke besaß, doch sie konnte die geschwungene Handschrift entziffern.

Der Brief stammte von einer gewissen Gräfin von Walserwacht. In geschwollenen Formulierungen bedankte sie sich für die bisherige Zusammenarbeit und hoffte darauf, diese fortsetzen zu können.

Hesinja blickte überrascht auf. Sie hatte nicht gewusst, dass Mew Wulfski in den Diensten einer weiteren Gräfin stand. Aber wieso hielt er sich dann immer hier auf? Oder hatte sie den Brief einfach nur falsch verstanden? Einen Moment lang dachte sie daran, in den Schubladen nach weiteren Schriftstücken zu suchen, doch nein – der Majordomus würde es merken.

Nachdenklich ließ sie sich abermals auf das Polster sinken. Ob ihr Travia damit etwas sagen wollte? Vielleicht war diese Zusammenarbeit ja geheim! Aber nein, dann würde er diese Briefe nicht einfach so offen liegen lassen, schließlich konnte ja jede, die zum Putzen kam …

Sie stutzte. Minka und Olga konnten bestimmt nicht lesen, wozu auch? Offenbar hatte Mew Wulfski nicht daran gedacht, dass sie als Travia-Novizin in den Kusliker Zeichen geschult war.

Hesinja vergrub das Gesicht in den Händen. Ob sie das irgendwie ausnutzen konnte, um ihre Situation zu verbessern? Mit Sicherheit, sonst hätte Travia ihr nicht diesen Brief gezeigt. Nur wie?

Egal, wie sie es auch anstellte, der Majordomus war in der stärkeren Position. Wer würde schon einer Magd glauben? Vielleicht wusste der Graf sogar davon und würde sie ebenfalls bestrafen, wenn sie sich mit dem Brief an ihn wandte. Außerdem – freiwillig zum Grafen gehen? Nie und nimmer!

Seufzend stand sie auf und begann zu putzen.

* * *

Auch wenn die Herren des Hauses abwesend waren, Gräfin Grimje wollte trotzdem bedient werden. Hesinja deckte den Tisch. Inzwischen war es ihr in Fleisch und Blut übergangen, sodass sie sich schon fast zwingen musste, heute nur für eine Person Vorbereitungen zu treffen.

Schweigend servierte sie später der Gräfin die Vorspeise. Sobald sie hier fertig war, würde sie Minka und Olga einfach stehen lassen und zum Tempel laufen. Allein der Gedanke, Vater und Mutter nach so unendlich langer Zeit sehen zu können, ließ ihr Herz höher schlagen.

»Ich habe nicht den Eindruck, dass Sie froh über Ihre Arbeit hier ist«, riss die Stimme der Gräfin sie aus ihren Gedanken. »Sie ist gedanklich viel zu abwesend.«

Eine Eishand griff nach ihrem Herz. Schnell ließ sie die Kelle in die Schüssel gleiten, konnte ein verräterisches Klirren jedoch nicht verhindern. Schon wieder hatte sie die linke Hand benutzt! Sie verbarg die Arme hinter dem Rücken, damit die Gräfin das Zittern nicht sehen konnte.

»Ich diene meinem Grafen, so wie Praios es bestimmt hat, Hochwohlgeboren«, stammelte sie und bemühte sich, die Tränen zurückzuhalten.

»Wenn Sie schon den Herrn Praios erwähnt, sollte Sie sich auch an seine Gebote halten und nicht lügen, Kind«, erwiderte die Gräfin scharf.

Jetzt begannen auch Hesinjas Knie zu zittern. Was sollte sie bloß tun? Wie kam sie hier nur wieder heraus? Schweigend verharrte sie und hoffte, dass die Gräfin das Gespräch beenden würde.

Doch die Gräfin tat ihr den Gefallen nicht. »Sie erinnert mich an unseren früheren Waldläufer Pjerow Nagraski. Sagt Ihr der Name etwas?«

Hesinja presste die Lippen aufeinander und nickte stumm. Eine Träne rann ihre Wange herab.

Gräfin Grimje musterte sie lange. Schließlich nahm sie ihren Löffel und begann, die Suppe zu essen. Hesinja atmete auf.

»Sie weiß, was damals geschehen ist?«, ließ die Gräfin nach einigen Bissen nicht locker.

Eiseskälte. Der Pranger. Ihr so kindliches Gebet an Travia. Mutter, die ihr Schutz gab.

Weitere Tränen liefen ihre Wange herab. Musste die Gräfin sie so quälen?

»Ihr ist sicherlich die Jagdleidenschaft meines Gatten nicht entgangen. Ihr Vater Pjerow hatte die Aufgabe, gute Gebiete ausfindig zu machen und ihn dann während seiner Ausflüge durch Spurenlesen zu unterstützen. Im Gegenzug genoss er eine Vertrautheit, die einem Leibeigenen mit seinem Bronnjar eigentlich nicht zusteht. So durfte er auch unseren einzigen Sohn mit in den Wald nehmen, um ihn im Fährtensuchen auszubilden. Nach einem Ausflug bekam Pettar plötzlich Fieber. Es wurde von Tag zu Tag schlimmer. Dann war er plötzlich verschwunden, nur sein völlig zerfetztes Bett blieb zurück …«

Grimje von Salsweiler war von Satz zu Satz leiser geworden. Hesinja konnte sehen, dass sich ihre Augen ebenfalls mit Tränen gefüllt hatten. Eindringlich schaute die Gräfin sie an. Hesinja fühlte sich von ihrem Blick durchbohrt.

»Ihr Vater ist mit ihm in den Überwals gegangen!«, zischte sie schließlich. »Ausgerechnet in den götterverlassenen Überwals. Irgendetwas Unheiliges muss Pettar geholt haben. Unser einziges Kind … Wir haben nie wieder etwas von ihm gehört oder gar seine Leiche gefunden. Irgendetwas Magisches war hier …«

Hesinja schwieg. Natürlich kannte sie den Überwals, jenes Land auf der anderen Seite des Walsach, in dem fabelhafte Wesen herrschten und in das sich höchstens die Flusspiraten wagten. Sie hätte nie für möglich gehalten, dass Vater – ihr *richtiger* Vater – dort hingegangen wäre. Nein, das musste ein Missverständnis sein.

»Ich verstehe, warum Joost Sie zu uns geholt hat«, fuhr die Gräfin fort. »Er gibt Ihr die Schuld an unserem Verlust. Irgendwie kann ich ihn verstehen …« Ein Ruck durchfuhr sie. Plötzlich sprühte sie wieder vor Energie. »Sie muss Ihr Schicksal akzeptieren, je eher, desto besser. Warte nur ab, noch ein paar Monde, und Sie wird Ihren Bauernhof nicht mehr vermissen, wenn Sie sich erst an die Bequemlichkeiten hier gewöhnt hat.«

So bequem wie der Strohsack, auf dem ich schlafen muss?, dachte Hesinja in einen Anflug von Sarkasmus. Langsam bereute sie es, sich immer vom Grafenpaar fern gehalten zu haben. Hätten diese gewusst, dass sie ein Gänslein war, dann hätten sie anders geredet. Sollte sie es ihr sagen? Hesinja öffnete den Mund.

»Schluss jetzt! Hole Sie mir den nächsten Gang.«

Hesinja gehorchte. Nein, es hatte keinen Sinn. Sie war eine Leibeigene und die Gräfin ihre Bronnjarin. Vermutlich würde sie es nicht einmal verstehen. Doch den unerwarteten Gefühlsausbruch der Gräfin würde sie in Erinnerung behalten.

* * *

Nach getaner Arbeit schlich Hesinja aus der Burg. Sollten Minka und Olga sie doch ruhig suchen, jetzt wollte sie in den Tempel!

Ein mulmiges Gefühl überkam sie, als sie den Hof betrat, doch Jarle war ebenfalls als Begleitung des Grafen mitgereist, sodass sie heute ohne Angst zum Hoftor gehen konnte. Sonst mied sie seine Gegenwart, soweit es ihr möglich war. Zum Glück war sie während des Essens immer oben im Speisesaal und aß nicht mit dem Gesinde zusammen. Auch hatte Jarle sein Nachtlager im Pferdestall. Dennoch stellte Hesinja jede Nacht eine Kiste vor ihre Tür, weil sie Angst vor einem »Besuch« hatte.

Ihre Hand zitterte, als sie die Klinke berührte. Wie lange war es jetzt her, seit sie diese Schwelle in die andere Richtung überschritten hatte? Einige Wochen, oder schon über einen Monat?

Egal. Sie drückte die Klinke herab und wollte die Schlupftür öffnen, doch das schwere Holz bewegte sich keinen Finger weit. Sie waren eingesperrt!

Traurig blickte sie an der Mauer empor. Unmöglich, diese zu erklettern. Aber sie wollte doch zum Tempel! Nur einen kleinen Augenblick!

Ihr Blick blieb am schweren Holzriegel haften, der das mächtige Tor sicherte. Im Gegensatz zur Schlupftür gab es hier kein Schloss. Sie musste es nur schaffen, den Riegel aus der Fassung zu wuchten. Leichter gesagt als getan, denn er hatte fast die Ausmaße eines Baumstamms. Sie presste die Schulter unter das Holz und stemmte sich empor, doch der einzige Erfolg war, dass ihre Füße über den Boden rutschten. Keine Chance! Sie war viel zu schwach!

Frustriert kehrte sie in ihre Kammer zurück. Sie war eine Gefangene des Grafen! Schniefend öffnete sie die Fensterläden und schaute in die Abenddämmerung hinaus. In einiger Entfernung konnte sie die Bauernhäuser Salsweilers ausmachen. Langsam sank ihr Blick nach unten. Gute drei Schritt trennten sie vom Graben, der die Burg umgab. Nicht zum ersten Mal hatte sie darüber nachgedacht, einfach herabzuspringen, doch die Öffnung war viel zu klein, als dass sie hindurchgepasst hätte. Einmal hatte sie es tatsächlich probiert, anschließend hatten ihr tagelang die Schultern und Oberarme wehgetan.

Die Erkenntnis durchzuckte sie völlig unerwartet. Die Schreibstube des Majordomus war genau über ihrer Kammer! Sie brauchte nur ein Seil … Die Bettlaken! Drei aneinander geknotet sollten reichen.

Sofort schlich sie in die Waschkammer. Die beiden anderen Mägde waren nicht da. Hesinja schnappte sich drei Laken und huschte in die Schreibstube des Majordomus. Sie verdrillte den Stoff und band die Laken aneinander. Das reichte auf jeden Fall bis zum Boden!

Hesinja wuchtete zwei der Sessel ans Fenster und verknotete sie mit einem Ende ihres provisorischen Kletterseils. Dann öffnete sie die Läden und warf das andere Ende nach unten.

Schätzungsweise noch einen Schritt bis zum Boden. Na, das sollte ihr doch gelingen.

Prüfend zog sie an der Leine und kletterte dann ins Fenster. Nie zuvor hatte sie so etwas probiert, zusätzlich behinderte sie noch ihr Kleid, doch die Sehnsucht war zu groß. Kurzerhand stopfte sie sich den Saum ins Hüftband und ließ sich am Seil hinab. Hoffentlich sah sie jetzt gerade niemand mit entblößtem Unterleib. Bei diesem Gedanken musste sie kichern. Was würde ein zufälliger Beobachter wohl merkwürdiger finden? Das hochgestopfte Kleid oder die Tatsache, dass sie mittels Bettlaken aus der Burg flüchtete? Von Euphorie erfüllt, glitt sie an ihrem provisorischen Seil nach unten.

Nur Augenblicke später ertasteten ihre Füße festen Boden. Sie strich das Kleid glatt und sah sich um. Niemand hatte etwas bemerkt. Ihr nächster Blick galt dem offen stehenden Fenster. Der Rückweg würde viel beschwerlicher werden, doch er war machbar!

Hesinja warf sich herum und rannte so schnell sie konnte zum Tempel.

»Mutter! Mutter!«, rief sie, als sie ihn betrat.

Tatsächlich stand die Geweihte unmittelbar vor dem Heiligen Herd. Der lange vermisste Geruch des Feuers stieg ihr in die Nase. Sie warf sich der Geweihten an den Hals und begann zu weinen.

Mutter erwiderte die Umarmung. Sanft strichen ihre Hände über Hesinjas Rücken. Sie bekam eine Gänsehaut, so wohl tat es ihr, endlich wieder zu Hause zu sein.

»Ich bin aus dem Fenster geklettert!«, sprudelte es schluchzend aus ihr heraus. »Das Tor ist abgeschlossen. Der Graf will nicht, dass ich euch sehe. Der Majordomus ist so furchtbar zu mir. Immer wieder Schläge mit dem Stock. Und auch Minka kann mich nicht leiden, sie nennt mich immer Püppchen. Jarle ...«

Mutter legte ihr einen Finger auf die Lippen. Die Geste ließ Hesinja auf der Stelle ihren Redefluss stoppen.

»Du solltest nicht aus dem Fenster klettern«, sagte Mutter in ihrer leisen, aber bestimmenden Art. »Es finden sich schon noch Gelegenheiten, an denen wir uns mit Erlaubnis sehen dürfen. Ich glaube auch nicht, dass der Graf das bewusst verhindert. Es ist einfach üblich, dass Türen abends verschlossen werden. Auch wenn er gerade weg ist, seine Gattin ist doch noch da, oder? Sie wird einen Schlüssel besitzen. Warum hast du sie nicht einfach gefragt? Der Majordomus schlägt dich ebenfalls nicht grundlos. Akzeptiere dein Schicksal fürs Erste, nur so kannst du den Schlägen entgehen. Tue alles so, als wäre die Burg dein Zuhause! Was Minka betrifft, sie beneidet dich um deine Schönheit. Nimm es als Kompliment und nicht als Strafe!«

Hesinja hatte fassungslos gelauscht. Wie konnte Mutter ihre Peiniger in Schutz nehmen? Freute sie sich denn gar nicht, sie zu sehen? Hesinja schob Mutter von sich, wirbelte herum und rannte weg.

»Gänslein ...«, sagte Mutter noch, aber Hesinja hatte den Tempel bereits verlassen und hörte den Rest nicht mehr.

Dann doch lieber zu Vater. Nicht grundlos schlagen! Mutter wusste ja gar nicht, was sie da sagte. Sie kannte nicht das Boshafte des Majordomus. Und Minka neidisch? Von wegen. Hatte Mutter nicht ihre Hände gesehen, auf die Mew Wulfski so oft eingedroschen hatte und die vom vielen Putzen schwielig geworden waren? Oder ihre Haare, die seit Wochen nicht mehr ordentlich durchgekämmt worden waren?

Inzwischen war sie beim Gasthaus angekommen. Nach dem Eintreten fiel ihr Blick in eine bestimmte Ecke, und tatsächlich, Lumin und Koj saßen dort wie immer. Überrascht schauten die Männer auf. Koj rülpste. Alles war wie immer, als wäre sie nie weg gewesen.

Freudestrahlend huschte Hesinja in die Küche. »Vater!«, rief sie und warf sich ihm an den Hals.

»Hesinja, schön dich zu sehen!« Vater lachte vor Freude und entgegnete die Umarmung. Er hob sie hoch und drehte sich einmal im Kreis. »Geht es dir gut? Wie ist das Leben auf der Burg?«

Hesinja landete wieder auf den Füßen. Eine Falte bildete sich auf ihrer Stirn. »Es ist furchtbar. Ich werde andauernd bestraft und muss immer nur putzen und putzen. Auch habe ich die Aufgabe, den Graf beim Essen zu bedienen.«

Sie stockte. Sollte sie ihm wirklich alles erzählen? Was, wenn er genau wie Mutter reagierte? Sie gab sich einen Ruck.

»Der Graf hat uns eingesperrt«, sagte sie schließlich. »Die Schlupftür ist abgeschlossen, und den schweren Riegel bekam ich nicht hoch. Ich bin an Bettlaken aus dem Fenster geklettert, um euch sehen zu können.«

Vater packte sie an den Schultern und hielt sie auf Armlänge vor sich. Entsetzen stand in sein Gesicht geschrieben. »Du hast *was* getan? Kind, du kannst doch nicht einfach aus der Burg flüchten! Und schon gar nicht durchs Fenster.«

Hesinja spürte, wie sich ihre Augen mit Tränen füllten. Vater also auch! Sie hatte es ahnen müssen.

»Mach, dass du wieder in die Burg kommst!«, sprach er eindringlich. »Bei Travia, wenn jemand dein Kletterseil sieht. Es sind Fremde in der Stadt, Hesinja!«

Sie entwand sich seinem Griff und ging ein paar Schritte rückwärts, bis sie an die Wand stieß. Stumm schüttelte sie den Kopf, Tränen rannen ihre Wangen herab. Warum, warum waren Vater und Mutter so abweisend?

Wieder flüchtete sie. Auf dem Weg aus der Gaststube kam ihr Mutter entgegen. Hesinja stieß sie zur Seite und rannte schluchzend zur Rückseite der Burg zurück. Niemand war zu sehen. Sie stopfte wieder das Kleid ins Hüftband und ergriff die Laken.

Mühsam kämpfte sie sich Schritt und Schritt nach oben, bis sie sich schließlich durch das Fenster sinken lassen konnte.

Sie zog die Laken nach innen, knotete sie los und wischte sich mit einem davon die Tränen aus dem Gesicht. Pure Enttäuschung durchflutete sie. Solch ein Wagnis hatte sie auf sich genommen, um Vater und Mutter sehen zu können, und dann schickten sie sie wieder weg. Neue Tränen brachen aus ihr heraus. Alle, alle waren gegen sie. Sie war ganz völlig allein.

In ihrer Kammer angekommen, griff sie nach der Ikone und kauerte sich auf dem Strohsack zusammen.

»Wenigstens du bist noch bei mir«, murmelte sie, presste das Travia-Bildnis an sich und schlief ein.

* * *

Am nächsten Nachmittag schickte Minka sie zum Putzen in den Speisesaal. Hesinja fand es völlig sinnlos, schließlich hatte sie bereits nach dem Mittagsmahl alles aufgeräumt und abgewischt, doch die Magd ließ nicht locker. Minka hatte sogar einen Putzeimer vorbereitet gehabt, den sie ihr in die Hand drückte. Energisch schob sie Hesinja die Treppe hinauf.

Als Minka sie endlich allein ließ, seufzte Hesinja auf. Dann eben noch einmal putzen. Immerhin würde sie wieder etwas Ruhe haben.

Sie betrat den Speisesaal, zog die Tür hinter sich zu, stellte den Eimer auf den Tisch und wollte sich zunächst einmal auf einen Stuhl sinken lassen, da fiel ihr Blick auf einen zerbrochenen Elchschädel auf dem Boden.

Hesinja schaute an die Wand. Tatsächlich fehlte dort eine Trophäe. Der Schädel mochte herabgefallen sein, doch dann wäre er nicht so einfach zerborsten. Irritiert ging sie hin und bückte sich nach den Trümmerstücken. Das würde dem Grafen sicherlich nicht gefallen.

In diesem Moment öffnete sich die Tür. Joost von Salsweiler, Mew Wulfski und Minka betraten den Raum. Hesinja erstarrte. Der Blick des Grafen fiel auf die Bruchstücke in ihren Händen.

Sofort ließ sie sich auf die Knie fallen und presste die Stirn auf den Holzboden. »Hochwohlgeboren, ich – ich habe Eure Trophäe hier so aufgefunden. Ich würde nie Euren Besitz …«

Hesinja spürte, wie ihr die Schädelteile aus den Händen genommen wurden. Sie schwieg und verharrte zitternd in der Position. Stille folgte, nur unterbrochen vom Atmen der Anwesenden.

»Stehe Sie auf!«, bestimmte der Graf schließlich.

Obwohl sie nur Brei in den Knien hatte, zwang sich Hesinja empor. Sie wagte nicht, dem Bronnjaren in die Augen zu sehen, also hielt sie den Kopf gesenkt. Ihr Blick blieb an dem Schädel hängen, den der Graf in den Händen hin und her drehte.

»Niemand zertrümmert einfach so einen Schädel, selbst durch absichtliches Herabwerfen nicht. Da muss jemand nachgeholfen haben. Nun, der Kreis der Verdächtigen ist ja klein, oder?«

Überrascht blickte Hesinja auf. Unwillkürlich schaute sie Minka an, deren Miene sich vor Überraschung weitete.

Dies blieb auch dem Hausherrn nicht verborgen. »So, da hat sich die Schuldige ja gerade selbst verraten. Wir fanden es ohnehin etwas merkwürdig, dass Sie Uns unbedingt etwas im Speisesaal zeigen wollte. Majordomus, drei Schläge für die Zerstörung von gräflichen Eigentum.«

Hesinjas Herz machte einen Freudensprung. Sie wurde nicht bestraft! Der Herr war gerecht zu ihr! Als sein Blick sie traf, bemühte sie sich schnell, möglichst neutral zu schauen.

»Ach ja, und Wir wünschen, dass Hesinja endlich ein vernünftiges Bett bekommt. Uns ist nicht entgangen, in welches Loch Minka sie gesteckt hat. Auch dafür drei Schläge, Majordomus. Gebt ihr fürs Erste eines der Gästezimmer. Die werden momentan ja ohnehin nicht benötigt.« Der Graf legte ihr eine Hand auf die Schulter. »Wir wünschen, dass Sie während des Essens endlich mal lächelt.«

Den Gefallen tat Hesinja ihm gern. Endlich ein richtiges Bett! Keine schmerzenden Glieder mehr am Morgen!

Als die Schläge auf Minkas Hände herabfuhren, war sie wie im Freudentaumel. Nur beim ersten Schlag zuckten ihre Hände unwillkürlich zurück, doch dann genoss sie es, dass diesmal nicht sie es war, die den Schmerz spüren musste.

Nach dem sechsten Schlag verließ der Graf ohne ein weiteres Wort den Raum. Hesinja strahlte, gleich würde sie ihr neues Zimmer in Augenschein nehmen und sich auf das herrlich weiche Bett sinken lassen können.

Ihr Blick traf sich mit dem von Minka und Majordomus. Beide starrten hasserfüllt zurück.

Als Hesinja wenig später in ihrem neuen Bett lag, fühlte sie sich schlecht. Sie hatte sich darüber gefreut, dass jemand anders leiden musste. Außerdem hatte sie freiwillig den Grafen angelächelt, und das aus vollem Herzen.

Sie seufzte und kuschelte sich in die Decke, doch die weichen Daunen waren längst ungewohnt. Das Zimmer, das sie nun bewohnen durfte, war im Vergleich zur Putzkammer riesig. Hesinja hätte sich dreimal aneinander legen müssen, um den Raum zu durchmessen. Im Bett konnte sie nicht alle Kanten gleichzeitig berühren, so groß war es. Lachend hatte sie es direkt ausprobiert, sobald sie hineingekommen war. Selbst zwei Personen hätten problemlos Platz gefunden.

Hesinja stutzte. Ob Jarle von ihrem Umzug erfahren hatte? Er war sonst immer sehr gut informiert gewesen, was sie betraf. Hesinja stieg aus dem Bett und ging zur Tür. Glücklicherweise gab es hier einen Riegel, sodass sie nicht länger Gegenstände davor schieben musste. Bisher hatte sie nur Minka damit verärgert gehabt, wenn diese sie morgens wecken kam, aber sicher war sicher.

Sie schob den Riegel vor und schlüpfte wieder ins Bett. Immer noch überkam sie keine Müdigkeit. Hesinja tastete neben das Bett und legte Karinja neben sich.

»Schau mal, so ein großes Bett haben wir jetzt«, sagte sie zur Puppe. »Aber um welchen Preis?«

Sie seufzte erneut. Eigentlich hatte sie allen Grund, sich zu freuen. Endlich wieder ein richtiges Bett, heute keine Bestrafung und sicheren Schutz vor Jarle. Doch die Begeisterung stellte und stellte sich nicht ein.

Hesinja dachte an ihre gestrige Flucht aus der Burg. Ihr neues Zimmer hatte zwar seine Fenster zur Hofseite hin, aber von hier aus konnte sie problemlos auf die Mauer klettern. Der Rest war dann ein Kinderspiel. Doch Vater und Mutter hatten es ihr verboten. Warum nur? Warum wollten sie sie nicht sehen? Hesinja presste ihr Gesicht gegen das Kissen.

Als sie später schon fast eingeschlafen war, vernahm sie ein Kratzen an der Tür. Sofort war sie hellwach. Sie fuhr auf und versuchte, in der Dunkelheit etwas zu erkennen, doch es war aussichtslos. Leider hatte sie ihre Nachtkerze bereits gelöscht, und ein Zündgerät besaß sie nicht.

Wieder ein Geräusch an der Tür. Dieses Mal ein Rütteln am Türgriff. Ob er heute Nacht wirklich …?

Sie rutschte ins Bett zurück und zog sich die Decke bis an den Mund. Sie zitterte vor Angst.

»Hesinja«, flüsterte Jarle durch die Tür. »Lass mich doch rein. Jetzt, wo wir endlich ein richtiges Bett haben …«

Hesinja presste die Decke auf die Lippen, um keinen Ton von sich zu geben. Er war es wirklich! Und er tat so, als wäre er ebenfalls hier eingezogen.

Wieder rüttelte es an der Tür. Hesinja zog die Luft flach durch die Decke ein.

Geh weg!, dachte sie. *Lass mich in Ruhe!*

Hesinja wollte sich die Decke über den Kopf ziehen, doch die Angst, dass etwas passieren könnte, hielt sie davon ab. Weiter starrte sie in Richtung Tür, obwohl es absolut finster war. Lange harrte sie so aus, obwohl nichts mehr zu hören war.

Schließlich warf sie die Decke von sich und atmete befreit durch. Er war weg! Doch die Furcht, dass er wiederkommen könnte, blieb. Trotz des weichen Betts dauerte es lange, bis sie einschlief.

* * *

Als Hesinja am nächsten Morgen in die Küche kam, saß Jarle beim Frühstück und starrte sie finster an. Sie tat so, als würde sie ihn nicht sehen, und eilte mit dem Tablett schnell wieder nach außen. Dennoch überkam sie ein sehr mulmiges Gefühl.

Im Speisesaal breitete sie die Tischdecke aus und verteilte das Geschirr. Es war, als würden sich ihre Hände von allein bewegen, so sehr war sie mit ihren Gedanken beim gestrigen Tage. Sie zwang sich dazu, sich auf ihre Sache zu konzentrieren. Gestern war sie einer Strafe entkommen, doch dies konnte sich jederzeit ändern. Da durfte sie sich von Jarle nicht ablenken lassen.

Wieder unten, warf sie einen vorsichtigen Blick in die Küche. Jarle saß immer noch am Gesindetisch. Den Wasserkrug an sich gepresst, eilte sie in den Hof zu dem Brunnen. Sehnsüchtig blieb ihr Blick am Tor hängen. Ob es wieder abgeschlossen war? Was wäre, wenn sie einfach weglief? Weit, weit weg von Salsweiler?

Hesinja schöpfte Wasser und ging zur Burg zurück. Hastig huschte sie durch die Eingangshalle und die Treppe empor. Hoffentlich hatte Jarle nicht bemerkt, dass sie im Garten gewesen war.

Als sie im Speisesaal den Krug auf den Tisch stellte, krampfte sich ihr Innerstes zusammen. Ein breiter Streifen Schmutz zog sich quer über die Tischdecke. Jarle konnte es nicht gewesen sein, denn er war die ganze Zeit unten in der Küche gewesen. Oder doch?

Keine Zeit zum Nachdenken. Jeden Moment konnte der Graf mit seiner Gattin auftauchen. Hesinja räumte, so schnell sie konnte, das Geschirr vom Tisch. Kurzerhand stellte sie alles auf den Boden. Dann zog sie die Tischdecke zusammen und rannte in die Putzkammer. Zum Glück fand sie hier noch eine saubere Decke. Hesinja ließ das beschmutzte Teil einfach fallen und lief in den Speisesaal zurück. Keuchend deckte sie den Tisch ein zweites Mal. Während sie noch das letzte Geschirr ausrichtete, betrat der Majordomus den Raum.

»Du bist heute spät dran, Hesinja!«, ging ihr seine Stimme durch Mark und Bein.

»Die Tischdecke war beschmutzt«, stammelte sie. »Ich musste eine neue holen.«

»Warum hast du nicht besser aufgepasst, dass so etwas nicht passiert?« Der Blick von Mew Wulfski wurde lauernd.

»Es war nicht meine Schuld. Irgendwer hat es getan, als ich Wasser …« Im Augenwinkel sah Hesinja den Grafen um die Ecke kommen. Sofort verstummte sie und zog sich vom Tisch zurück.

Das Bronnjarenpaar gab mit keiner Geste zu verstehen, dass ihm etwas am Tisch auffiel. Langsam machte sich Erleichterung in Hesinja breit. Ihr fiel ein, dass Joost von Salsweiler sie um ein Lächeln gebeten hatte, und sie zwang sich dazu. Dennoch wich sie seinem Blick aus.

Als sich das Frühstück dem Ende zuneigte, lief Hesinja das Wasser im Mund zusammen. Bisher hatte sie sich immer über die Reste hergemacht, was entweder niemanden auffiel oder aber den Leuten egal war. Außerdem kam sie so erst dann in die Küche, wenn Jarle bereits wieder bei den Pferden war. Kaum waren Graf und Gräfin gegangen, wollte sie nach den Tellern greifen, da kam ihr der Stock von Mew Wulfski in die Quere. Also doch eine Strafe!

Zitternd streckte sie dem Majordomus die Hände entgegen. Dabei hatte sie klar gesagt, dass sie es nicht gewesen war. Schweigend empfing sie die drei Hiebe. Inzwischen war sie so abgestumpft, dass sie nicht einmal mehr aufschreien musste.

Nachdem Mew Wulfski gegangen war, ließ sich Hesinja erst einmal auf einen der Stühle sinken. An Essen war mit den wunden Fingern zunächst einmal nicht mehr zu denken. Wer nur hatte ihr das angetan? Etwa der Majordomus selbst? Hatte er entdeckt, dass sie in seiner Schreibstube gewesen war? Nein, er würde sie direkt schlagen und nicht erst in Misskredit bringen. Blieb also nur Minka. Egal, ob sie wirklich für den zerbrochenen Schädel verantwortlich war oder nicht – sie hatte genug Zeit gehabt, schnell in den Speisesaal zu laufen, und einen Grund noch dazu.

Endlich ließ der Schmerz ein wenig nach. Hesinja räumte die Essensreste und das Geschirr auf ein Tablett und ging in die Küche. Unwillkürlich trafen sich Hesinjas und Minkas Blick. Die Magd schien heute ausgesprochen gut gelaunt zu sein.

Als Minka die Küche verließ, um nach der Wäsche zu sehen, ließ sich Hesinja am Herd nieder. Es war zwar nicht der Heilige Herd im Traviatempel, doch er war alles, was sie momentan hatte.

»Mutter Travia«, flüsterte sie. »Schenk mir dein Erbarmen. Du siehst doch, wie ich mich bemühe. Ich habe sogar den Grafen angelächelt. Du weißt, was das für mich bedeutet.«

Hesinja stutzte. Sie hatte ihm ihr Lächeln geschenkt, weil er ihr eine bessere Bleibe gegeben hatte. Was für ein Wunder war es doch gestern gewesen, nicht nur der Strafe zu entkommen, sondern auch noch belohnt zu werden. Das hatte sie nur Travia zu verdanken. Wie konnte sie da noch so dreist Weiteres erbitten?

»Vergib mir, ich bin töricht. Du hast mir ja bereits geholfen.«

Sie stand wieder auf. Eine Träne rann ihre Wange herab. Sie musste es auch weiterhin ertragen.

* * *

Minka schien vorerst befriedigt zu sein, denn sie ließ Hesinja die restliche Woche in Ruhe. Jarle hatte offenbar eingesehen, dass er nicht in ihr Zimmer schleichen konnte, und belästigte sie zumindest nachts nicht mehr.

Dann kam er jedoch eines nachmittags in die Burg gerannt. Hesinja ließ vor Schreck beinahe den Putzeimer fallen, mit dem sie gerade die Treppe hinaufsteigen wollte.

»Besuch!«, brüllte er. »Wir haben Besuch!«

Irritiert stellte Hesinja den Eimer ab. Wenn Jarle sie völlig ignorierte, dann musste wirklich jemand Bedeutendes angekommen sein. Da tauchten auch schon Mew Wulfski und Joost von Salsweiler oben an der Treppe auf. Schnell wich sie zur Seite aus.

»Was macht Er für einen Lärm?«, wollte der Majordomus wissen.

»Magier!« Jarle hatte sich immer noch nicht beruhigt. »Echte Magier! Zwei! Ein Mann und eine Frau! Haben bei Vigo nach einem Zimmer gefragt, doch er hat direkt hier Bescheid gegeben.«

Bei der Nennung des Namens fuhr ein Stich durch Hesinjas Brust. Normalerweise hätte *sie* die Nachricht überbracht. Wie unwillig hätte sie es getan. Nun, immerhin das hatte sich erledigt.

»Es heißt immer noch Travienlieb Vigo Laikis, Bursche!«, schaltete sich nun der Graf ein. »Hat er die gelehrten Herrschaften denn auch vorgestellt?«

Eine Falte bildete sich auf Jarles Stirn. Er kratzte sich am Kopf. »Eine gewisse Drakwinesca … Ach ja, und ein Merlion aus Brabak.«

Joosts und Mews Augen weiteten sich.

Der Graf schlug ein Praiosrad. »Praios stehe uns bei! Bereitet sofort ein Gästezimmer und ein Abendessen vor!« Er wirbelte herum und verschwand.

Der Majordomus stand wie festgenagelt. Hesinja hatte keine Erklärung dafür. Diese Magier schienen ja große Berühmtheiten zu sein, wenn sie für eine derartige Unruhe sorgten. Sie hatte allerdings die Namen noch nie gehört, aber das mochte ja nichts heißen.

»Verfluchtes Dämonologenpack! Brabak!« Das letzte Wort hatte Mew Wulfski regelrecht ausgespuckt. Er drehte sich um und ging in seinem unnachahmlichen Gang davon. Jarle, Minka und Hesinja schien er völlig vergessen zu haben.

Jarles und Hesinjas Blick trafen sich. Schnell schaute sie weg. Sie packte den Putzeimer und rannte die Stufen empor. Da sie keinerlei neue Anweisungen bekommen hatte, war sie sich unschlüssig, was sie nun tun sollte. Einerseits hatte der Graf verfügt, dass ein Gästezimmer vorzubereiten wäre, andererseits sollte der Speisesaal gewischt werden.

Spontan entschloss sie sich dazu, lieber eines der Gästezimmer zu putzen. Der Speisesaal war sauber genug. Mit Schaudern dachte sie daran, was sie unter ihrem eigenen Bett alles an Staub, Spinnweben und Getier entdeckt hatte.

Eines der Gästezimmer bewohnte sie seit einer Woche selbst, ein anderes Mew Wulfski. Blieben also noch drei übrig. Hesinja entschied sich willkürlich für eines und öffnete die Tür. Muffige, abgestandene Luft schlug ihr entgegen. Ja, *das* kannte sie! Zum Fenster eilen und dieses aufreißen, waren eins. Wenn sie die Tür offen ließ, sollte der Mief bald vertrieben sein.

Skeptisch blickte sie sich um. Dieser Raum war deutlich länger nicht mehr benutzt worden als ihr eigenes Zimmer. Hier bedeckte der Staub bereits in einer dünnen Schicht den gesamten Boden und wirbelte, durch den Luftzug angeregt, in interessanten Mustern umher. Hesinja musste niesen. Kurzerhand entleerte sie einen Teil des Eimerinhalts auf den Boden. Lieber alles wieder trockenreiben, anstatt hier als graue Maus wieder herauszukommen.

Sie hatte bereits fast den halben Boden fertig, da stand plötzlich Jarle neben ihr, einen Besen in der Hand.

»Ich will dir helfen«, sagte er freudestrahlend. »Im Stall ist momentan nichts zu tun.«

Beim Stichwort Stall glitt Hesinjas Blick nach unten. Tatsächlich! Er war mit seinen Stallstiefeln hier hochgekommen und hatte den gesamten Dreck im Raum und auf dem Flur verteilt. Sie würde das alles zusätzlich wischen müssen.

»Verschwinde!«, fauchte sie ihn an. »Schau mal, was du angerichtet hast!«

Jarle musterte seine Fußspuren, dann seine Stiefel. Beschämt zog er die Beine über den Boden. Weiterer Schmutz fiel herab.

Nun hatte sie endgültig genug. Sie schlug ihn mit dem Putzlappen ins Gesicht. »Weg mit dir!«

»Aber Hesinja, ich wollte dir doch nur …«

Sie spürte, wie sich ihre Augen mit Tränen füllten. Ein weiteres Mal landete der Lappen auf Jarle. »Ich hasse dich! Lass mich in Ruhe!«

Durch die Tränen hindurch sah sie, wie Jarle mit hängenden Schultern davonzog. Sie warf das Putztuch in den Eimer zurück und ließ sich auf das Bett fallen. Warum nur konnte dieses Pickelgesicht sie nicht in Ruhe lassen? Warum nur konnten sie *alle* nicht in Ruhe lassen? Nun würde sie wieder Schläge bekommen, da war sie sich sicher. Und alles nur wegen Jarle! Konnte er nicht einsehen, dass sie seine Art abstoßend fand? Sie schüttelte sich.

Immerhin hatte sie es geschafft, ihn davonzujagen. Stolz durchfuhr sie und stoppte die Tränen. Hoffentlich hatte sie nun endlich Ruhe vor ihm. Von neuem Mut erfüllt stand sie auf und fuhr mit ihrer Arbeit fort.

Kurz bevor sie fertig war, sagte plötzlich Minka hinter ihr: »Das ist das falsche Zimmer, Püppchen!«

Hesinja ließ den Lappen fallen. Das durfte alles nicht wahr sein! Da kämpfte sie sich bereits seit über einer Stunde durch Staub und Dreck, und das war alles, was Minka dazu einfiel?

»Welche Kammer unsere … Gäste beziehen, ist völlig gleichgültig.« Die kratzende Stimme des Majordomus war leise, und doch durchdrang sie alles. »Im Gegensatz zu dir hat sich Hesinja immerhin direkt um das Wesentliche gekümmert und damit dem Befehl des Grafen Genüge getan.«

Nun wagte Hesinja es doch, sich umzudrehen. Mew Wulfski stand in der Tür, direkt daneben Minka, deren Blick puren Hass zeigte. Sie wirbelte herum und lief davon.

Der Majordomus wandte sich Hesinja zu. »Und du.« Sein langer Fingernagel richtete sich wie ein Pfeil auf sie. »Sieh zu, dass du fertig wirst, immerhin muss der Speisesaal ebenfalls noch gewischt werden.«

Als er ging, ruhte seine Hand wie zufällig auf dem Stock, den er wie immer am Gürtel trug.

Hesinja hob das Putztuch wieder auf. Da hatte sie schon fast gedacht, Mew Wulfski würde sie einmal in Schutz nehmen. Was für ein unsinniger Gedanke!

* * *

Später suchte sie mit neuem Wasser den Speisesaal auf. Die Zeit, noch mal den Brunnen aufzusuchen, war es ihr wert. Lieber frisches Wasser nehmen, als zu riskieren, irgendetwas auf dem eigentlich blitzsauberen Dielen wieder schmutzig zu machen.

Hesinja öffnete die Tür und blieb wie erstarrt stehen. Auf den Boden befand sich ein gigantischer Fleck, der sogar eine Ecke des Läufers verdreckt hatte. Das konnte nur die erboste Minka gewesen sein! Sollte sie zum Grafen oder dem Majordomus laufen und ihnen zeigen, was die Magd angerichtet hatte? Vermutlich wurde sie dann noch bestraft werden, weil sie nicht wie ursprünglich angewiesen zunächst hier geputzt hatte.

Seufzend ging sie in die Knie. Vielleicht reichte die Zeit so gerade noch, den Schaden zu beseitigen.

Hesinja wischte und schrubbte wie eine Besessene, doch die Zeit verging viel zu schnell. Sie wurde immer nervöser, da sie jeden Augenblick den Majordomus vermutete.

Dann wurde aus ihrer Befürchtung Realität. Mew Wulfski öffnete die Tür, als sie erst drei Viertel des Schadens entfernt hatte. Mit drei schnellen Schritten war er bei ihr und zog sie an der Schulter brutal auf die Füße. Hesinja schrie vor Schmerz auf.

»Was hast du angerichtet?«, brüllte er.

Bevor Hesinja nur die Chance einer Antwort hatte, warf er sie zu Boden. Sie stieß dabei den Eimer um, dessen Inhalt sich auf dem Boden ausbreitete. Er wartete nicht, bis sie die Arme ausstrecken konnte, sondern drosch mit seinem Stock unzählige Male auf Hesinjas Rücken ein, bis sie wimmernd liegen blieb.

»Wenn ich wiederkomme, bist du fertig! Und wage so etwas nicht noch einmal!« Mew Wulfski ging.

Hesinja zog die Arme an den Körper und versuchte, sich aufzurichten, doch ihr gesamter Rücken bestand nur aus Schmerz. Hinzu kam, dass ihre Kleidung das Putzwasser aufgesogen hatte und ihr auf der Haut klebte.

Im vierten Anlauf gelang es ihr schließlich, den Oberkörper aufzurichten. Stöhnend wuchtete sie sich in eine sitzende Position. Erst jetzt wagte sie es, an sich herunter zu sehen. Die Schürze war völlig verdreckt. Da sah selbst der Wischlappen fast noch besser aus. Sie tastete mit der Hand über die geschundenen Stellen auf den Rücken, soweit sie diese ohne

Schmerzen erreichen konnte, und betrachtete anschließend den Handrücken. Zumindest kein Blut.

Sie öffnete die Schleifen der Schürze und zerrte sie sich vom Leib. Dann zog sie den Eimer heran und wrang Schürze und Kleid in diesem aus, was ihn bereits wieder zu einem Viertel füllte. Sie warf die Schürze auf die Wasserlache und zog sich stöhnend vorwärts. An ihrem Rücken gab es keine Stelle, die nicht schmerzte. Selbst sitzen konnte sie nur halb, da einige Schläge ihren Po getroffen hatten.

Ein zweites Mal wrang sie die Schürze aus und ließ damit weiteres Putzwasser zurück in den Eimer fließen. Obwohl sie sich kaum bewegen konnte, ging es mit Hilfe der Schürze schneller, als sie es mit dem Lappen geschafft hätte, aber mit der Konsequenz, dass diese wahrscheinlich hin war.

Nach einer gefühlten Ewigkeit hatte sie den Boden trocken und war wieder bis an den Dreck gelangt. Hesinja schlotterte vor Angst. Was, wenn der Majordomus bereits jetzt zurückkehrte? Sie bezweifelte, dass sie das überstehen würde.

Sie biss auf die Unterlippe, bis sie einen metallischen Geschmack verspürte. Dieser Schmerz lenkte sie vom Rücken ab. Sie wuchtete ihren Körper in die Hocke und griff nach dem Wischtuch. Mit Tränen in den Augen begann sie zu putzten, aber es gelang ihr fast wieder dasselbe Tempo wie vor Mews Schlägen. Hesinja wimmerte, doch der Fleck wurde kleiner und kleiner.

Als sie endlich fertig war, ließ sie sich einfach fallen. Anspannung und Schmerzen entluden sich in einen Heulkrampf. Sie hatte es geschafft! Sie war rechtzeitig fertig geworden. Trotz ihres malträtierten Rückens musste sie lachen.

»Travia, hab Dank, dass du mir diese Kraft gegeben hast!«, flüsterte sie mit leuchtenden Augen, in denen die Tränen bereits wieder trockneten.

Aber bald würde sie servieren müssen, und ihre Kleidung war ganz schmutzig! Hesinja fuhr stöhnend auf. Die Heiterkeit war so schnell verschwunden, wie sie gekommen war. Das Kleid war das einzige Kleidungsstück, das sie besaß. Immer wenn sie badete, wusch sie es gleichzeitig, ansonsten trug sie es ununterbrochen am Körper. Was sollte sie nur tun? Sie musste es reinigen, und zwar rasch!

Hesinja nahm den Putzeimer zu Hilfe, um sich daran aufzurichten. Es gelang ihr, ohne einen Tropfen zu verschütten. Anschließend nutzte sie Sitzfläche und Lehne eines Stuhls, bis sie schließlich schwankend stand. Der Rücken brannte wie Feuer. Hesinja machte ein Hohlkreuz, um sich etwas Linderung zu verschaffen. Vorsichtig ging sie in die Hocke und tastete nach dem Eimer. Ihr gelang es, ihn zu fassen und sich wieder aufzurichten, ohne den Rücken zu bewegen. Mit steifen Bewegungen wankte sie zur Tür und dann den Korridor entlang. Es kam ihr vor, als würde sie den Gang des Majordomus' nachahmen. Trotz der Schmerzen gelang Hesinja ein Lächeln. Sie hatte ihn besiegt, ihm seiner sicher geglaubten zweiten Bestrafung beraubt.

Wie zu erwarten war, befand sich niemand in der Waschkammer. Sie fischte die Schürze aus dem Eimer und warf sie in den Waschzuber. Danach befreite sie sich umständlich vom Kleid und gab es dazu. Wo sollte sie nur heißes Wasser herbekommen? In die Küche gehen und Minka gegenübertreten – und das auch noch nackt? Unmöglich!

Sie fiel vor dem Bottich auf die Knie, um sich nicht bücken zu müssen. Dann zog sie das Waschbrett heran und gab etwas Seife in die Schürze. So viel sie auch rieb, der Schmutz wurde nicht weniger. Völlig hoffnungslos, das unter diesem Umständen wieder sauber zu bekommen. Vielleicht würde sie das sogar nie wieder schaffen.

Frustriert ließ sie die Wäsche los. Sollte sie das feuchte Kleid wieder anziehen, um überhaupt etwas am Leib zu haben? Ihr Blick wanderte durch die Waschkammer. Wie magisch blieb er an einem Kleiderstapel hängen. Fein säuberlich aufgeschichtet lagen dort die Gewänder der Gräfin. Der Stapel daneben jedoch …

Hesinja wankte dorthin. Tatsächlich, hier lag eines von Minkas Kleidern.

Hesinja wollte danach greifen, doch ihre Hände zuckten zurück. Nein, es war Unrecht. Egal, was Minka ihr angetan hatte, sie konnte nicht einfach die Kleidung der Magd stehlen. Sie war zwar deutlich fülliger, dennoch sollten ihre Sachen Hesinja passen. Vermutlich würde es um ihren Körper schlottern, doch das war nichts, was man nicht mit einem Band korrigieren konnte.

Ihre Hand strich über den Stoff. So langsam spürte sie die Kälte, die ihre nackte Haut traf. Jetzt wieder das nasse Kleid anziehen und blutigen Rotz riskieren? Nein, es war Minkas Schuld, dass sie nun hier stand, da sollte sie das auch ausbaden. Entschlossen griff Hesinja nach der Bluse und zog sie an.

Sie kam sich vor, als hätte sie sich einen Deckenbezug über den Kopf gezogen. Dann schlang sie sich den Wickelrock um die Hüften. Sie schaffte zwei komplette Umrundungen, wo es bei Minka gerade so passte. Hesinja fischte die Bänder ihres Kleides aus dem Waschzuber, wrang sie aus und band die weitesten Stellen zusammen. Farblich passte alles überhaupt nicht zusammen, aber vorerst würde sie damit auskommen müssen.

Sie lockerte etwas den Rücken, dann ging sie entschlossen in den Speisesaal zurück. Fast wäre sie vor Schreck rückwärts umgefallen, als sie Mew Wulfski in dem Zimmer stehen sah.

Der Majordomus musterte sie finster. »So, hast nicht nur den Dreck beseitigt, sondern dir zur Abwechslung sogar mal andere Kleidung angezogen? Hochwohlgeboren wünscht, dass alles für die gelehrten Herrschaften perfekt ist. Noch ein Fehler, und ich werde nicht mehr so gnädig sein.«

Hesinja fiel die Kinnlade herunter. Nicht mehr so gnädig? Hatte er nicht bemerkt, was er ihr angetan hatte? Wie konnte er nur immer so gemein zu ihr sein?

Travia hat dir geholfen!, ermahnte sie sich und sagte: »Ich werde mich bemühen, seinen Wünschen nachzukommen.«

Mew Wulfski hob seinen Stock, doch dann zog er ohne ein weiteres Wort davon.

Hesinja zitterte. War das eine Drohung gewesen? Würde er bald zurückkommen?

Sie ging zum Schrank und deckte den Tisch.

* * *

Als Hesinja die Küche betrat, keuchte Minka auf. »Wie konntest du nur?«

Hesinja blieb stehen, wo sie war. Nein, heute würde sie sich nicht mehr herumschubsen lassen. Sie hatte den Majordomus überstanden, da war Minka nichts.

»Wie konntest *du* nur?«, fauchte sie und langte nach der Suppenschüssel.

Ohne auf eine Reaktion der Magd zu warten, transportierte sie die Vorspeise nach oben. Neben der üblichen Tischordnung hatten die beiden Magier Platz genommen. Hesinja hatte sie bisher nicht zu Gesicht bekommen. Der Mann war eine hochgeschossene, spindeldürre Gestalt mittleren Alters. Selbst hier beim Abendessen trug er einen großen Spitzhut, in dem ihr unbekannte Symbole mit glitzernden Metallfäden eingestickt waren. Lange Haare und ein beachtlicher Bart, der ihm bis über die Brust reichte, umrahmten sein kantiges Gesicht. Ansonsten trug er nur eine schlichte, schwarze Kutte. Neben ihm hatte die Frau Platz genommen. War er deutlich südländischen Typs, schien sie aus dem Norden zu stammen. Die mandelförmigen Augen und ihre zierliche Gestalt deuteten auf Nivesen in ihren Vorfahren hin. Sie trug ebenfalls eine üppig bestickte Robe, jedoch keinen Hut. Ein wenig abseits hatten sie lange Wanderstöcke auf den Tisch gelegt. Das mussten die legendären Zauberstäbe sein, die Magier trugen. Hesinja schaute intensiver hin, konnte allerdings nichts Besonderes erkennen. Es schienen schlichte Holzstecken zu sein.

Beinahe war sie enttäuscht. Das also waren die Magier, die Joost und Mew so in Aufregung versetzt hatten? Hesinja konnte es kaum glauben. Zunächst galt es aber, ein viel näher liegendes Problem zu lösen: Wem zuerst servieren? Sie erinnerte sich an das, was Vater ihr damals gesagt hatte: »Grundsätzlich wird zuerst der Graf bedient, danach seine Gattin und dann erst andere, es sei denn, sie sind im Rang höher.«

War ein Magier höher gestellt als ein Graf? Wohl kaum. Bevor sie noch länger unschlüssig herumstand, beschloss sie, auf ihre Eingebung zu hören und füllte den Teller des Grafen. Niemand zeigte eine Reaktion. Offenbar war Phex gerade mit ihr. Sie füllte die Teller der Gräfin, der Magier und zuletzt den des Majordomus. Ihre Hand zitterte, als sie seinen Teller füllte, doch er gab ihr mit keiner Regung zu verstehen, dass er mit ihrem Verhalten unzufrieden war.

Sie nahm ihre Warteposition neben der Tür ein und atmete leise auf. Inzwischen gelang es ihr trotz der Verwendung der ungewohnten Hand die Teller zu füllen, ohne dass ein einziger Tropfen daneben ging. Hesinja wollte sich nicht ausmalen, was passiert wäre, wenn sie heute etwas verschüttet hätte. Andererseits konnte keine Bestrafung jemals schlimmer werden als die unzähligen Schläge von vorhin. Wie auf Kommando kehrte der Schmerz in ihren Rücken zurück. Aber sie hatte Mew Wulfski besiegt! Hesinja lächelte.

»Ich hoffe, die Vorspeise mundet Euch?«

Sie zuckte zusammen, als der Graf unvermittelt die Stille brach.

»Durchaus, Hochwohlgeboren.« Der Magier Merlion sprach mit volltönendem Bass. Dennoch hatte seine Stimme etwas Kaltes in sich. »Ich bin zuversichtlich, dass ihr das Beste aufgefahren habt, was angesichts eurer abgelegenen Lage hier möglich ist.«

Joosts Löffel schlug hart in den Teller zurück, er sagte jedoch nichts. Hesinja wurde ganz mulmig zumute. Die Aussage klang fast wie eine Beleidigung, und der Graf steckte sie einfach so kommentarlos weg?

Mew Wulfski gab ihr mit einer Handbewegung zu verstehen, dass sie den nächsten Gang bringen sollte. Schnell sammelte sie das Geschirr ein und lief in die Küche zurück. Minkas Blick war pures Eis, trotzdem reichte sie ohne jedes Wort die Servierplatte. Hesinja ignorierte die Magd und warf einen Blick darauf. Der Hauptgang bestand heute aus Dippelapz – überbackenen Kartoffeln mit Kohl. So ein Durchschnittsessen für die ungewöhnlichen Besucher? Ihr wäre sicherlich etwas Interessanteres eingefallen, aber die Küche war nicht ihr Reich.

Oben herrschte immer noch borongefällige Stille. Kaum hatte sie die Platte auf dem Tisch abgestellt, nahm der Graf ihr die Kelle aus der Hand.

Gehorsam huschte sie wieder neben die Tür. Ob es auffiel, wenn sie sich etwas anlehnte? Ihr Rücken schmerzte immer noch, und etwas Entlastung würde ihr gut tun. Am liebsten hätte sie sich hingesetzt, doch das war während des Essens der Herrschaften undenkbar. Sie legte die Hände im Kreuz aufeinander und ließ sich vorsichtig nach hinten sinken, bis ihre Fingerspitzen den Türrahmen berührten. So war es schon etwas bequemer. Hatten die anderen etwas bemerkt? Hesinja musterte sie – alle waren schweigend in ihr Essen vertieft, niemand nahm von ihr Notiz. Sie wagte nun, die Schultern nach hinten sinken zu lassen. Herrlich! Die Schmerzen ließen nach.

Nach einigen Minuten der Entspannung wurde sie zum Abräumen herangerufen. Hesinja tat wie befohlen und brachte alles in die Küche zurück. Minka schaute immer noch finster, doch die Arbeit ging vor. Der Nachtisch bestand aus einer großen Schüssel Quarkspeise. Natürlich hatte Minka keine Schalen bereitgestellt. Als wenn Hesinja das jetzt stören würde! Sie trug die Schüssel nach oben und holte schnell einige Nachtischschüsselchen aus einem Schrank. Mew Wulfski musterte sie skeptisch. Ob sie wieder etwas falsch gemacht hatte? Für die fehlenden Terrinen konnte sie nichts. Ohne irgendeine Regung füllte sie reichlich Quark in die Schalen und gab noch ordentlich Ahornsirup darauf. Hoffentlich würde die Nascherei ihn ablenken. Es war das erste Mal, dass der Majordomus den Nachtisch mitaß. Offenbar wollte er angesichts der Gäste nicht außen vor bleiben. Hesinja ließ die große Schüssel stehen und kehrte zur Tür zurück. Es war noch genug übrig, dass sie diese später auslecken und sich so ebenfalls an der Süßspeise laben konnte.

Kaum war das Dessert verspeist, zauberte der Graf eine Flasche Meskinnes hervor. Hesinja beeilte sich, ihm eine passende Anzahl Schnapsgläser parat zu stellen. Joost füllte sie großzügig und verteilte sie an die Magier, seine Frau und den Majordomus.

»Pojechali!«, rief er und kippte alles in einem Zug herunter.

Merlion tat es ihm gleich, während Grimje, Drakwinesca und Mew lediglich daran nippten. Joost von Salsweiler musterte sie skeptisch, dann schenkte er der Magierin Wein nach.

Nun kam endlich ein Gespräch in Gang. Nach dem Austausch einiger nichtssagender Floskeln landete der Graf sehr schnell beim Thema Jagd. Hesinja kam nicht umhin, ihm gespannt zu lauschen, denn es war das erste Mal, dass sie ihn über seine unzähligen Trophäen erzählen hörte. Joost von Salsweiler war tatsächlich in der Lage, zu jedem einzelnen seiner Stücke die komplette Geschichte zu erzählen. Er wusste von jedem Schädel, wann, wo und unter welchen Umständen er das Tier erlegt hatte.

»Ich konnte ihn aus sicherer Entfernung mit meinem Bogen treffen«, berichtete der Graf gerade über den ausgestopften Bären am Eingang. »Doch der Pfeil machte ihm nicht das Geringste aus. Brüllend stürmte er auf mich zu, wurde immer schneller. Dann richtete er sich noch auf seine Vorderläufe auf.«

Mit beiden Armen ahmte er den angreifenden Bären nach. Hesinja schauderte. Wie hatte sie sich beim ersten Mal erschreckt, aber lebendig musste ein Bär eine Naturgewalt sein. Gebannt hörte sie weiter zu.

»Doch Firun war mit mir. Als seine Tatzen mich zermalmen wollten, duckte ich mich unter ihnen hinweg und rammte das Schwert in seine Brust. Die Klinge fuhr genau in sein Herz. Er brüllte noch einmal kurz, dann sackte er in sich zusammen. Im allerletzten Moment konnte ich noch zur Seite springen, sonst wäre ich unter seinem Körper begraben worden.«

»Ihr entschuldigt? Ich bin müde und würde gern zu Bett gehen.«

Die Gräfin hatte sich erhoben und holte Hesinja damit in die Realität zurück. Sie glitt einige Schritte zur Seite, um ihr Platz zu machen.

»Wo war ich stehen geblieben?« Joost kratzte sich am Kopf. »Hesinja, hole für unsere Gäste noch etwas Wein.«

Beinahe hätte sie protestiert. Wie gern hätte sie weiter seinen Geschichten gelauscht, doch im allerletzten Moment verschluckte sie ihren Protest. Sie zwang sich zu einem Lächeln, nickte, ergriff den Krug und eilte hinaus. Draußen begann sie zu rennen. Wenn sie sich jetzt beeilte, verpasste sie hoffentlich nichts Spannendes.

Sie stieß die Tür zur Scheune auf. Inzwischen fand sie sich hier blind zurecht, sodass sie keine Lampe mitnehmen musste. Das große Weinfass war fünf Schritte geradeaus und dann zwölf nach rechts. Hesinja zwang sich, langsam zu gehen, damit die Schrittlänge stimmte.

Nach drei Schritten schlangen sich von hinten Arme um ihren Oberkörper und Hände grabschten nach ihren Brüsten. Hesinja wollte aufschreien, doch da war bereits eine Hand auf ihrem Mund und presste ihn unerbittlich zu. Sie wand sich und versuchte, der Umklammerung zu entkommen, aber die Arme hielten sie gnadenlos fest. Der Weinkrug fiel zu Boden und zerschellte.

»Du gehörst mir«, hauchte ihr Jarle ins Ohr. »Wenn du nicht freiwillig kommst, muss ich mir meinen Besitz eben holen.«

Brutal zog er sie weiter in die Dunkelheit der Scheune hinein. Hesinja versuchte erneut zu schreien, doch kein Ton drang zwischen seinen Fingern hervor. Sie strampelte mit den Füßen und schlug mit dem freien Arm, konnte jedoch nichts gegen den Griff ausrichten. Jarle war viel zu kräftig für sie. Seine Hand glitt zwischen ihre Beine. Lachend zog er den Rock Stück um Stück nach oben.

»Gleich bist du mein …«, flüsterte er und stöhnte. Etwas Hartes bohrte sich unerbittlich zwischen ihre entblößten Schenkel.

Plötzlich flutete gleißende Helligkeit die Scheune. Hesinja schloss trotz ihrer panischen Angst geblendet die Augen.

»Was ist hier los?«, donnerte Merlions Stimme durch den Raum.

Hesinja zwang sich, die Augen wieder zu öffnen. Trotz der Umklammerung konnte sie den Magier im Tor stehen sehen. Über seiner ausgestreckten Hand schwebte eine Kugel voll gleißendem Lichts.

»Lass sie sofort los, oder …« Die Hand mit dem Licht ruckte bedrohlich vor.

Jarles Griff lockerte sich. Sofort riss sich Hesinja los und rannte auf Merlion zu. Ohne vor der bläulichweißen Lichtkugel Angst zu haben, klammerte sie sich an seine Robe und fing an zu schluchzen.

Sanft führte sie der Magier aus der Scheune in den Hof. Die Lichtkugel löste sich auf. Hesinja sah, wie Jarle aus dem Tor gestürmt kam. So schnell er konnte, raste er auf den Pferdestall zu. Mehrfach fiel er hin, bis er schließlich die letzten Schritte auf allen vieren zurücklegte. Nach nur wenigen Augenblicken war von ihm nichts mehr zu sehen.

Merlion hatte dem Stallburschen ebenfalls hinterhergeblickt. »Wollen wir hoffen, dass er sich zumindest anständig um unsere Pferde kümmert.« Er lachte gehässig auf. »Ansonsten werde ich ihm morgen zum Abschied eine Katze schenken.«

Hesinja schaute ihn verwirrt an. Da wäre es Jarle beinahe gelungen, sich an ihr zu vergehen, und dieser Magier wollte ihn noch beschenken? Dabei gab es unzählige Katzen hier im Ort. Sie hatte die mauzenden Fellknäuel schon oft mit Essenresten gefüttert.

Der Magier schaute ihr in die Augen. Sein Blick war streng. »Du kannst froh sein, dass ich einem dringenden Bedürfnis nachgehen musste und Geräusche gehört habe. Geh ins Bett, ich kümmere mich schon selbst um den Wein. Sei unbesorgt, der *Flim Flam* sollte ihn genug eingeschüchtert haben.«

Hesinja spürte, wie neue Tränen in ihre Augen flossen. Sie nickte und eilte in ihr Zimmer zurück. Dort versperrte sie die Tür und versteckte sich unter der Bettdecke. Sie griff nach Karinja und presste die Puppe an ihre Brust. Erst jetzt fühlte sie sich sicher.

Jarle wurde noch in derselben Nacht bestraft. Fünfzehn Mal gellte sein Schrei durch die Stille der Nacht, und bei jedem sank Hesinja tiefer ins Bett hinein. Während der letzten fünf Schläge presste sie das Kissen auf den Kopf, dennoch ging ihr jeder einzelne Aufschrei durch Mark und Bein.

Nachdem Ruhe eingekehrt war, hielt sie es nicht mehr aus und glitt aus dem Bett. Hesinja wusste genau, wie sich Jarle nun fühlen musste. Genau so war es ihr erst heute im Speisesaal ergangen. Die Chance war minimal, dass er ihr jetzt über den Weg lief. Sie huschte durch den Korridor und ließ sich schließlich vor dem Herdfeuer in der Küche nieder.

»Gütige Mutter«, flüsterte sie. »Ich habe Schuld auf mich geladen.«

Hesinja stockte. War das eigentlich wirklich richtig? Sicherlich hatte sie Minkas Kleidung gestohlen und bei Jarle eine brutale Bestrafung verursacht, aber hatten das beide nicht selbst provoziert gehabt? Gerade beim Gedanken an den Stallburschen stieg Übelkeit in ihr auf. Hatte Mutter tatsächlich gesagt, dass sie ihn als Lebensgefährten ins Auge fassen sollte? Eine Person, die so brutal war? Heute hatte Jarle sein wahres Gesicht gezeigt. Irgendwie hatte Hesinja ihn nie gemocht, aber so etwas hätte sie ihm dann noch nicht zugetraut.

Doch wo war sie hier gerade? Sie verbannte die Gedanken aus ihrem Kopf und setzte das Gebet fort. »Verzeih meine Gedanken, Travia. Du hast gesehen, was mir heute widerfahren ist. Ich bin an Deinen Herd geeilt, um Dir nahe zu sein.«

Hesinja grübelte. Was sollte sie bloß sagen? Heute hatte sie so viel Unheil erlebt, dass es vermutlich bei anderen für das gesamte Leben reichte. Aber andererseits hatte sie dieser finstere Magier gerettet. Und dann war da noch diese Jagdgeschichte, die Joost erzählt hatte.

»Was soll ich tun?«, flüsterte sie. »Die Geschichte des Grafen hat mich gefesselt. Dabei sollte ich ihn doch hassen, oder? Nein, niemand verdient Hass.«

Bei diesem Gedanken stand plötzlich Jarles lustvoll verzerrtes Gesicht vor ihr, wie er sie in seiner eisernen Umklammerung hielt. Hesinja schüttelte sich.

»Mutter Travia, hilf mir. Lass mich das alles überstehen! Wie wird Jarle morgen reagieren? Ich habe solche Angst …«

Hesinja sank vollends auf den Boden und weinte. Ihr war nicht bewusst, dass ihr Körper in der Lage war, so viele Tränen von sich zu geben, und doch tat er es. Lange, lange Zeit harrte sie schluchzend vor dem schlichten Herd der Grafenburg aus, in dem nur noch eine kleine Glut glimmte, dann erhob sie sich und schlich in ihr Zimmer zurück. Irgendwie fühlte sie sich befreit.

* * *

Als sie die Treppe nach unten betrat, schlotterten Hesinja die Knie. Wie jeden Morgen musste sie das Frühstück aus der Küche holen – aber heute war alles anders. Minka befand sich dort, deren Kleidung sie am Leibe trug. Und Jarle war ebenfalls in der Küche …

Als ihr plötzlich schwindelig wurde, hielt sie sich am Geländer fest. Wie hatte sie nur jemals Furcht vor dem Grafen empfinden können, wenn die wahren Niederhöllen heute in der Küche lauerten?

Sie setzte sich auf eine der Stufen. Nein, sie schaffte keinen einzigen Schritt mehr. Die Küche hätte ein Gipfel der Walberge sein können, genauso unerreichbar war sie an diesem Morgen.

Hesinja huschte in die Waschkammer. Vielleicht hatte die vergangene Nacht den Dreck aus ihrem Kleid gelöst. Das Wasser im Bottich war grau. Sie fischte mit der Hand in der kalten Brühe umher, bis sie etwas zu fassen bekam. Es war ihr Kleid. Hesinja kamen die Tränen, als sie es betrachtete. Der grüne Stoff, von dem das Wasser rann, war schmutzigbraun geworden. Unzählige verwaschene Flecken bedeckten ihn. Ihr kam es vor, als würde sie einen Misthaufen betrachten. Angewidert warf sie das Kleid auf den Boden, schmatzend blieb es liegen.

Was war mit der Schürze? Erneut langte sie ins Wasser und zog sie hervor. Keiner der Flecken war rausgegangen. Ihr kam es vor, als sähe die Schürze sogar noch schlimmer aus als gestern. Hesinja klatschte sie ebenfalls auf den Boden, ließ das Wasser aus dem Bottich ab und vergrub dann das Gesicht in den Händen. Einen Moment lang hatte sie geglaubt, Minka ihr Eigentum zurückgeben zu können und sich so zu versöhnen, doch es war hoffnungslos.

Die Zeit eilte. Bald würden Joost, Grimje, Mew und die Gäste zum Frühstück kommen. Stöhnend lehnte sich Hesinja an eine Wand. Wie wohl tat es, das kühle Gemäuer der Burg an der Stirn zu spüren.

»Du musst in die Küche!«, flüsterte sie sich zu. »Überwinde deine Angst, tue es!«

Doch die Furcht blieb. Hesinja schluchzte und hieb aus Wut vor ihrem Versagen mit der Faust gegen die Wand. Und wenn sie gar nicht hinsah? Nur schnell das Tablett greifen und wieder raus? Aber was, falls Jarle ihr wieder zu nahe kam?

Hesinja musste würgen. Der Ekel war so stark, dass sie sich auf dem Boden der Waschkammer erbrach.

Sie hustete und wischte sich den Mund ab. In ihrem Magen war Ruhe eingekehrt. Jetzt galt es, die Gelegenheit zu nutzen. So schnell sie konnte, lief sie in die Küche, ergriff das Tablett und hastete nach oben. Alles war so schnell gegangen, dass sie nicht sagen konnte, wer überhaupt in der Küche gewesen war. Erleichtert stellte sie das Tablett auf der Tafel ab. Ihre Stirn war von kaltem Schweiß bedeckt. Mit einem Zipfel der Bluse wischte sie ihn ab.

Den Tisch zu decken war nun eine Kleinigkeit. Fast schon fröhlich ordnete sie alles manierlich an. Sie kümmerte sich gerade um die letzten Kleinigkeiten, da betrat bereits die Gräfin den Speisesaal. Hesinja war erstaunt, die Eule Pubitz auf ihrer Schulter sitzen zu sehen. Grimje nickte ihr mitfühlend zu, dann reichte sie dem Vogel ein Stück Hartwurst. Pubitz pickte danach und flog anschließend durchs Fenster davon.

Nun tauchten die beiden Magier auf und nahmen ihre Plätze ein. Sie mussten nur kurz auf den Grafen warten. Zuletzt betrat Mew Wulfski den Raum.

Das Frühstück verlief schweigend. Hesinja merkte, wie ihr ab und an einer der Anwesenden einen Blick zuwarf. Sie war sicher, dass es nur um die Angelegenheit gestern gehen konnte, und beim Gedanken daran zitterte sie erneut. Als Joost von Salsweiler den Raum verließ, legte er ihr beruhigend eine Hand auf die Schulter.

Einen winzigen Augenblick fühlte sie sich geborgen, dann überkamen sie alte Gefühle, und sie schüttelte die Hand ab. Kommentarlos verschwanden alle.

Hesinja sättigte sich an den Resten, dann räumte sie den Tisch ab. Zumindest ihre Hauptsorge war nun gewichen, denn Jarle musste bereits im Stall sein. Sie wuchtete das Tablett empor und trug es in die Küche.

Zu ihrer Überraschung war niemand anwesend. Das war die Gelegenheit, noch einmal stille Zwiesprache mit Travia zu halten. Vor dem Herd, auf dem bereits das Mittagessen brodelte, fiel Hesinja auf die Knie. Ihr wollte nichts einfallen, das sie der Gütigen Mutter sagen konnte, doch allein dieses stumme Verharren vor dem warmen Herd schenkte ihr Kraft.

Nach einer langen Zeit erhob sie sich wieder. Was hatte Minka da eigentlich gekocht? Die Neugier überkam sie. Hesinja griff nach einem Löffel und probierte den Kartoffel-Eintopf. Angewidert verzog sie das Gesicht. Dass Olga und Minka keine begabten Köchinnen waren, hatte sie bereits gemerkt, aber heute hatten sie sich selbst übertroffen. Unwillkürlich kreiste ihr Blick umher und suchte die fehlenden Gewürze. Sie schauderte, als sie die völlig eingestaubten Gläser hervorzog. Schnell war die Suppe passend nachgewürzt. Hesinja probierte erneut – schon besser.

»Was machst du da?«, fragte Minka hinter ihr. »Scher dich da weg und beseitige lieber deinen Dreck im Waschraum, na los!«

Hesinja tat, als wäre nichts geschehen, und stellte einen Kessel mit Wasser auf den Herd. Vielleicht bestand noch eine Chance, ihr Kleid zu retten. Während sich das Wasser erwärmte, stand Minka die ganze Zeit neben ihr. Nur ab und an rührte sie den Eintopf um, probierte jedoch nicht. Ob Minka bemerkt hatte, dass sie nachgewürzt hatte? Inzwischen war Olga aufgetaucht. Hesinja war nicht sicher, was passiert wäre, wenn sie die ganze Zeit mit Minka allein gewesen wäre.

Endlich kochte ihr Wasser. Sie wuchtete den Kessel vom Herd und schleppte ihn in die Waschkammer. Dort leerte sie ihn in den Bottich und goss so viel kaltes Wasser nach, bis sie gefahrlos hineingreifen konnte. Dann suchte sie alles an Seife zusammen, was sie finden konnte. Bis zum Mittag rieb sie Kleid und Schürze über das Waschbrett, dann waren die Flecken endlich verschwunden. Die Farbe des Kleides war sichtlich verblasst, aber dafür strahlte die Schürze im reinsten Weiß. Zufrieden hängte sie das Ergebnis ihrer Mühe über die Leine. Vielleicht konnte sie bereits zum Abendessen wieder ihre eigene Kleidung tragen.

Schnell eilte sie nach oben, um das Mittagessen vorzubereiten. Zu ihrer Überraschung waren die Magier bereits abgereist. Irgendwie hatte sie gehofft, ihren Retter noch mal zu treffen, doch sie ermahnte sich, dass sie als Magd für so einen gelehrten Herren völlig nebensächlich war.

Sie musste kurz auflachen. Nun begann sie also schon selbst, von sich als Magd zu denken.

Ich bin ein Gänslein – eine Travia-Novizin kurz vor der Weihe, ermahnte sie sich, obwohl ihr der Gedanke an die Pilgerfahrt nach Rommilys so weit weg schien, als wäre es ein anderes Leben gewesen.

Seufzend stellte sie den letzten Teller auf den Tisch und wandte sich den Ausgang zu. Eine Eishand griff nach ihrem Herzen. Durchaus möglich, dass Jarle dort unten in der Küche lauerte. Jetzt gab es keinen Vorwand, erst einmal etwas anders zu tun. Selbst die Stelle, an der sie sich erbrochen hatte, glänzte reiner als jemals zuvor.

»Er hat fünfzehn Schläge bekommen«, flüsterte sie. »Er wird es nicht wieder tun.«

Hesinja betrat die Küche. Tatsächlich saß ihr Peiniger am Esstisch des Personals. Sie schaute immer an ihm vorbei, bemühte sich aber trotzdem, ihn im Augenwinkel zu beobachten. Das Herz schlug ihr vor Nervosität bis zum Hals. Sie wollte zur Anrichte gehen, auf der bereits die Suppenschüssel mit dem Eintopf stand, doch ihre Beine wollten ihr nicht gehorchen. Ganz bewusst zwang sie erst den einen, dann den anderen Fuß noch vorn und kam sich vor, als würde sie wie ein Storch durch den Sumpf staken.

Hatte Jarle sie angestarrt? Hesinja war sich nicht sicher. Hoffentlich ließ er von ihr ab. Sie wollte ohnehin keinen Mann mehr. Die letzte Nacht war ihr Erfahrung genug, Travias Gebote hin oder her. Sie erschrak. Was waren das nur wieder für Gedanken?

Endlich bekamen ihre Finger die Henkel der Schüssel zu fassen. Erleichtert klammerte sie sich ans warme Porzellan. Sie wuchtete den Eintopf hoch und machte sich auf dem Rückweg. Immer noch gehorchten die Beine ihr nicht, musste sie sich zu jedem Schritt zwingen.

Nach langer Zeit hatte sie endlich die große Treppe erreicht und war damit aus dem Blickfeld der Küche verschwunden. Die Anspannung fiel von ihr ab wie die Schneedecke auf dem Dach eines Hauses, die ins Rutschen geriet. Sie schloss die Augen und atmete tief durch.

Der Deckel auf der Suppenschüssel begann leise zu klirren. Erst jetzt wurde es Hesinja bewusst, dass sie am ganzen Leib zitterte. Ihre Hände krampften sich um die Haltegriffe, bis das Geräusch verschwand.

Mit jeder Stufe, die sie emporstieg, fiel ein kleines Stück der Last von ihr ab. Und als sie die letzte erklommen hatte, kam es ihr vor, als wäre der Eintopf leicht wie eine Feder. Sie stellte ihn auf dem Tisch ab. Noch war niemand hier, da sie das Läuten nicht abgewartet hatte, aber das war ihr momentan egal. Geduldig wartete sie ab.

Im Gegensatz zu heute Morgen war die Gräfin dieses Mal die Letzte, die den Speisesaal betrat. Mew Wulfski und Joost von Salsweiler hatten bereits Platz genommen, ohne ein Wort miteinander gewechselt zu haben.

Hesinja zwang sich zu einem Lächeln, als sie die Suppe verteilte, aber nie war es ihr falscher vorgekommen als heute. Alle drei schnupperten hungrig, als sie ihre Terrinen füllte, und begannen zügig zu essen.

Soweit sie das mitbekommen hatte, bestand das Mittagessen heute ausschließlich aus dem Eintopf. Nun, dafür würde das Abendessen wieder äußerst üppig ausfallen. Der Graf hatte bereits seinen Bogen mitgebracht. Hoffentlich nahm er Jarle zu seinem Jagdausflug mit, dann hatte sie heute Nachmittag Ruhe vor ihm. Oder selbst an der Jagd teilnehmen, selbst erleben, was Joost gestern erzählt hatte? Ein Schreck fuhr durch ihr Innerstes. Zusammen mit dem Grafen in den Wald? Genau das war ihrem Vater zum Verhängnis geworden!

Genau in diesem Moment winkte Joost sie für einen Nachschlag heran. Hesinja hoffte, dass das Entsetzen nicht in ihrem Gesicht zu sehen war. Die Gräfin wollte ebenfalls eine zweite Portion, sogar der Majordomus ließ sich eine Kelle voll nachschenken. Heute hatten die Herrschaften aber Appetit!

Traurig sah sie die Schüssel leerer und leerer werden. Was jetzt noch übrig war, würde kaum reichen, ihren eigenen Hunger zu stillen.

Schließlich wischte sich Graf Joost den Mund ab. Hesinja spürte seinen Blick auf sich ruhen.

»Hole Olga und Minka sofort aus der Küche nach oben!«, befahl er.

Sie erstarrte. Ob es damit zusammenhing, dass sie den Eintopf nachgewürzt hatte? Dabei hatte sie es nur gut gemeint.

Gehorsam rief sie die Mägde nach oben in den Speisesaal. Beiden war anzusehen, dass sie vor dem, was jetzt kam, Angst hatten.

Der Graf deutete auf die Schüssel mit dem Eintopf. »Wer hat das gekocht?«

Minka hob zögernd eine Hand. Die andere knetete unterdessen die Schürze durch, als würde sie einen Putzlappen auswringen. Olga stand daneben und betrachtete ihre Fußspitzen, als gäbe es dort etwas unglaublich Interessantes zu sehen. Hesinja entging nicht, dass ihre Mundwinkel für einen Augenblick erleichtert nach oben zuckten.

»Er schmeckt ganz anders als sonst«, fuhr Joost fort. Sein Blick ruhte lauernd auf Minka, die diesem auswich. »*Völlig* ungewohnt.«

Hesinja rang mit sich. Sie hatte die Gewürze hineingetan, nicht Minka. Diese hatte sie jedoch am Topf stehen sehen. Falls sie nun also nichts sagte, würde Minka betraft werden und sich wieder an ihr rächen. Noch einmal wegen so etwas vom Majordomus durchgeprügelt zu werden, würde Hesinja nicht aushalten. Dann lieber eine Strafe direkt vom Grafen.

»Ich habe nachgewürzt«, murmelte sie leise.

Sofort ruhten alle Blicke auf ihr. Sie schaute zu Minka. Deren Mimik zeigte einen solchen Triumph, dass Hesinja ihr Geständnis schon wieder bereute.

»Ich habe mich heute Morgen zum Gebet ans Herdfeuer gehockt«, fuhr Hesinja fort und merkte, wie ihre Stimme fester und lauter wurde. »Aus lauter Neugier habe ich dann den Eintopf probiert. Nach meinen Geschmack fehlten darin Gewürze, und da habe ich …«

»Dich daran vergriffen!«, fiel ihr Minka zischend ins Wort.

»Ich muss sagen«, mischte sich nun die Gräfin ein, »dass mir ein Kartoffeltopf noch nie so gut geschmeckt hat wie dieser.«

Der Graf nickte. »Genau so erging es mir auch.«

Hesinja schaute überrascht auf. Also nahm das Grafenpaar ihr das gar nicht übel?

»Mir gefällt, dass du wieder Eigeninitiative gezeigt hast«, wandte sich Joost nun direkt an sie. »Aber übertreibe es damit nicht! Erfülle deine Aufgaben so, wie es befohlen wurde!« Sein Zeigefinger war drohend auf sie gerichtet. Unwillkürlich duckte sie sich. »Majordomus, ich möchte, dass Hesinja nun ausschließlich für die Küche zuständig ist. Olga und Minka haben auch so genug zu tun. Vielleicht bekommen wir es dann endlich einmal hin, dass wir Gäste einquartieren können, ohne dass erst geputzt werden muss. Nicht auszudenken, falls sich meine liebe Verwandtschaft aus Ouvenmas einmal hierhin verirren sollte …«

Mew Wulfski nickte. Er hatte sein faltiges Gesicht so zusammengekniffen, dass sich seine dünnen Augenbrauen fast berührten. Mit einer Handbewegung scheuchte er die Mägde hinaus.

Hesinja wollte sich anschließen, doch Graf Joost hielt sie zurück. »Warum hast du eigentlich vor dem Herd gebetet?«

Sofort waren die Erinnerungen da, und alle gleichzeitig. Mutter, wie sie befahl, die Novizenrobe abzulegen und wie sie Hesinja zur Burg zurückschickte. Vater, der ihr Tischdecken beibrachte und sie ebenfalls fortgeschickt hatte. Mew Wulfskis Schläge. Minkas Gemeinheiten. Die verschlossene Hoftür. Jarles Hand, die in ihren Schoß glitt …

Sie schluchzte, und ihre Augen füllten sich mit Tränen. »Mehr habe ich doch nicht …«, brachte sie irgendwie hervor.

Durch die Tränen sah sie, wie Joosts Hand auf ihre Schulter zuglitt. Unwillkürlich krampfte sie sich zusammen. Die Hand verharrte einen Augenblick, dann zog der Graf sie zurück.

»Und Hesinja darf den Tempel besuchen, soweit ihre Arbeit das zulässt«, befahl er und ging davon, dicht gefolgt von seiner Frau.

Mew Wulfski blieb noch einen Augenblick stehen, dann verließ er ebenfalls den Raum und schloss die Tür hinter sich.

Sie war nun allein. Hesinja ließ sich einfach auf die Knie fallen. Schmerz durchzuckte sie, doch das kümmerte sie nicht. Sie sank weiter nach vorne, bis ihre Unterarme ebenfalls den Boden berührten. Erst jetzt wurde ihr bewusst, was gerade geschehen war. Sie weinte vor Freude. Endlich konnte sie in den Tempel zurück, wenn auch nur zu Besuch. Sie hatte eine Aufgabe, die ihrer alten Tätigkeit im Travia-Tempel ähnlich war, und fortan Ruhe vor Minka, ihrem Putzfimmel und Spitzen. Nie wieder putzen, schrubben und Betten machen!

Doch eines blieb. Hesinjas Kopf fuhr nach oben, als sie die Erkenntnis durchzuckte. Dreimal täglich kam Jarle zum Essen! Und auf dem Weg zum Tempel musste sie am Stall vorbei!

»Gütige Mutter, bewahre mich auch weiterhin …«

Unfrohe Kunde

Hesinja war sofort hellwach. Übergangslos kehrte sie aus der Traumwelt in die harte Realität zurück. Gleich, gleich würde es geschehen – die direkte Konfrontation mit Jarle in der Küche!

Das Herz schlug hart von innen gegen die Rippen, als sie aus dem Nachthemd schlüpfte und das Kleid anlegte. Die Morgentoilette beschränkte sie auf das Notwendigste, um ja *vor* Jarle die Küche zu erreichen.

Die Hände zu Fäusten geballt und eng an den Körper gepresst schlich sie schließlich über die Küchenschwelle und wagte es erst dann, den Blick zu heben und sich umzuschauen. Befreit stieß sie die Luft aus, die sie unwillkürlich angehalten hatte. Phex sei Dank – sie war tatsächlich die Erste an diesem Morgen. Kein Wunder, denn nicht einmal die Hähne Salsweilers hatten bisher den Tag willkommen geheißen, und Praois war auch gerade erst im Begriff aufzustehen, wie das durchs Eingangsportal in die Küche scheinende Dämmerlicht bewies.

Als sie wieder normal atmete, stach ihr sofort ein beißender Geruch in die Nase, und langsam schälte sich auch aus dem düsteren Raum, worin er seinen Ursprung hatte. Minka hatte gestern nach dem schicksalsträchtigen Mittagsmahl nichts, aber auch gar nichts gespült! Auf sämtlichen Anrichten, Tischen und Ablagen stapelten sich Servierplatten, Töpfe, Pfannen, Geschirr, Besteck und Küchengeräte – verdreckt, als hätte man sie soeben aus den Rotaugensümpfen gefischt.

Keuchend lehnte sie sich an den Türrahmen, den sie immer noch nicht verlassen hatte. Eindeutig eine weitere Böswilligkeit der Magd, ihr so einen Saustall zu übergeben. Travia zum Dank hatte die Anspannung sie früh genug geweckt, sodass sie hier noch aufräumen konnte, bevor das eigentliche Tagewerk begann.

Hesinja öffnete die Fensterläden der Küche, um den Geruch zu vertreiben und mehr Licht vom beginnenden Tag hineinzulassen, dann füllte sie den größten Kessel, den sie fand, mit heißem Wasser und warf sämtliches Besteck und Werkzeug einfach hinein.

Während sie die Töpfe und Pfannen mit Bürste und Schwamm säuberte, überlegte sie, ob es vielleicht besser gewesen wäre, noch gestern Nachmittag ihre neue Aufgabe einzufordern, doch Minka war so dermaßen erbost in die Küche gestürmt und mit dem Abendessen beschäftigt gewesen, dass Hesinja nicht gewagt hatte, ihr irgendwie in die Quere zu kommen. So war sie der Magd aus dem Weg gegangen und hatte lediglich das Essen nach oben gebracht – wie immer.

»Wie immer!«, fauchte sie und stellte den soeben gesäuberten Kessel so heftig ab, dass das Kupfer zu singen begann. Nichts war wie immer! Sie war immer noch Magd in diesem Grafenpalast, wo sie längst auf dem Pilgerweg nach Rommilys sein sollte. Direkt nach dem Frühstück – also nachdem sie abgeräumt, gespült und die Küche gesäubert hatte – würde sie Mutter im Tempel aufsuchen, und nichts konnte sie aufhalten!

Wütend auf sich selbst befreite sie eilig einige Spieße und Messer vom Dreck und warf sie in den eben gespülten Kessel, dass es herrlich laut schepperte. Dies wiederholte sie mit Hingabe. So dauerte es auch eine ganze Weile, bis ihr bewusst wurde, dass eine weitere Person in der Küche sein musste, denn sie hörte Atemzüge, als sie im Wasser nach einer Kelle fischte.

Sofort wirbelte sie herum, die Bürste in der Linken erhoben wie eine Waffe. Am Esstisch des Gesindes saß Jarle, genau in der Ecke, in der er sonst auch immer seine Mahlzeiten einnahm. Zum ersten Mal seit seiner Bestrafung sah Hesinja ihn bewusst an. Seine Haare standen zerzaust in alle Richtungen ab. Ein Auge war stark geschwollen. Sie glaubte nicht, dass er damit etwas erkennen konnte. Die Nase war nie sonderlich hübsch gewesen, aber nun war es eine rote Knolle, die wie eine übergroße Erdbeere in seinem Gesicht hing. Die Lippen waren eingerissen und dick. Er hielt den Mund schief, daher war sie sich nicht sicher, ob nicht sogar ein, zwei Zähne fehlten. Alles im allen musste Jarles Gesicht – und wohl auch sein restlicher Körper – eine einzige Quelle des Schmerzes sein. Fraglich, ob denn alles jemals wieder völlig verheilte. Sie kam nicht umhin, Bedauern mit ihm zu empfinden.

Und hasste sich prompt dafür.

»Geschieht dir recht!«, fauchte sie und fuchtelte mit der Bürste umher, dass sich Wassertröpfchen lösten und in seine Richtung flogen. Fast glich es dem Ritual, mit dem Mutter immer am 1. Peraine die Felder einsegnete, falls kein Peraine-Geweihter zugegen war. Nur wurde dort natürlich gesegnetes und kein dreckiges Spülwasser verwendet. Hesinja musste bei der Vorstellung kurz kichern. Sofort presste sie eine Hand vor dem Mund. Das war nun wirklich unangebracht, egal, was ihr Jarle auch angetan hatte. Travia würde so etwas nicht gutheißen.

Der Stallbursche hob langsam den Kopf, und sein nicht geschwollenes Auge suchte ihren Blick. Sie wollte sich abwenden, zwang sich jedoch, standzuhalten. Mehrmals öffnete er den Mund und schloss ihn wieder, bis schließlich Worte aus ihm hervorquollen: »Es tut mir leid.«

Hesinja stellte fest, dass Jarle beinahe wie Koj nach einem Dutzend Meskinnes klang, obwohl er wohl kaum etwas getrunken hatte ... Schluss nun endlich mit diesen unsinnigen Vergleichen!

Sie sparte sich eine Antwort und wandte sich wieder dem mittlerweile fast geleerten Kessel zu. Bald würde sie damit fertig sein, und Minka war bisher nicht aufgetaucht. Hesinja hatte nicht die geringste Angst, dass sich Jarle ihr von hinten nähern würde, denn dazu hätte er bereits genug Gelegenheit gehabt, als sie noch abgelenkt gewesen war. Sollte er es dennoch wagen, so würde es vermutlich reichen, einen Finger auf eine seiner Wunden zu legen, um ihn vor Schmerzen aufbrüllen …

Hesinja schloss die Augen und zwang sich, einmal tief durchzuatmen. Keine Gewalt, Travia liebt keine Gewalt. Sie kümmert sich um jeden Menschen wie eine Gans um ihre Gänslein.

Als sie die Augen wieder öffnete, nahm sie aus den Augenwinkeln war, wie Jarle nach Schneidbrett, Messer und Brotlaib langte, um dann sofort wieder zum Tisch zurückzukehren. Gut so! Sollte er sich doch selbst sein Essen holen, denn *sie* würde ihn ganz sicher *nicht* bedienen.

Immer noch schweigend begann sie abzutrocknen und einzuräumen, während Jarle trockenes Brot mit Käse in sich hineinstopfte. Es hätte auch Butter und etwas Marmelade gegeben, doch um das zu holen, hätte er sich unmittelbar an ihr vorbeischieben müssen. Sie lächelte in sich hinein.

Wenig später betrat Minka die Küche. Sie zeigte eine Miene wie Boltan spielende Walsach-Schiffer in Vaters Taverne. Wortlos zwängte sie sich an Hesinja vorbei, um anschießend mit Marmelade und Butter am Tisch Platz zu nehmen. Jarle warf einen langen Blick auf die neuen Frühstücksgaben, der viele Herzschläge dauerte, doch dann wuchtete er sich hoch und humpelte aus der Küche, ohne sein Gesicht auch nur flüchtig Hesinja zuzuwenden.

Hesinja stützte sich auf der Anrichte ab, die sie gerade abgewischt hatte, und strich das Haar aus dem Gesicht. Sie hatte es geschafft. Bei Travia, sie hatte es tatsächlich geschafft!

* * *

Spontan entschied sie sich, dem Grafenpaar Rühreier zum Frühstück zu servieren, da ein Bauer einen Korb voll als Abgabe vorbei brachte. Mutter hatte eine besondere Methode, diese zuzubereiten. So gab sie zu den aufgeschlagenen Eiern neben Salz immer einen Schuss Milch und ein klein wenig Abrieb von einer Nuss, die man auf den Inseln Südaventuriens erntete. Ob es in dieser Küche jenes Aroma gab?

Sie nahm jedes Glas und Beutelchen aus dem verstaubten Gewürz-Schränkchen, bis ihr ein intensiver Duft zu Kopf stieg, der sie beinahe schwanken ließ. Lächelnd nahm sie einen Hobel und rieb etwas in die Pfanne. Minka, die sie bisher schweigend beobachtet hatte, stieß ein verächtliches Zischen aus und verließ dann kopfschüttelnd die Küche, um sich an ihre Arbeit zu machen.

Als der Inhalt der Pfanne eine satte goldgelbe Farbe angenommen hatte, wagte sie ein klein wenig zu probieren. Genau richtig gewürzt, Mutter würde stolz auf sie sein!

Sie schichtete das Rührei aus der Pfanne auf drei Teller, und als sie die unscheinbare Masse betrachtete, begann sie, diese mit dem Kochlöffel etwas umherzuschieben, bis sich schließlich etwas auf dem Teller befand, das einem Hühnerküken recht ähnlich sah. Fehlte nur noch … Sie stecke ein Petersilie-Blatt als Bein unten in die Masse und schnitt einen schmalen Schnitz Mohrrübe ab, die den Schnabel bildete. Perfekt!

Sie wiederholte ihr Kunstwerk auf den anderen beiden Tellern, als bereits oben im Speisesaal die Glocke läutete. Gerade noch rechtzeitig!

Eine Eishand griff um ihr Herz. Nichts war hier rechtzeitig, denn bisher war sie nicht oben gewesen. Wer wusste schon, ob Minka nicht oben genauso gewütet hatte? Nein, das konnte nicht sein, zwang sie sich zur Ruhe, schließlich hatte sie gestern selbst dort oben aufgeräumt. Dennoch nagte der Zweifel in ihren Eingeweiden, als sie die drei Teller mit Besteck und Wassergläsern auf ein Tablett stellte und dieses die Treppe hinaufwuchtete.

Ihre Angst erwies sich als unbegründet. Sie fand den Speisesaal genauso sauber vor, wie sie ihn verlassen hatte. Wortlos stellte sie die Teller vor den Herrschaften ab und beobachtete ihre Reaktionen, die völlig unterschiedlich ausfielen. Der Graf gluckste wie ein kleines Kind, den man ein Stück Süßholz geschenkt hatte, während bei der Gräfin lediglich ein Mundwinkel kurz nach oben zuckte. Mew Wulfski hingegen verdrehte nur die Augen, riss ihr die Gabel nahezu aus der Hand und rührte solange auf seinem Teller herum, bis aus dem Küken wieder die unförmige Rührei-Masse geworden war. Im Gegensatz dazu arbeitete sich das Grafenpaar nahezu liebevoll durch die Speise und aß jeden Bissen sichtlich mit Genuss. Auch ließen beide am Ende den Kopf und das Petersilien-Beinchen zurück, wie man es auch bei echtem Geflügel getan hätte, während der Majordomus seinen Teller komplett leerte und danach wortlos verschwand.

Graf Joost erhob sich, ging auf Hesinja zu, die wie immer neben der Tür wartete, und hob seine Rechte, als wolle er sie anerkennend auf ihre Schulter legen, verharrte dann jedoch einen Spann vor ihr in der Luft und ließ sie schließlich wieder sinken. Zusammen mit seiner Frau verließ nun auch er den Saal.

Hesinja atmete auf, sammelte schnell das Geschirr ein und brachte es in die Küche. Ihre Bewährungsprobe hatte sie also überstanden! Hastig schaufelte sie selbst vom Essen in sich hinein, bis sie sich gesättigt fühlte, und richtete dann aus den kläglichen Resten ihr Kunstwerk noch mal im Kleinen auf einem Dessertteller an. Das würde sie jetzt Mutter präsentieren, und wehe, diese würde sie wieder so abweisend behandeln wie beim letzten Besuch!

Schnellen Schrittes durchquerte sie die Eingangshalle, dann den Burghof. Ihr Blick heftete sich auf den Stall, doch Jarle sollte momentan damit beschäftigt sein, die gräflichen Pferde zu füttern und zu bürsten. Tatsächlich war nichts von ihm zu sehen.

Am Burgtor angekommen, atmete sie einmal tief durch, dann legte sie entschlossen die Hand auf die Klinke der Schlupftür und drückte sie herab. Tatsächlich, die Tür schwang auf!

Hesinjas Herz machte einen Freudensprung, als sie zum ersten Mal nach gefühlten Jahren die Schwelle in die andere Richtung überqueren konnte. Bewusst machte sie den Schritt über die Schwelle, dann blieb sie stehen und ließ den Blick über den Dorfplatz mit Brunnen und Pranger gleiten. Irgendwann blieb er am Tempel hängen. Ob Mutter gerade dort war? Sie überlegte, wie spät es inzwischen sein mochte. Nein, die heiligen Gänse mussten längst gefüttert sein, und fürs Mittagsmahl war es noch etwas früh. Sie schloss die Tür hinter sich und fühlte sich leicht wie lange nicht mehr, als sie sich Richtung Taverne wandte.

Dort drückte sie die Tür zum Schankraum auf – und stieß beinahe mit einem riesigen Etwas zusammen, das eben diese gerade verlassen wollte. Vor Schreck schrie sie auf und ließ fast den Teller fallen. Der Mann – es war tatsächlich ein Mann, auch wenn er fast so breit wie hoch war und einen gigantischen Bauch vor sich herschob – war in kostbare Stoffe gekleidet, die üppig bestickt waren. So etwas trugen die reichen Kaufleute aus Festum, da ihnen ebenso wie allen anderen Nichtadligen das Tragen von Pelz untersagt war. Hesinjas Blick wanderte nach oben und erreichte nach einem Doppelkinn schließlich ein wettergegerbtes Gesicht, dessen auffälligstes Merkmal ein riesiger Schnäuzer war. Die strahlend blauen Augen darüber hatten sie gleichfalls gemustert und ruhten nun auf den Wölbungen ihres Oberkörpers.

»Ist was?«, fauchte sie. Es war doch immer dasselbe mit diesen Kerlen!

»Alles bestens«, antwortete die rauchige Stimme des Händlers, bevor er die Hand auf Hesinjas Schulter legte und sie streichelte. »So beginnt der Tag wunderbar.«

Sofort schüttelte Hesinja die Hand wieder ab. Da es unmöglich war, an diesem menschlichen Berg vorbeizukommen, blieb ihr nichts anderes übrig, als einige Schritte zurückzuweichen und ihn passieren zu lassen. Sie bemühte sich, dabei so wütend wie nur irgendwie möglich an ihm vorbeizustarren.

Endlich war der Weg frei. Hesinja huschte ins Innere. Dort musste sie zunächst einmal husten. Kein Wunder, dass die Stimme des Riesen so rauchig geklungen hatte. Sie fächelte sich frische Luft zu, bevor ihre Augen zu tränen begannen. In der Schwemme herrschte ein Betrieb wie auf dem Lagerplatz einer Norbaden-Sippe, die gerade aufbrach oder ankam. Unzählige Knechte und Mägde, die von der Kleidung her wohl zum riesigen Händler gehörten, zogen ihre Reisemäntel über, packten Beutel oder ließen sich von Vater Reiseproviant geben.

Vater …

Wie ein Stich schmerzte es in ihrem Herzen, als sie ihn beobachtete. Nach und nach verließen die Reisenden die Taverne und passierten dabei Hesinja, wobei die Männer ihr teils lüsterne Blicke zuwarfen.

Hesinja hielt sich mit dem Rücken eng an die Holzwand gepresst und bewegte sich nicht, bis alle gegangen waren. Zurück blieben lediglich Lumin und Koj – natürlich, wie konnte es auch anders sein?

Vater wandte sich nun ihr zu, lachte und ging mit weit geöffneten Armen auf sie zu, dabei glitt sein Blick an ihr herab und heftete sich schließlich fest. Hesinja stutzte. Er fing doch jetzt nicht auch schon an, ihren … Aber nein, Vater doch nicht! Sie hielt ja immer noch den Teller mit beiden Händen fest umklammert vor dem Bauch. Zögerlich hielt sie ihm ihr Rührei-Küken entgegen.

Er verzichtete auf seine Umarmung und nahm ihr vorsichtig den Teller aus den Händen. »Hast du das gemacht?«, fragte er lächelnd.

Unwillkürlich erwiderte sie die Geste, nickte aber nur stumm, statt zu antworten. Hatte sie ihn oder er sie eigentlich begrüßt?

Vater stellte den Teller vorsichtig auf einem Tisch ab, wandte sich Richtung Küche und rief: »Schau mal, Jella, wer da ist und was sie uns mitgebracht hat!«

Lumin musterte den Teller intensiv, soweit es die Entfernung zuließ. Eine tiefe Falte grub sich in seine Stirn. Koj rülpste unterdrückt. Dann betrat Mutter die Schwemme. Sofort bildete sich ein dicker Kloß in Hesinjas Hals. Sie versuchte krampfhaft zu verhindern, dass ihr Tränen in die Augen schossen.

Mutter trat an den Tisch heran und ließ den Zeigefinger liebevoll über den Tellerrand gleiten. Ein Lächeln umspielte ihre Mundwinkel, dann nickte sie. »Das ist ganz mein Gänslein!«, sagte sie bestimmt und schloss Hesinja in die Arme.

Diese genoss die Berührung von ganzem Herzen und konnte nun nicht mehr verhindern, dass einzelne Tränen ihre Wangen herabkullerten. »Mutter …«, flüsterte sie.

»Pscht!«, machte diese und wiegte Hesinja sanft. Irgendwie gelang es ihr, obwohl sie doch inzwischen viel kleiner war als Hesinja.

Nach einigen langen Augenblicken entließ sie schließlich Hesinja und wandte sich Vater zu, der das Geschehen ebenso wie Lumin und Koj still verfolgt hatte. »Scheint so, als könnten wir doch Lebkuchen machen.«

Als Mutter sie freigegeben hatte, hatte sich Hesinja an die Tischplatte gelehnt und sich die Tränen aus dem Gesicht gewischt. »Wieso Lebkuchen?«, fragte sie irritiert. Die Süßspeise gab es nur zu besonderen Gelegenheiten, wie Frühlingsanfang, dem Tag der Heimkehr oder … *einem Tsa-Tag!*

Sofort huschte ihr Blick zum Jahresbrett, das neben dem Durchgang zur Küche an der Wand hing. Damit pflegte Vater den Götterlauf mitzuverfolgen. Im oberen Teil des Bretts gab es zwölf große Felder, in denen jeweils ein Gott dargestellt war. Jedes Feld hatte darunter ein kleines Loch, damit man mit einem Stift markieren konnte, welcher Monat gerade war. Dreißig kleine Löcher unter den Zwölfgöttern erlaubten es, mit einem zweiten Stift den Tag im Götterlauf zu markieren. Rechts daneben gab es dann noch mal fünf rußgeschwärzte Löcher für die Namenlosen Tage.

Hesinja kniff die Augen zusammen, da sie glaubte, sich zu täuschen, doch es war eindeutig. Der große Stift steckte im Feld für Peraine, auch für nicht des Lesens Kundige an den Ähren erkennbar. Der kleine Stift darunter befand sich in der Mitte des Monats, um den 15. herum. Also nur noch wenige Tage bis zum 3. Phex. Ihr Blick suchte die beiden Löcher, die dies anzeigen würden. Vor einigen Jahren hatte sie beide mit kleinen Herzchen umkringelt. Vater hatte geschimpft, dann jedoch darauf verzichtet, den so von dem Gänslein so eigenwillig markierten Tsa-Tag wieder zu entfernen.

Hesinja erstarrte. Es war völlig eindeutig. Nur wenige Tage noch. Erschreckt griff sie sich in die Haare und war froh, dass sie bereits am Tisch lehnte. »Ich habe in ein paar Tagen Geburtstag!«, stieß sie entsetzt hervor. »Aber … Aber das kann doch nicht sein!«

Abwechselnd starrte sie von Mutter zu Vater, dann schließlich sogar zu Lumin, der nur stumm mit den Schultern zuckte und einen Rülpser ertönen ließ.

Anfang Phex waren sie zum Grafen gegangen und hatten um ihre Freilassung gebeten, was so furchtbar schiefgegangen war. Das bedeutete, dass sie sich seit nunmehr anderthalb Monaten in dieser Situation befand und sechs lange Wochen in der Burg verbracht hatte, was ihr so gar nicht bewusst geworden war. Keuchend rutschte sie an der Tischkante entlang Richtung Boden. Sofort waren Vater und Mutter neben ihr und stürzten sie. Hesinja konnte nicht mehr, die Tränen drangen nur so aus ihr heraus, und sie ließ ihren Gefühlen freien Lauf.

Wie lange sie so zwischen ihnen gehangen und geheult hatte, konnte sie später nicht mehr sagen. Irgendwann, als aus ihren Heulen ein leiseres Schluchzen wurde, löste sich Vater und brachte ihr ein Glas Kwassetz. Sie schüttete ihn sofort herunter und musste furchtbar husten, doch dann ging es ihr besser.

»Was …« Der dicke Kloß in ihrem Hals hinderte sie am Sprechen. Sie schluckte mehrfach, bis es ging. »Was ist mit dem Brief?«

Vater starrte Mutter lange an. Diese blickte ebenso lange zurück, dann schaute sie Hesinja an. »Es kam Antwort …«

»Viiigooooo«, unterbrach sie Koj, der von hinten heftig mit seinem leeren Humpen wedelte.

Vater verdrehte die Augen und verschwand in der Küche.

Hesinja hingegen ließ sich davon nicht stören und war in die Höhe geschossen. »Das heißt, alles wird gut, ja?« Sie konnte nicht anders als übertrieben laut zu lachen.

Mutter hingegen schüttelte traurig den Kopf. »Gänslein …«, begann sie, stockte jedoch, als Vater aus der Küche zurückkam. Er hatte nicht nur Bierhumpen für Lumin und Koj dabei, sondern drückte auch Mutter und Hesinja einen in die Hand. Dann zog er sich einen Hocker heran und nippte mit ernster Mine an seinem Bier.

»Hesinja«, nahm er Mutters Faden auf. »Du weißt, dass die Travia-Kirche zwar groß ist, jedoch relativ wenig politischen Einfluss hat – das mag vielleicht im fernen Darpatien anders sein, aber hier in Sewerien nicht.«

Sie nickte. Natürlich wusste sie das – nur was hatte das mit ihr und dem Grafen zu tun?

»Das Hohe Paar kann – und *will* – sich nicht in die Angelegenheiten des Bornlandes einmischen«, ergänzte Mutter. »Es hat jedoch dennoch ein Schreiben an den Adelsmarschall gesandt.«

Hesinja grübelte. Der Adelsmarschall war sozusagen das Oberhaupt des Bornlandes, wenn sie sich recht erinnerte. In regelmäßigen Abständen entschied der Adel, wer von ihnen das Amt innehaben sollte.

»Aus der Kanzlei des Marschalls haben wir ebenfalls einen Brief bekommen«, sagte Vater seufzend und nahm einen großen Schluck Bier. »Offenbar hat er selbst das Schreiben nicht mal zu Gesicht bekommen. Jedenfalls teilt uns ein Beamter mit, dass eine leibeigene Novizin, die ihr Herr nicht freigeben will, Sache des Adelskonvents ist.«

Hesinja nippte an ihrem Bier. Ihr schwirrte der Kopf. So viele komplizierte Begriffe! Sie verstand nicht im Geringsten, worauf Vater und Mutter hinauswollten, und eigentlich war es doch egal, wer nun zuständig war. Hauptsache, dieser Jemand sagte dem Grafen endlich, dass er sie ziehen lassen solle!

»Gänslein«, sagte Mutter traurig. »Der Adelskonvent ist ein Treffen aller bornländischen Adligen, das natürlich nicht so häufig stattfindet. Der nächste wird im Praios abgehalten.«

Hesinja spuckte das Bier aus, das sie gerade im Mund hatte und stöhnte auf. »Aber das ist erst in *Monaten*!«

Schweigend starrten sie sich gegenseitig an. Und Hesinja war plötzlich froh, ein Bier in der Hand zu halten.

Ein Pardona-Geschenk

In den Tagen vor ihrem Geburtstag wurde Hesinjas Stimmung besser und besser. Hinzu kam, dass Graf Joost von Salsweiler mit Mew Wulfski eine gute Woche in der Grafschaft unterwegs war, um Gericht zu halten. Sie verwöhnte die Gräfin mit gut gewürzten Eintöpfen, bei denen sie ihre ganze Phantasie spielen ließ. Die Gräfin wiederum dankte es ihr durch anerkennende Blicke, schien jedoch kein Interesse an einem Gespräch zu haben.

Minka und Olga hatten vom Graf vor seiner Abreise den Auftrag bekommen, die Scheune auszumisten, was sie mit Hingabe taten, und Jarle ging Hesinja nach wie vor aus dem Weg. Alles in allem Gründe, dankbar zu sein. Sie ging jeden Tag dreimal in den Tempel, um Travia nahe zu sein und zu beten.

Dann war es endlich so weit – ihr siebzehnter Tsa-Tag brach an. Schon bei der Zubereitung des Frühstücks summte sie leise das Lied *Es säuft der Adel, was er kann*, wofür sie verwunderte Blicke von Minka, Olga und Jarle erntete, doch das war ihr egal. Schon am Vorabend hatte sie Honigbrot gebacken, dass sie nun in dicken Scheiben mit Marmelade bestrich und auf einer Servierplatte anordnete. Hesinja hoffte, dass das Grafenpaar und der Majordomus ihr etwas übrig lassen würden, denn heute wollte sie sich nur an süßen Leckereien laben.

Immer noch summend schleppte sie die Platte nach oben, deckte den Tisch und zwang sich dann zur Ruhe, während sie auf die Herrschaften wartete. Die Augen des Grafen leuchteten, als er die Leckereien auf dem Tisch entdeckte, während seine Gattin eher gleichgültig nach einer Scheibe griff. Mew

Wulfskis Blick hingegen war eisig. Hesinja wusste ganz genau, dass er keine Süßspeisen mochte, doch heute war *ihr* Tag!

Graf Joost stopfte Scheibe um Scheibe in sich hinein, sodass Hesinjas Blick sich nahezu an seinem Mund festsaugte. Würde nun doch nichts für sie übrig bleiben? Schaffte ihr feister Herr es tatsächlich, *alles* zu vertilgen?

»Wisst ihr eigentlich«, sagte der Graf dann plötzlich schmatzend, »weshalb wir heute Morgen mit diesen Leckereien verwöhnt werden? Jemand aus dem Gesinde hat heute Tsa-Tag.«

Sofort ruhten alle Blicke auf ihr, und Hesinjas Herzschlag setzte einen Augenblick aus. Sie spürte, wie ihr der Schweiß aus allen Poren drang. Woher wusste der Graf davon? Sie hatte doch mit niemanden darüber geredet. Sie biss sich auf die Unterlippe und nickte langsam.

»Und wenn schon«, entgegnete die Gräfin und stand auf. »Ich hoffe nur, dass sie deshalb ihre Arbeit nicht vernachlässigt. Ich finde, wir sollten uns heute einmal wieder einen Schmorbraten mit Klößen gönnen. Oder was meinst du, Joost?«

»O ja«, machte dieser und leckte sich die Marmelade von den Fingern.

Hesinja unterdrückte ein Stöhnen. Schmorbraten, dazu noch Klöße – das würde sie über Stunden beschäftigen! Keine Chance auf das Lebkuchenessen mit Mutter und Vater, auf das sie sich seit Wochen gefreut hatte.

Sie wartete, bis die Herrschaften den Speisesaal verlassen hatten, dann räumte sie auf, brachte alles in die Küche – und lief schluchzend in ihr Zimmer. Sie schloss die Tür hinter sich und lehnte sich dann von innen dagegen. Nun ließ sie ihren Tränen freien Lauf. Warum, warum nur mussten alle so boshaft zu ihr sein? Konnten sie ihr nicht einmal ein wenig Freude gönnen? Ein, zwei Stunden im Kreis ihrer Familie?

Hesinja wischte sich die Tränen aus dem Gesicht und erstarrte. Was war das? Zögernd trat sie ans Bett und musterte das blaue Etwas, das darauf lag. Sie rieb sich die Augen, doch es verschwand nicht.

Es handelte sich um ein Kleid, das war eindeutig, doch der hesindigofarbene Stoff hatte was Glänzendes an sich, schimmerte fast. Hesinja hatte so etwas noch nie zuvor gesehen. Das Kleid wies am tiefen Ausschnitt und an den Ärmeln filigrane Stickereien auf, die Blütenornamente zeigten. Vom Schnitt her schien es ihr wie angegossen zu passen und ihre Körperformen zu betonen. Alles im allem war es das Schönste, was sie jemals gesehen hatte. Eine Kostbarkeit, vermutlich unfassbar teuer.

Zaghaft griff sie nach dem Kleid und hielt es sich vor dem Körper. Völlig eindeutig, es war für sie maßgeschneidert worden. Weder die Gräfin noch Olga oder Minka würden hinein passen. Aber …

Die Erkenntnis durchzuckte sie wie ein Blitzschlag. Als hätte sie einen heißen Topf angefasst, zuckten ihre Finger zurück, und da Kleid sank aufs Bett. Der Graf! Natürlich, er war der Einzige, der sich in Salsweiler einen solchen Stoff leisten konnte. Und nun würde er verlangen, dass sie hineinschlüpfte, damit er was zu betrachten bekam.

Mit einem Finger strich sie den Ausschnitt glatt. Er war wirklich *sehr* tief und würde viel von ihr freigeben. Unwillkürlich tastete ihre andere Hand nach dem Busen. Nie und immer würde sie so etwas Traviaungefälliges tragen!

Sie richtete sich auf, wirbelte herum und flüchtete nahezu aus dem Zimmer, ohne das Kleid noch eines Blickes zu würdigen. In der Küche spülte sie wie eine Besessene und schaffte es tatsächlich, in Rekordzeit alles in beste Ordnung zu bringen. Somit blieb Zeit, zumindest für einige wenige Augenblicke Vater und Mutter zu besuchen.

Auf dem Weg in die Taverne überlegte sie, wie der Graf von ihrem Geburtstag wissen konnte. Gesagt hatte sie ihm nichts, warum auch? Mutter vielleicht?

Hesinja mochte es nicht ausschließen, hielt es aber für unwahrscheinlich. Und dann dieses Kleid. Woher hatte er ihre Maße? Gut, sie hatte es nicht anprobiert, aber war sich sicher, dass es perfekt passen würde. Aber wie konnte das sein? In Salsweiler gab es keinen Schneider. Die wenigen Kleidungsstücke, die die Leibeigenen trugen, stellten sie selbst her – in der Regel aus groben Leinen oder Schafwolle, die sie selbst sponnen. Mutter besaß im Tempel einen Webstuhl, den sich die Dorfbewohner ausleihen konnten. Doch dieser Stoff war kein Leinen, das musste etwas völlig anderes sein. Etwas, das Hesinja nie zuvor gesehen hatte, weil es das hier einfach nicht gab. Folglich musste der Graf es von weit her geholt haben. Der Tuchhändler, der sie vor einigen Wochen so erschreckt hatte? Möglich war alles.

Inzwischen hatte sie die Taverne erreicht. Da ihr gerade der riesige Händler eingefallen war, stieß sie die Tür zur Schänke vorsichtig auf und schaute hinein, doch heute herrschte gähnende Leere im Inneren. Zumindest, wenn man von Lumin und Koj absah, aber die betrachtete Hesinja ohnehin als Inventar.

Sie straffte sich, versuchte eine möglichst glückliche Miene aufzusetzen, zog die Tür hinter sich zu und wandte sich zur Küche. Dort angekommen, fielen ihr Mutter und Vater regelrecht entgegen.

»Alles Gute zum Tsa-Tag!«, riefen sie und drückten sie an sich, dass Hesinja nahezu die Luft wegblieb.

Ihr Blick fiel zwischen ihren Stiefeltern hindurch auf die Anrichte. Dort hatten sie eine große Schüssel Quark bereitgestellt, auf der sich aus gebackenen Lebkuchen-Buchstaben ihr Name befand. Zwei gerade erst entzündete Kerzen daneben bewiesen, dass sie ihr Kommen bemerkt und schnell alles zurechtgemacht hatten. Hesinja spürte, wie ihr Tränen in die Augen schossen, und wand sich aus der doppelten Umarmung.

»Ich habe nicht viel Zeit«, murmelte sie, während sich ein dicker Kloß in ihrem Hals bildete. »Das Grafenpaar wünscht Schmorbraten mit Klößen zu essen.«

Vater ballte die Fäuste und drehte eine Runde durch den Raum, während Mutter einen langen Seufzer ausstieß.

»Ich hätte es wissen sollen«, sagte sie dann leise. »Wenn ich ihn darum bitte, dich uns für einen Nachmittag zu überlassen, tut er es natürlich *nicht*! Komm, dann beeilen wir uns.«

Sie griff nach einigen Schüsselchen, die bereits neben der Süßspeise standen, und zerstörte dann das Kunstwerk, indem sie mit einer Kelle durch Hesinjas Namen drang. Vorsichtig füllte sie Quark in eine der Schalen und achtete darauf, dass das H darin landete und gut zur Geltung kam, bevor sie diese Hesinja reichte. Erst jetzt wurde dieser bewusst, dass sie vor lauter Aufregung vergessen hatte, vom süßen Brot des Frühstücks zu naschen, auf das sie sich eigentlich gefreut hatte. Vater hatte unterdessen einige Humpen mit Dünnbier gefüllt und drückte ihr einen in die Hand.

Hesinja wollte gerade zuprosten, da vernahm sie einen unterdrückten Rülpser hinter sich. Lumin war in die Küche gewankt, dicht gefolgt von Koj.

»Alles Gute«, lallte er. Eine Wolke aus Alkohol und Schweiß trieb Hesinja entgegen. Wie konnte man nur so früh schon so furchtbar riechen?

»Danke«, murmelte sie leise, doch Lumins Interesse galt inzwischen nicht mehr ihr, sondern den Bierhumpen, die Vater gerade nun auch für ihn und Koj füllte.

Nachdem alle mit Bier versorgt waren, hob Vater seinen Humpen. »Auf unser Gänslein und künftige Travia-Geweihte. Auf Hesinja Nagraski!«

Schweigend tranken sie und löffelten ihren Quark, doch richtig frohe Stimmung wollte sich bei Hesinja nicht einstellen. Viel zu viel Angst hatte sie, zu spät mit dem Mittagessen fertig zu werden und an ihrem heutigen Geburtstag eine saftige Strafe zu empfangen. Sie stutzte, als Vater Mutter etwas ins Ohr flüsterte und Hesinja dabei lächelnd anschaute.

Mutter nickte und stand auf. »Wir haben noch eine Überraschung für dich.«

Hesinja runzelte die Stirn und stellte die inzwischen geleerte Schlüssel zu ihrem Bierhumpen, an dem sie nur genippt hatte.

»Schließe deine Augen«, verlangte Mutter lächelnd.

Hesinja sah keinen Grund, der Aufforderung nicht nachzukommen. Sofort spürte sie Mutters Hände an ihrem Hals, dann unter ihren Haaren am Nacken. Irgendetwas Kleines, Schweres landete knapp unterhalb ihres Brustbeins und blieb dort liegen. Ein Anhänger? Eine Kette? Sie sprühte vor Neugier.

Mutters Hände entfernten sich. »Öffne die Augen.«

Sofort huschte ihr Blick nach unten. Tatsächlich, auf ihrer Brust lag ein kleines Amulett, ein golden glänzender Messing-Anhänger in Form einer Gans, der an einer schlichten Kette aus kleinen Eisenringen hing. Ihre Finger tasteten nach dem Metall. »Es ist wunderschön«, hauchte sie.

»Passt zu deinen Haaren«, meinte Vater grinsend.

»Egal ob Gänslein in meinem Tempel oder Magd am Hof des Grafen«, sagte Mutter andächtig. »Nun kannst du Travia immer dort tragen, wo sie hingehört – an deinem Herzen.«

»Danke«, flüsterte Hesinja, umarmte Mutter innig und drückte ihr einen Kuss auf die Wange, bevor sie es bei Vater wiederholte. »Nun muss ich aber wirklich los.«

Sie war schon halb durch die Tür gehuscht, da sagte Mutter: »Sauerkraut.«

Hesinja blieb stehen und blickte sie verwundert an.

»Wenn du kein frisches Fleisch für den Schmorbraten hast, nimm einen Schinken, schichte ihn zusammen mit Sauerkraut in einen Speckstein-Topf und stelle den dann in den Herd.«

Hesinja nickte, mühsam die Tränen zurückhaltend, dann lief sie zur Burg zurück. Eine Hand hielt dabei den Anhänger über ihrer Brust umklammert. Travia war nun immer bei ihr.

* * *

Hesinja schaffte es gerade noch rechtzeitig, eine Kohlsuppe zu improvisieren, da läutete es bereits zum Mittagessen. Sie wuchtete die Terrine in den Speisesaal und füllte die Teller der Herrschaften. Erst als sie damit fertig war, fiel ihr auf, dass der Blick des Grafen ununterbrochen auf ihr ruhte. Sie erschrak. Natürlich, der Graf wunderte sich, warum sie das neue Kleid nicht trug. Sie tastete nach dem Travia-Anhänger über ihrer Brust. Nein, niemals würde sie es anziehen.

Während das Grafenpaar und der Majordomus die Suppe löffelten, dachte sie nach. Was, wenn sie ihn damit verärgerte, das Kleid nicht zu tragen? Würde er sie schlagen? Würde er gar Mew Wulfski bitten, sie zu bestrafen? Aber dieser furchtbar großzügige Ausschnitt! Schon jetzt nervte sie es ungemein, wenn sich die Blicke der Männer an ihrer Oberweite festsaugten, und da sollte sie diese noch zusätzlich *feilbieten*?

Sie bemerkte, dass sie immer noch nervös mit dem Anhänger spielte, und zwang die Hände hinter den Rücken. Heute Abend würde sie das Kleid tragen müssen. Nichts anderes blieb ihr übrig. Einmal würde der Graf es ihr durchgehen lassen, aber wenn sie sein Geschenk weiterhin ignorierte, war ihr eine Strafe gewiss, da war sie sich sicher.

Als das Mahl schließlich beendet war und die Herrschaften den Raum verließen, blieb der Graf kurz neben ihr stehen, als wollte er was sagen. Hesinja spürte, wie ihr die Knie zitterten. Gut, dass man das durch das Kleid nicht sah.

»Ich hoffe, wir sehen uns zum Abendessen etwas anders als üblich«, sprach er dann knapp und verließ den Raum.

Mew Wulfski warf Hesinja einen langen, finsteren Blick zu. Sicherlich versuchte er, die Aussage des Grafen zu interpretieren. Doch dann ging er ebenfalls.

Hesinja atmete auf, lehnte sich an die Wand und strich die Haare aus dem Gesicht. Sie *musste* es tragen, hatte keine andere Wahl.

Es ist doch ein wunderschönes Kleid, sprach sie sich innerlich Mut zu. *Stör dich doch nicht immer an diesem Ausschnitt, sondern erfreu dich am Glanz und den Stickereien.*

Sie nickte entschlossen. Sie würde es anprobieren, gleich jetzt!

Oder zumindest, sobald sie abgeräumt hatte …

* * *

Das Kleid lag noch genauso auf dem Bett, wie sie es fallen gelassen hatte. Natürlich, schalt sie sich eine Närrin, wer hätte auch kommen sollen? Minka? Jarle?

Hesinja musste grinsen. Beide würden vermutlich vor Neid erblassen, wenn sie sie in diesem Kleid sahen. Obwohl … das traf nur auf Minka zu. Jarle hingegen …

Ihr Blick fiel wieder auf den Ausschnitt, den sie heute Morgen mit dem Finger untersucht hatte. Hesinja schätzte, dass ihre Brust bestimmt bis zur Hälfte freiliegen würde. Unterhalb des Ausschnitts befanden sich die Knöpfe, die so den Blick dahin lenken würden, wo Hesinja sie ungern haben wollte. Ob Rahja-Geweihte so etwas trugen? Sie kannte Rahja nur aus dem Brevier der Zwölfgöttlichen Unterweisung. Zwar wusste sie, dass es eine Rahja-Kirche und damit auch Priesterinnen und Priester gab, hatte jedoch noch niemals einen gesehen. Wenn es irgendwo im Bornland einen Rahja-Tempel gab, dann wohl nur in Festum, also unglaublich weit entfernt.

Hesinja versicherte sich, dass die Zimmertür fest verschlossen war, dann zog sie sich aus. Sie nahm das Hesindigo-Kleid und hielt es mit ausgestreckten Armen vor sich. Der unbekannte Stoff warf feine Falten, ganz anders als bei ihrem Mägde-Kleid oder dem Gänslein-Gewand, das sie davor getragen hatte. Würde sicherlich eine ordentliche Arbeit sein, es zu bügeln. Vorsichtig rieb sie die Finger gegeneinander. Der Stoff fühlte sich völlig glatt an, nicht rau wie Schafwolle. Ob er auf magische Weise hergestellt worden war? Vielleicht von Dschinns gesponnen, die es in den Wüsten des Südens geben sollte?

Vorsichtig öffnete sie die Knöpfe. Sie waren kalt, glatt und glänzten schwarz. Ebenfalls ein Material, das ihr unbekannt war. Obwohl Schwarz doch alles Licht schlucken sollte, spiegelten sie. Ein weiteres Mysterium. Nachdem der letzte Knopf geöffnet war, stieg sie nacheinander mit beiden Beinen in das Kleid. Sie schloss kurz die Augen, atmete einmal durch, dann zog sie es an ihrem Körper empor und schlüpfte mit den Händen in die Ärmel.

Es passt perfekt!, stellte sie erstaunt fest.

Der Stoff glitt über ihre Hüften, ohne an einer Stelle zu scheuern oder zu weit zu sein. Vorsichtig schloss sie die Knöpfe über dem Bauch. Tatsächlich, der Ausschnitt enthüllte mehr, als er verbarg. Hesinja konnte an ihrem Busen bis zum Bauchnabel herabblicken, obwohl die Knöpfe darüber geschlossen waren. Sie drückte die Brüste etwas aneinander und zupfte den Stoff zurecht, bezweifelte aber, dass dies von Dauer sein würde. Mitten auf der nackten Haut lag nun der Travia-Anhänger. Ihr kam es wie eine Verhöhnung der Göttin vor. Dennoch nahm sie ihn nicht ab, denn das kühle Metall gab ihr Mut.

Hesinja drehte sich ruckartig um. Der Stoff plusterte sich auf und fiel dann sanft wie eine fliegende Feder nach unten. Es kitzelte etwas an ihren Beinen. Sie musste kichern und wiederholte es.

»Was für ein wunderschöner Stoff«, murmelte sie und ließ die Hände über die Hüften und dann über die Stickereien an Armen und Brust gleiten. Wie schade, dass sie hier keinen Spiegel hatte. Zu gern hätte sie sich betrachtet. Andererseits ... sie zupfte den Stoff am Ausschnitt ein weiteres Mal zurecht, dann ging sie in die Küche.

Das Kleid war also ein Geschenk vom Grafen an sie; sein Kommentar nach dem Essen war eindeutig gewesen. Da sie so etwas nie zuvor gesehen hatte, musste der Stoff von weit her stammen, was ihn selten und teuer machte. Wie konnte der Graf einerseits so unfassbar böse, andererseits aber so gut zu ihr sein?

Sie nahm ein großes Stück Schinken, etwas Sellerie und eine Zwiebel, dann legte sie alles in einem Topf, füllte ihn mit Wasser und stellte ihn auf den Herd. Sie würde sich an Mutters Rat halten – aber es konnte nicht schaden, den Braten vorher etwas in Wasser kochen lassen, um eine Soße zu erhalten.

Nun, der Graf hatte ihre Pilgerfahrt nach Rommilys verhindert und sie als Magd zu sich geholt, aber im Gegensatz zu den anderen Personen hier im Haushalt war er bisher zu ihr eigentlich eher nett gewesen. Hesinja keuchte auf und presste sich beide Fäuste gegen die Stirn. Was dachte sie da nur?

Auf der Suche nach einem Speckstein-Topf entdeckte sie einen Krug mit getrockneten Pilzen des letzten Herbstes. Warum nicht? Sie würden dem Braten einen würzigen Geschmack geben. Sie füllte eine Schale mit Wasser, um sie einzuweichen.

Angenommen, der Graf nahm sie wirklich vor dem Gesinde in Schutz, wie sie es bisher beobachtet hatte – was bezweckte er wohl damit? Meinte er, sie würde vergessen, was er ihrem Vater angetan hatte?

»Niemals!«, stieß sie laut hervor.

Sie nahm einen kleinen Topf und ging zur Scheune, um etwas Sauerkraut aus dem Bottich zu holen. Im Hof fielen die Sonnenstrahlen des beginnenden Sommers auf ihre Haut, und der mysteriöse Stoff schien sie ungebremst durchzulassen. Es fühlte sich wunderbar an.

Hesinja schloss die Augen, blieb stehen und drehte sich einmal langsam im Kreis. Als sie die Augen wieder öffnete, fiel ihr Blick auf Jarle, der sie mit offenen Augen anstarrte.

»Was ist?«, fauchte sie ihn an.

»Du … du … siehst perfekt aus«, hauchte Jarle. Er bemühte sich sichtlich, ihr in die Augen zu schauen.

Hesinja entging jedoch nicht, dass sein Blick immer wieder kurz nach unten zuckte.

Sie spürte, wie ihre Wangen warm wurden. Schnell wandte sie sich ab und flüchtete eher, als dass sie ging, in die Scheune. Dort lehnte sie sich an die Wand, atmete tief durch und griff nach dem Travia-Anhänger. Es würde schwierig werden, in dem Kleid Männern gegenüberzutreten, sehr schwierig.

Sie gab sich einen Ruck und ging zum Sauerkraut-Bottich. Der auf den Deckel liegende Stein drückte diesen bereits weit nach unten. Hoffentlich wurde der Kohl bald reif, denn lange würde der Vorrat nicht mehr reichen. Sie freute sich schon auf die beginnende Erntezeit. Im Frühling war es immer besonders schlimm, wenn überall alles in voller Pracht stand, man aber die kläglichen Reste des letzten Herbstes essen musste. Vielleicht sollte sie in den nächsten Tagen mal im Wald schauen, ob es schon die ersten Beeren gab.

Nachdem sie genügend Sauerkraut abgeschöpft und den Bottich wieder luftdicht verschlossen hatte, schlich sie zur Scheunentür und warf durch eine Ritze im Holz einen Blick nach draußen. Jarle hatte das Pferd des Grafen, einen gewaltigen Schimmel, der Hesinja problemlos die Haare vom Kopf fressen könnte, in den Hof geführt und machte sich nun mit einem Hufmesser daran, die Eisen zu säubern.

»Warum gerade jetzt?«, zischte sie leise. »Kann er das nicht im Stall machen?«

Sie kaute an der Unterlippe. Diese Arbeit konnte Stunden dauern, und die Zeit abzuwarten hatte sie nicht. Sie zog den Stoff über dem Busen so hoch es ging, dann hielt sie den Topf auf Brusthöhe vor sich und verließ die Scheune.

Jarle hatte den linken Vorderlauf zwischen die Knie geklemmt und sich gebückt, um das Hufeisen besser erreichen zu können. Außerdem wirkte er völlig in seine Arbeit vertieft. Gut so!

Eine Windböe drückte den Stoff eng an ihren Körper und gab ihr das Gefühl, gar nichts zu tragen. Sie beschleunigte ihren Schritt.

Hoffentlich guckt er nicht!, fehlte sie innerlich. *Bei Travia, hoffentlich guckt er nicht!*

Endlich hatte sie das Eingangsportal erreicht. Mit dem Ellbogen drückte sie die Klinke auf, schob sich hinein und stieß die Tür mit der Hüfte zu. Geschafft!

Sie wollte gerade rechts in die Küche, da bemerkte sie, dass sich jemand auf der Treppe befand. Sie blickte auf und erkannte Minka, die dort in der Bewegung erstarrt stand und sie mit offenem Mund anstarrte.

Nein, nicht sie auch noch, stöhnte Hesinja gedanklich, ignorierte die Magd einfach und hetzte durch die Küchentür. Dort stellte sie den Topf ab und warf einen Blick an sich hinunter. Der Stoff war schon wieder etwas runtergerutscht und so in die Position geraten, die Hesinja an sich nicht haben wollte.

Offenbar war es hoffnungslos. Entweder akzeptierte sie ihren halb entblößten Busen – oder sie musste mit Bändern und Garn nachhelfen. Doch konnte man diesen geheimnisvollen Stoff einfach so umnähen? Was, falls er aufriss oder die Naht hässliche Falten warf? Hesinja seufzte.

Sie schnupperte am köchelnden Topfinhalt mit dem Schinken. Es roch, als hätte er sich bereits in Soße verwandelt. Vorsichtig entfernte sie den Deckel und probierte mit einem Löffel. Ein wenig Salz vielleicht noch, aber ansonsten gut. Mit einem Spieß entfernte sie das Fleisch aus dem Topf und schnitt es auf einem Brett in handliche Stücke.

Ob der Hesindigo-Stoff eigentlich Geruch annahm? Oder noch schlimmer: Was passierte, falls sie unachtsam war und Flecken auf dem Kleid landeten? Vielleicht hätte sie es doch erst unmittelbar vor dem Essen anziehen sollen. Andererseits hatte sie nun hinter sich, und Spritzer konnte es genauso gut geben, wenn sie die Speisen nach oben brachte.

Sie schälte eine weitere Zwiebel und hackte sie zusammen mit den aufgeweichten Pilzen klein. Dann vermengte sie die Masse mit dem Sauerkraut. Ob sie das Sauerkraut erst einmal vorkochen sollte? Oder direkt mit dem Schinkenscheiben schmoren? Was hätte Mutter getan?

Nach kurzem Grübeln entschied sie sich für Letzteres und schichtete abwechselnd Fleisch und Sauerkraut in den Speckstein-Topf. Zuletzt bedeckte sie alles mit dünn geschnittenen Kartoffel-Scheiben, bevor sie es in den Ofen schob. Soweit das Hauptgericht, aber nun begann der matschige Teil.

Wieder blickte sie an sich hinab, wieder blieb der Blick am Ausschnitt hängen, bevor er zum Stoff weiterwanderte. Kartoffel-Flecken auf blauem Stoff? Sie schüttelte entschieden den Kopf. Nein, unmöglich.

Dann kam ihr der rettende Gedanke. Ihr altes Kleid besaß doch eine Schürze, die sie einfach umbinden konnte. Das würde zwar an dem neuen Kleid furchtbar aussehen, aber solange sie hier in der Küche arbeitete, würde das niemand bemerken. Schnell lief sie in ihr Zimmer, um die Schürze zu holen, und war erleichtert darüber, dass sie dabei niemand bemerkte. Wieder in der Küche band sie sich die Schürze um, der man immer noch teilweise den Missbrauch als Aufnehmer an diesem furchtbaren Tag ansah, und betrachtete ihr Spiegelbild in einer Servierplatte. Da trug sie nun dieses wie angegossen passende, wunderschön hesindigofarbene Kleid, das ihren Körper umschmeichelte, und darüber die nicht mehr ganz blütenweiße Leinenschürze, die eher wie ein viel zu großer, an ihren Körper geschnürter Sack wirke. Hesinja kicherte. Irgendwie war es doch schön, dass sie das alte Kleid nicht mehr tragen musste.

Nun aber an die Klöße. Sie schälte eine große Menge Kartoffeln, von denen sie eine Hälfte zum Kochen aufsetzte. Die andere Hälfte rieb sie und drückte sie anschließend in einem Leinentuch aus. Das war harte Arbeit, ebenso wie das anschließende Stampfen der gekochten Kartoffeln, um eine gleichmäßige Masse zu erhalten.

Keuchend hielt sie irgendwann inne und wischte sich mit einem Zipfel der Schürze den Schweiß aus dem Gesicht. Erstaunt bemerkte sie, dass das Kleid zwar an ihrem Körper klebte, sich aber selbst nicht vollgesogen hatte. Vorsichtig strich sie über den Stoff – wie eine zweite Haut, die ihren heißen Körper bedeckte. Was war das nur für ein Material? Vielleicht stimmte das mit den Dschinnen-Garn ja doch.

Hesinja setzte einen Kessel Wasser auf, dann vermengte sie geriebene und gestampfte Kartoffeln miteinander. Nach und nach formte sie die Knödel und warf sie ins kochende Wasser. Leider hatte sie momentan kein Gefühl dafür, wie spät es bereits sein mochte, hoffte jedoch eindringlich, rechtzeitig fertig zu werden.

Der letzte Kloß landete im Topf. Sie wusch sich die Hände, dann befreite sie sich von der Schürze, die tatsächlich den einen oder anderen Fleck abbekommen hatte. Hesinja zupfte am Kleid, doch es war wieder fast trocken. Verwundert lächelnd strich sie es glatt.

Unbarmherzig rückte der Zeitpunkt näher, an dem sie sich »präsentieren« musste. Ob der Graf sie gedanklich ausziehen würde? Mit Sicherheit, denn der Ausschnitt, der mehr verriet als verbarg, war ein eindeutiges Indiz dafür. Und seine Frau? Nun, sie war ähnlich alt wie Mutter. Mutter achtete auf ein gepflegtes Äußeres, schenkte ihrem Erscheinungsbild aber sonst nicht sonderlich viel Beachtung. Weit weniger als Hesinja zumindest. Allerdings war Mutter auch eine Travia-Geweihte. Hesinja hoffte inständig, dass ihr Kleid bei der Gräfin keinen Neid auslösen würde. Und der Majordomus? Nun ja, Mew Wulfski wirkte nicht, als hätte er jemals in seinem Leben einen teilweise enthüllten Busen gesehen. Bei dem Gedanken, dass er sich auf diese Art einer Frau widmen könnte, musste Hesinja kichern. Gut, dass zumindest ihre Phantasie ihr blieb.

Sie schaute nach dem Braten. Vom Geruch her schon mal toll. Hoffentlich erfüllte auch der Geschmack ihre Erwartungen. Die ersten Klöße schwammen auch schon an der Wasseroberfläche. Wenn sie nun nach oben ging, um den Tisch zu decken, würde bei ihrer Rückkehr alles fertig sein. Sofort machte sie sich auf den Weg.

Eigentlich ist das ja auch irgendwie mein Geburtstagsessen, überlegte sie, als sie den Tisch abwischte und eindeckte. *Wie schade, dass ich mich nicht einfach dazusetzen und ebenfalls genießen kann, was ich gekocht habe.*

Sofort schnaubte sie empört. Mit dem Grafen an einer Tafel essen – so weit kam es noch!

Auf dem Rückweg in die Küche kam ihr Mew Wulfski entgegen. Der Majordomus blieb stehen und musterte sie von oben nach unten, dann fuhr sein Blick in die entgegengesetzte Richtung und fixierte ihr Gesicht. Hesinja blieb stocksteif stehen. Hoffentlich schlug er sie jetzt nicht. Nachher passierte noch dem Kleid etwas.

Einige Herzschläge blieb der Majordomus stehen, dann setzte er seinen typisch schleifenden Gang fort. »Ich werde mich nun zu Tisch begeben«, teilte seine Fistelstimme Hesinja mit.

Diese nickte. »Das Essen ist fertig. Ich trage auf, sobald der Graf läutet.«

Am liebsten hätte sie sich die Hand vor den Mund geschlagen. Wie konnte sie nur dermaßen respektlos sein? Würde er sie nun bestrafen, weil sie ihm nahezu schnippisch zu verstehen gegeben hatte, wer hier der eigentliche Herr im Haus war?

Doch Mew passierte sie, ohne sie eines weiteren Wortes oder Blickes würdig zu finden. Hesinja lief nach unten in die Küche. Erst dort wagte sie es, tief durchzuatmen.

In der Küche befand sich Minka, über den Topf gebeugt. Sie hatte doch nicht etwa …?

»Was tust du da?«, rief Hesinja und dachte: *Gütige Travia, lass sie mir nicht das Essen ruiniert haben. Das überstehe ich nicht!*

Übertrieben langsam drehte sich die Magd um, musterte Hesinja und steckte sich in aller Ruhe einen Finger mit etwas Sauerkraut in den Mund. Hätte sie nicht wenigstens einen Löffel nehmen können, wenn sie schon naschen musste? Hesinja war fassungslos.

»Sieh an, sie kann sogar kochen, ohne ihr neues Puppenkleid zu beschmieren.« Minka schob sich an ihr vorbei und trat ihr dabei mit voller Wucht auf dem Fuß.

Hesinja schossen die Tränen in die Augen, doch sie schaffte es, keinen Ton von sich zu geben.

Wenige Augenblicke später hatte Minka die Küche verlassen. Hesinja nahm eine Schüssel und eilte zum Topf mit den Klößen, um diese aus dem Wasser zu fischen. Viel Zeit hatte sie dafür nicht. Bei Travia, sie hatte gar nicht an eine Vorspeise oder einen Nachtisch gedacht!

Sie rieb den schmerzenden Fuß am anderen Unterschenkel, als sie den Braten mit dem Sauerkraut auf einer Servierplatte anrichtete. Das schaffte zumindest etwas Linderung. Hoffentlich hinkte sie nicht, wenn sie das Essen nach oben brachte.

In diesem Moment läutete es bereits. Und Hesinja fehlte noch die Soße! Eigentlich wollte sie diese noch etwas aufgewärmt haben, doch dazu blieb nun keine Zeit mehr. So schnell sie konnte schaufelte sie den Inhalt des Topfs in das Soßenschüsselchen. Auch noch viel zu dünn. Nicht mehr zu ändern …

Sie stellte Soße und Klöße auf ein Tablett und wuchtete es hoch. Hoffentlich ging das gut. Vorsichtig balancierte sie es die Treppe hoch und bemühte sich, den schmerzenden Fuß möglichst wenig zu belasten.

Als sie die Tür zum Speisesaal aufstieß, ruhten sofort die Blicke von Graf und Gräfin auf ihr. Joosts Augen fuhren in aller Ruhe ihre Körperrundungen ab, bevor sein Blick lange auf dem Ausschnitt ruhte. Am liebsten hätte Hesinja sofort den Stoff hochgezogen oder zumindest ihre Hand darauf gelegt, um ihre Blöße zu bedecken. Der Graf bemerkte nun den kleinen Anhänger und zog eine Braue hoch. Seine Frau musterte Hesinja mit deutlichem Interesse, aber ausdruckslosem Gesicht. Mew Wulfski hatte die Hände im Schoß zusammengelegt und das Gesicht darauf gerichtet, als würde er beten oder schlafen.

Keuchend stellte Hesinja den Inhalt des Tabletts ab und eilte sofort wieder los, um den Braten zu holen. Wenn jetzt eine Frage nach der Vorspeise kam, hatte sie verloren. Doch nichts passierte. Erst als sie bereits auf der Treppe war, vernahm sie dumpf die Stimme der Gräfin, konnte jedoch nicht verstehen, was diese sagte. Kurz vor Erreichen der Küche lachte der Graf laut auf. Ob die Herrschaften gerade über sie redeten? Natürlich, über wen sonst! Innerlich verkrampfte sich alles in Hesinja.

Sie stellte das Tablett ab, griff nach Servierbesteck und Braten, dann war sie auch schon wieder auf dem Weg nach oben. Dabei kam ihr erneut das Gefühl, dass der leichte Stoff ihres neuen Kleides so gut wie gar nicht vorhanden war und ihr Körper entblößt war. Mühsam verdrängte sie den Gedanken.

Das Essen verlief schweigend. Die ganze Zeit über ruhte der Blick des Grafen auf ihr, er lächelte. Hesinja schaute auf ihre Füße, auf die Jagdtrophäen, aus dem Fenster, ließ den Blick auch auf Gräfin oder Mew ruhen – immer spürte sie den Blick, was sie halb wahnsinnig machte. Stocksteif wie eine Holzpuppe stand sie an der Tür und hoffte eindringlich, dass sie nicht zu schwitzen begann.

Immerhin hellte sich die Miene der Gräfin bei jedem Bissen weiter auf. Sie behielt alle lange im Mund und schloss die Augen. Das war Hesinjas einziger Lichtblick bei diesem Essen, dass ihr das Rezept offenbar gelungen war.

Als sie schließlich den Speisesaal verließen, beugte sich völlig unerwartet der Graf an ihr Ohr. »Der Stoff stammt übrigens aus Al'Anfa«, raunte er ihr zu, sodass weder seine Gattin noch der Majordomus davon was bemerkten. »Sei dir sicher, dass kaum eine andere im Bornland so etwas trägt.«

Hesinjas Blut erstarrte zu Eis. Als die drei weg waren, zog sie die Tür zu und ließ sich auf einen der Sessel sinken. Sie keuchte und konnte nun nicht mehr verhindern, dass ihr der Schweiß aus allen Poren rann.

Ihre Vermutung war also richtig gewesen. Das Kleid war ein Unikat, machte sie völlig einzigartig, womöglich sogar gegenüber Frauen im Adel. Also nichts, was ihr zustand, einer leibeigenen, angehenden Travia-Geweihten.

Aber wieso gefiel es ihr dann so sehr?

* * *

Am nächsten Tag suchte sie nach dem Frühstück sofort den Travia-Tempel auf. Mutter hatte gerade die Gänse gefüttert und suchte nun die Zutaten zusammen, um das Mittagessen aufzusetzen. Als sie Hesinja erblickte, erstarrte sie.

»Hesinja, was …?«

Diese spürte, wie ihr die Wangen rötlich anliefen. »Ein Geschenk vom Grafen«, flüsterte sie mehr, als sie sprach. Hoffentlich war der Busen einigermaßen bedeckt. Sie hatte auf dem Hinweg den Stoff so weit hochgezogen, wie es ging, doch mit jedem Schritt … Sie zwang sich, nicht an sich runterzuschauen.

Mutter stellte die Zutaten ab, ging auf sie zu und drückte sie an sich. Hesinja spürte ihre warme Haut durch den Stoff.

»Es ist wunderschön«, flüsterte Mutter direkt in ihr Ohr. »Steht dir ausgezeichnet. Und mach dir nichts aus dem Ausschnitt. So ein junges Mädchen wie du darf auch gern mal etwas Haut zeigen. Vielleicht klappt's ja dann auch mal mit einem freundlichen Herren an deiner Seite.«

Hesinja entwand sich der Umarmung. »Mutter …!«

Diese lächelte nur. »Der Graf ist dir wohlgesonnen. Freu dich darüber. Du musst kleine Schritte machen. Körnchen für Körnchen, wie es die Gänse der Göttin aus dem Futternapf picken. Irgendwann ist der Futternapf leer – und du wirst frei sein und dich auf den Weg nach Rommilys machen. Zeig dem Grafen, dass du dessen Wertschätzung erwiderst, und irgendwann, wenn er dich in sein Herz geschlossen hat, frage ihn noch mal nach der Pilgerreise, dann wird er sicherlich nicht wieder ablehnen. Übe dich in Geduld, Gänslein ... Und jetzt mach nicht so ein böses Gesicht. Komm, wir zeigen das Kleid Vater.«

Das hellte Hesinjas Miene wieder auf. Sie griff nach Mutters Hand und ließ sich von ihr in die Gaststätte führen. Dort war das Erste, was sie bemerkte, Lumins herunterklappender Unterkiefer. Unentwegt starrte er auf jene Stelle ihres Körpers, wo sie keine Blicke haben wollte – vor allem keine männlichen. Er stubste Koj an, der sich über die Glatze strich und dann ebenfalls seine Aufmerksamkeit auf sie richtete.

Endlich waren sie durch die Küchentür. Vater war gerade dabei, einige Bierhumpen und Meskinnes-Gläser zu spülen und wandte ihnen daher den Rücken zu. Mutter legte Hesinja kurz eine Hand auf die Schulter und zwinkerte ihr zu. Diese verstand. Schnell strich sie sich die Haare zurück und zupfte den Stoff zurecht. Als sich ihr Travia-Anhänger genau dort befand, wo er sein sollte, nickte sie Mutter zu.

»Vigo«, sagte Mutter. »Schau mal, was unser Gänslein gestern bekommen hat, nachdem sie hier war.«

Vater drehte sich um, dabei einen Humpen und einen Putzlappen in den Händen, dann weiteten sich seine Augen, und er stellte beides ab. »Hesinja, ist bin sprachlos.« Schnell trocknete er seine Hände und nahm sie vorsichtig in den Arm. »Lass dich damit mal auf einer Feier blicken, und dir werden die Männerherzen zufliegen.«

Musste er jetzt auch noch damit anfangen? Hesinja seufzte.

»Ach komm schon, mein Gänslein.« Er rieb ihr über den Rücken und spielte mit ihren Haaren. »Bitte doch mal den Grafen, dich mitzunehmen, wenn er über die Dörfer reist und Gericht hält. Sicherlich ist irgendwo ein netter Junge für dich dabei.«

Sofort stand Jarles Umklammerung in der dunklen Scheune vor ihrem geistigen Auge. Wie er sie im unbarmherzigen Griff hielt, ihren Rock hochschob und … und …

»Ich muss das Mittagessen vorbereiten.« Hastig schob sie Vater von sich.

»Hat das eigentlich mit dem Schmorbraten gestern geklappt?«, wollte Mutter wissen.

Hesinja musste lächeln. Vor dem Spülen hatte sie sich über die Reste hergemacht. Da hatte sie auch verstanden, warum die Gräfin jeden Bissen so ausführlich genossen hatte, denn ihr war es genauso ergangen.

»Er war ganz erträglich«, antwortete sie und musste direkt kichern.

»Jetzt mache dich doch nicht immer schlechter als du bist, Hesinja«, sagte Vater eindringlich. »Wenn du Geweihte werden willst, brauchst du Ausstrahlung, musst überzeugend wirken, nicht ein kleines schüchternes Mädchen sein. Geh aus dir raus, zeige den Leuten, was in dir steckt!«

»Ach Vater …« Sie drehte einen Fuß auf dem Boden umher und starrte diesen an.

»Nein, er hat recht, Hesinja. Als Priesterin der Travia musst du dich durchsetzen können, wenn wer ihre Gebote bricht oder in einer Weise auslegt, die den Willen der Göttin zuwiderläuft.«

»So wie bei Koj?« Sofort presste sie sich eine Hand vor dem Mund, doch es war schon aus ihr herausgeplatzt. »Entschuldige«, flüsterte sie und versuchte, ihr Gesicht hinter den Haaren zu verstecken.

»Ach Gänslein …« Mutter seufzte. »Immerhin hast du dich mal getraut, was zu sagen. Mach weiter so, aber immer im Dienste der Göttin, ja?«

* * *

Hesinja rang mit sich, entschied sich dann aber, dem Grafen etwas offener gegenüberzutreten und ihren Hass vorerst zu vergraben. Vielleicht hatte Mutter ja doch recht und es war die einfachste Möglichkeit, hier herauszukommen. Wer weiß, wie lange der »Papierweg« noch dauern mochte.

Sie übte sich in kunstvollen Gerichten und genoss es, in der Grafenburg nahezu aus dem Vollen schöpfen zu können. Im Travia-Tempel mussten sie mit dem kochen, was die Bauern als Tempelzehnt abgaben, und da gehörte sehr selten Fleisch dazu. Joost hingegen war mindestens einmal in der Woche in seinen Wäldern auf der Jagd und brachte leckeres Wild mit. Abends gab er dann immer sehr anschaulich von sich, wie er das Tier erlegt hatte, was seine Gattin und der Majordomus äußerst langweilig fanden. Hesinja hingegen hing an seinen Lippen und lauschte fasziniert seinen Schilderungen. Sie wusste, dass es auch weibliche Adlige gab, die nicht nur Gattinnen, sondern selbst rechtmäßige Herrscherinnen waren. Ob diese auch zur Jagd gingen? Oder war das eher Männersache? Was wäre, wenn sie einmal mit dem Grafen ausreiten würde, um das leibhaftig zu erleben. Warum nahm er immer nur Jarle und seine Treiber mit? Hesinja erschrak über diese Gedanken und vergrub sie tief in ihrem Inneren.

Inzwischen näherte sich der Peraine-Mond seinem Ende, und der Monat des Ingerimm kündigte sich durch heißes, sonniges Wetter an – sehr passend für den Gott der Schmieden und des Feuers. Gräfin Grimje war verreist. Hesinja hatte sich gewundert, dass sie vor einigen Tagen plötzlich nicht mehr zum Frühstück gekommen war. Offenbar hatte sie die Abreise versäumt. Zum Glück hatte sie keine Strafe dafür erhalten, ein Gedeck zu viel aufgetischt zu haben. Nachdem Joost im Gegensatz zu seiner Gattin öfter in seinen Ländereien weilte und nicht in der eigenen Burg übernachtete, war es das erste Mal, dass sie es allein mit ihm zu tun hatte. Mit einem mulmigen Gefühl sah sie dem Abendessen entgegen.

Vor ein paar Tagen war ein Rind geschlachtet worden, und der gesamte Ort schwelgte seitdem in Fleischgerichten. Für den heutigen Abend hatte Hesinja angedacht, aus einem großen Rippenstück, eingelegter Rote Beete und dem ersten frischen Gemüse des Jahres einen kräftigen Eintopf zu kochen.

Während sie das Fleisch von den Knochen löste und letztere mit einigen Kräutern in heißes Wasser zum Auskochen gab, grübelte sie über ihre weitere Zukunft nach. Inzwischen befand sie sich seit über einem viertel Götterlauf als Magd am Grafenhof, ohne konkrete Aussicht, dass sich ihr Schicksal in naher Zukunft bessern würde. Hesinja stutzte – eigentlich *hatte* sich ihr Schicksal schon gebessert. Sie überlegte, konnte sich aber nicht erinnern, nach ihrer neuen Beauftragung als Köchin noch einmal vom Majordomus geschlagen worden zu sein. Gut, Minka stichelte immer noch durch Taten und böse Worte, doch das steckte Hesinja inzwischen weg, ohne es wirklich wahrzunehmen. Selbst an Jarle hatte sie sich mittlerweile gewöhnt. Sein Blick ruhte nach wie vor lange auf ihr, doch er hielt grundsätzlich mindestens zwei Schritte Abstand. Fast tat es Hesinja schon leid, dass seine Nase immer noch so platt wirkte und der Mund mit den zwei Zahnlücken schief stand.

Hesinja seufzte. Jarles Verhalten hatte einen Stachel tief in ihr Herz gestochen, den sie vermutlich nie loswerden würde. Nicht auszudenken, wenn nicht dieser Zauberer mit seiner Feuerkugel gekommen wäre.

Inzwischen war sie mit dem Fleisch fertig. Sie gab es in einen Kochtopf und bedeckte es mit wenig Wasser. Nachdem sich Schaum gebildet hatte, schüttete sie das Wasser weg und setzte das Fleisch mit mehr Wasser neu auf. Anschließend griff sie nach einem Kohlkopf und einigen Karotten. Das Gemüse und die Rote Beete würde sie erst dazu geben, wenn die Knochen ausgekocht waren, sie die Fleischstückchen gewürfelt und die Brühe mit dem Passierstab zu einer gleichmäßigen Suppengrundlage verarbeitet hatte. Mutter pflegte die Suppe am Ende immer mit etwas Sahne zu verfeinern, jedoch war die Sahne in der Scheune schon deutlich sauer geworden. Hesinja betete zu Travia, dass es dem Geschmack keinen Abbruch tat.

Ob sich der Graf heute Abend anders verhalten würde? Soweit sie ihre Leibherren bisher kennengelernt hatte, schien seine Gattin Travia deutlich näher zu stehen, als er es tat. Hoffentlich verlangte er nicht von ihr, irgendwelche Dinge zu tun, die sie nicht wollte. Erneut seufzte Hesinja. Wahrscheinlich würde der Graf einfach eine seiner Jagdgeschichten von sich geben und der Abend ganz unterhaltsam werden.

Als sie nach einer ganzen Weile alles vermengt hatte und es gut durchgezogen war, probierte sie vom Eintopf und verzog das Gesicht. Die saure Sahne hatte alles in eine Richtung abdriften lassen, die ihr gar nicht behagte. Was sollte sie nun tun? Verzweifelt löste sie ein großes Stück Schmalz in der Suppe auf, dann würzte sie mit Salz und einem Schuss Essig nach. Das Ergebnis schmeckte nun gar nicht mehr nach Mutters Rote-Beete-Topf, aber immerhin war es wieder genießbar.

Während sie noch überlegte, wie man den Geschmack weiter verfeinern könnte, läutete bereite die Glocke. Hesinja zuckte zusammen. Dann musste es also so reichen. Hoffentlich sagte der Graf nichts.

Sie schaufelte den Eintopf in eine Suppenterrine, dann klemmte sie sich die Kelle zwischen Ring- und Mittelfinger, damit sie mit beiden Händen die Griffe festhalten konnte. Wie gut, dass sie bereits kurz nach dem Mittagstisch oben alles vorbereitet hatte. Sie wuchtete das Porzellangefäß die Treppe hinauf. Inzwischen hatte sie sich an diese edlen Materialien so gewöhnt, dass sie die kleinen Verzierungen und Malereien nur noch flüchtig musterte. Früher hatte sie bei jeder Treppenstufe ein neues Detail entdeckt und musste sich sehr zwingen, schnell nach oben zu gelangen.

Mit der Schulter stieß sie die Tür zum Speisesaal auf und drehte sich mehr, als dass sie ging, ins Innere, damit der Eintopf nicht überschwappte. So bemerkte sie erst nach einigen Augenblicken, dass lediglich *ein* Platz belegt war – Mew Wulfski fehlte.

»Der Majordomus muss sich heute Abend wichtigen Aufgaben widmen«, ließ sich der Graf zu einer Erklärung herab. Dabei zuckte sein Blick zu jener Stelle, an der ein Gänse-Anhänger ein wahrhaft traviaungefälliges Leben fristen musste. »Es ist in Ordnung, wenn du zu viel gemacht hast. Konntest es ja nicht wissen.«

So viel Verständnis von ihm? Hesinja spürte, wie die Knie weich wurden und ihr das Blut in die Wangen schoss. Hoffentlich bemerkte er davon nichts. Schnell stellte sie die Terrine ab und beugte sich beim Füllen des Tellers vor, sodass die Haare Gesicht und Brust versteckten.

»Hochwohlgeboren bekommen heute Rote-Beete-Topf kredenzt.« War da seine Hand an ihren Haaren entlanggestrichen? Hesinja schloss die Augen und zwang sich zur Ruhe. Sicherlich nur Einbildung.

Endlich war der Teller voll. Sie ließ die Kelle in die Schüssel gleiten und nahm eilig ihren Platz an der Tür ein, wo sie sich bemühte, möglichst gar nichts anzublicken.

Joost von Salsweiler machte sich schmatzend über seine Suppe her. Hesinja kam das Geräusch übertrieben laut vor, und irgendwie ekelte sie sich davor, zwang aber ihre Gesichtszüge in eine völlig ausdruckslose Form.

»Köstlich«, machte der Graf, nachdem er seinen Teller geleert hatte und rieb sich über den Wanst. »Magst du mir noch Nachschlag geben?«

Was tut er denn, wenn ich jetzt »nein« sage?, fragte sie sich irritiert, eilte aber schnell zur Terrine, um den Teller ein weiteres Mal zu füllen. Wieder verbarg sie sich hinter den Haaren, wodurch diese in die Suppe zu geraten drohten, doch hinter ihrem Schopf fühlte sie sich beschützt.

Mit einem Mal ertönte ein lautes Ploppen, das ihr beinahe die Kelle aus der Hand gefallen wäre. Entsetzt warf sie mit einem Kopfrucken die Haare zurück.

Es war der Graf, der eine Weinflasche entkorkt hatte und sie grinsend ansah. »Echter Geiergau aus Almada. So etwas gibt es nicht in Fässern.«

Hesinja nickte und eilte zum Geschirrschrank, um ein Glas zu holen.

»Bring für dich auch eins mit!«

Hesinja erstarrte. Sie konnte doch nicht … Aber den Grafen widersprechen konnte sie doch auch nicht. »Hochwohlgeboren …?«, stammelte sie hilflos und warf einen Blick über die Schulter.

Joost von Salsweiler deutete mit einer Hand auf jenen Sitzplatz, den sie ursprünglich für Mew Wulfski gedeckt hatte und der bisher nicht genutzt worden war. »Ich bestehe darauf.«

Hesinjas Hände zitterten, als sie nach zwei Gläsern griff. Sie klirrten, also nahm sie jeweils eins in jede Hand und kehrte zum Tisch zurück. Das Herz schlug ihr bis zum Hals. Wie ein nasser Sack ließ sie sich auf den gepolsterten Stuhl fallen, den der Graf bereits für sie etwas vom Tisch weggezogen hatte.

»So, und nun wird Sie mal hier am Tisch von den Leckereien kosten, die Sie jeden Tag für Uns auftischt!«, befahl der Graf förmlich und drückte ihr die Suppenkelle in die Hand.

Während sie mit zitternden Händen versuchte, ihren Teller zu füllen, ohne das etwas danebenging, schenkte er den Wein ein und schob ihr eines der Gläser zu. Sie legte die Kelle beiseite und griff nach dem Löffel. *Schon wieder die falsche Hand!*

Bei dem Versuch, den Löffel in die Rechte zu nehmen, entglitt er ihren zitternden und schweißnassen Händen. Das Gepolter auf den Tisch kam ihr unendlich laut vor. Sie hatte das Gefühl, ihr Herzschlag würde aussetzen. Nach einer gefühlten Ewigkeit setzte er hämmernd wieder ein. Prickelnd spürte sie den Blick des Grafen auf sich ruhen. Schnell ergriff sie den Löffel ein weiteres Mal und schob sich einen Bissen Eintopf in den Mund. Es schmeckte ungewöhnlich fad. Sie erschrak im ersten Moment, dann fiel ihr auf, dass sie den Atem angehalten hatte, und deshalb kaum etwas schmecken konnte. Gierig saugte sie Luft durch die Nase ein, anschließend würgte sie die Suppe herunter.

Aus dem Augenwinkel sah sie, dass er sein Glas hob. Schnell tat sie ihm es gleich.

»Pojechali!«, rief er und stieß an.

»Pojechali«, sagte sie und hatte das Gefühl, ihre Stimme sei nur ein Piepsen.

Die Gläser klirrten – mehrfach, weil ihre Hand immer noch zitterte. Nervös strich sie sich mit der anderen Hand eine Strähne hinters Ohr. Endlich führte er sein Glas zum Mund. Sie nippte ebenfalls an ihrem Wein. Es war das erste Mal, dass sie Wein kostete. Das Getränk war leicht kühl, war wohl im Keller gelagert worden, und es schmeckte nach Hunderten von Früchten gleichzeitig. Dann prickelte die Flüssigkeit leicht auf der Zunge, was sie eigentlich ganz angenehm fand, doch über allem schwebte der beißende Geschmack von Alkohol.

Der Graf sah ihr genau in die Augen. Sie zwang sich zu einem Lächeln und bemerkte, dass ihre Hand immer noch mit den Haaren spielte. Schnell griff sie wieder nach dem Suppenlöffel.

»Oh, da scheint ja jemand hungrig zu sein. Nur zu!«

Hatte sie schon wieder etwas falsch gemacht? Viel zu hastig stellte sie das Glas ab, so dass ein paar Tropfen ihre Hand benetzten, dann schaufelte sie schnell einige Bissen in den Mund. O ja, sie *war* hungrig!

Die Haare hatte sie auf der dem Grafen abgewandten Seite hinters Ohr gelegt, daher konnte sie nicht sehen, was er tat. Sie beschloss, einfach weiter zu essen, solange keine neuen Befehle kamen. Sie spürte die Weinspritzer auf ihrer Hand, wagte es aber nicht, diese abzuwischen. Schweigend leerte sie den Teller.

Kaum war sie damit fertig, kam es wieder wie ein Donnerschlag: »Pojechali!«

Sie schnappte sich ihr Glas und wiederholte den Trinkspruch. Die Gläser klirrten. Dann nippte sie erneut an der perlenden Flüssigkeit.

»Na na, du musst schon richtig trinken. Anstoßen und dann nicht einmal einen ganzen Schluck nehmen ist unhöflich.« Er wies auf sein Glas, das bereits fast leer war.

Hesinja führte ihre zitternde Hand erneut zum Mund und nahm einen riesigen Schluck, der das Glas beinahe zur Hälfte leerte. Danach rang sie keuchend nach Luft, weil ihr der Alkohol in den Kopf stieg.

»So ist es recht.« Er füllte die beiden Gläser wieder bis zum Rand auf.

Hesinja ahnte Übles.

»Pojechali!«

Weitere Schlucke, dann spürte sie plötzlich einen Finger des Grafen, wie er die Weinspritzer von ihrer Hand strich. Ein Adliger, der seine Leibeigene von Schmutz befreit – Hesinja musste kichern.

»Was hast du?«

»Gräflicher Wischmob!« Hatte sie das wirklich gesagt? Nein, das konnte ihr unmöglich aus dem Mund gedrungen sein. Sie presste sich eine Hand dagegen. Wenn ihr Kopf nicht so in Watte gepackt wäre, würde ihr auch das Denken leichter fallen.

Er umgriff ihr Handgelenk und zog die Hand aus ihrem Gesicht. *Nun wird er mich schlagen!*, rasten ihre Gedanken.

»Und wieder ist sie mutig und sagt, was sie denkt.« Immer noch ihr Handgelenk umgriffen, glitten die Finger sanft an ihrer Wange entlang. »Uns ist nicht entgangen, wie sie sich ihren Platz im Gesinde erkämpft hat.«

Die Finger lockerten ihren Griff und glitten an ihrem Kinn entlang auf ihren Hals. Hesinja wagte es nicht, sich zu bewegen. Was tat er da, was sollte *sie* tun? Er setzte seine Bewegung fort, während er ihr in die Augen sah, sie spürte seine rauen Fingerkuppen an ihrem Brustbein, dann … *Bei Travia, er wird doch nicht etwa … ?*

»Einen schönen Anhänger hast du da. Lass mich ihn mal aus der Nähe betrachten.« Er nahm ihr kleines Gänslein in die Hand und beugte sich vor, um es zu begutachten. Sein warmer Atem fuhr ihr über die Haut. Hesinja bemühte sich, so regungslos wie möglich zu sein. »Eine Gans … das heilige Tier der Travia … Nun nimm doch mal den Arm herunter.«

Schnell leistete sie der Aufforderung folge und legte beide Hände in den Schoß. Immer noch zwang sie sich, den Grafen freundlich anzublicken. Dieser legte den Anhänger wieder auf ihre Haut zurück. Er tat es so unglaublich sanft, wie sie es seinen großen Pranken niemals zugetraut hätte. Als sie wieder das warme Metall spürte, fühlte sie sich erleichtert.

»Lass uns auf Travia anstoßen.« Wieder hob er sein Glas, nachdem er beide erneut gefüllt hatte.

Sie griff nach ihrem und hielt es hoch. Doch irgendwie verhielt sich ihre Hand nicht so, wie sie sollte. Ein Schwall aus dem randvollen Weinglas ergoss sich auf die Tischdecke. Wie peinlich! Sie musste kichern.

Sein Arm schnellte nach vorn. Sie erschrak und zog ihre Hand zurück, dabei schwappte mehr vom Wein aus dem Glas und benetzte ihren Schoß und Oberkörper. Doch der Graf war dennoch schneller. Er wollte sie nicht schlagen, wie sie instinktiv gedacht hatte, sondern stützte ihren Arm, damit sie nicht noch mehr vom Wein verschütten konnte.

Irritiert blickte sie ihn an. Bewegte er sich hin und her, oder war sie das? Es musste wohl sie selbst sein, denn seine Hand legte sich seitlich an ihren Oberarm. Sie konnte nicht anders, als sich anzulehnen. Irgendwie beruhigte sie das.

»Ich … ich …«, begann sie, doch die Worte wollten ihr irgendwie nicht einfallen. War da nicht irgendwas, das sie ihm bei passender Gelegenheit sagen wollte? Irgendwas mit Travia? »Reisen!« Ja, genau das war es gewesen. Ihre Pilgerfahrt nach Rommilys und die anschließende Weihe. Genau das wollte sie ihm sagen, aber wieso tat ihr Mund es dann nicht?

Sie stellte fest, dass der Graf ihr das Weinglas an eben diesen geführt hatte. Sie verstand die Aufforderung und nahm einen Schluck. Aber war das wirklich so eine gute Idee? Irgendwie war es ja ganz lustig, vom Grafen so verwöhnt zu werden. Sie musste wieder kichern und blies dadurch Wein aus dem Glas in ihre Nase, was diese zum Niesen reizte. Dem Grafen gelang es, den Wein rechtzeitig aus der Gefahrenzone zu bringen. Etwas, das ihr wohl nicht gelungen wäre. Wie peinlich!

»Tschulld'gung«, stammelte sie und schaute an sich herunter. Wo kamen denn diese ganzen Flecken her? Ach richtig, der Wein! Wenn sie nur ein Tuch hätte …

»Darf ich?« Die Stimme des Grafen.

Des Grafen? Sie blickte auf. Doch, es war der Graf gewesen, der ihr den Wein gegeben hatte. Eine Haarsträhne verdeckte ihr das halbe Blickfeld, doch sie saß tatsächlich mit ihm am Tisch. Umständlich befreite sie ihr Gesicht. Der Graf hielt ein Taschentuch in der Hand und wedelte auffordernd damit. Sollte sie das nicht lieber selbst tun? Doch da war auch seine Hand, die sie stützte. Also nickte sie und bemühte sich weiterhin, ihre Haare in eine einigermaßen erträgliche Lage zu bringen. Bestimmt sah sie völlig zerzaust aus.

Sie weiterhin stützend, beugte er sich vor und tupfte ihr behutsam den Wein von den Beinen. Er begann an den Knien und arbeitete sich langsam weiter an ihr empor, auch seine Bewegungen verwandelten sich von einem Tupfen mehr in ein Streichen, als er an die größeren Flecken kam. Der Stoff des Kleids spannte sich und rieb über die winzigen Härchen auf ihrer Haut. Hesinja begann, sich ganz merkwürdig zu fühlen. Seine Tätigkeit löste etwas in ihr aus, was sie bisher noch nie gespürt hatte. Aber irgendwie war es toll. Er ließ ihren Schoß weiträumig aus, strich nun aber über ihren Bauch. Gebannt folgte sie jeder seiner Berührungen. Wieso hatte sie nur plötzlich Gänsehaut und so ein Ziehen vorn an ihren Brüsten? Es war doch nicht kalt – oder doch? Der Wein raubte ihr eindeutig die Sinne. Sie keuchte auf.

Der Graf blickte auf. »Alles in Ordnung? Mache ich irgendwas falsch?«

Heftig schüttelte sie den Kopf. Wieder landeten die eben gebändigten Haare in ihrem Gesicht. Durch ihre Bewegung wurde auch der Stoff ihres Kleids über dem Busen gespannt, weil seine Hand immer noch auf dem Bauch ruhte, ihre Spitzen rieben sich daran und … und … Was war bloß los mit ihr?

Die Hand des Grafen löste sich von ihrem Bauch. Schnell befreite sie sich von ihren Haaren. Nein, kalt war ihr nicht. Ihr war eindeutig zu warm. Und Durst hatte sie! Die Schwierigkeiten von eben waren vergessen, so schnell hatte sie nach dem Glas gegriffen und einen großen Schluck genommen.

Dabei schaute er sie verschmitzt lächelnd an und rieb sich mit der nun freien Hand über den Nacken. »Also, ich möchte jetzt dort …« Er deutete mit dem Kinn auf ihren Busen. »Also dort ist auch viel Wein daneben gegangen, aber es wäre mir peinlich, wenn das irgendwie missverstanden …«

Mach genau so weiter wie eben!, wollte sie ihm zurufen. *Es war toll!*

Doch sie brachte nur ein Lächeln zustande und kaute an ihrer Unterlippe. Jetzt, nachdem sie noch etwas getrunken hatte, brach ihr der Schweiß aus allen Poren aus.

»Den packen wir wohl besser zur Seite.« Mit zwei Fingern griff er nach dem Travia-Anhänger. Die Berührung ließ sie erschauern. »Nicht, dass ich dir noch wehtue …«

Ihr wehtun? Bei dem, was er gerade tat? Hesinja musste kichern und griff mit beiden Händen in ihren Nacken, um die Kette zu öffnen, worauf der Graf ihr den Anhänger abnahm und auf den Tisch legte.

Dann stellte er seinen Teller darauf. »Die Göttin muss nicht alles sehen.«

Was meinte er damit? Hesinja verstand nicht. Gab es irgendwas, das …

Er berührte mit dem Tuch die nackte Haut ihres Ausschnitts. Bei der Berührung vergaß sie sofort, woran sie eben noch gedacht hatte. Sie fühlte sich, als wäre sie im Hochsommer einmal um ganz Salsweiler gelaufen. Das Tuch wanderte herab auf ihre linke Brust, dann wieder hoch und auf ihre rechte. Wieso ging er nicht weiter herab? Ein wenig tiefer gab es zwei Orte, die sich nach Berührung sehnten! Sie keuchte auf.

Der Graf beugte sich vor und legte ihr beide Arme auf den Rücken. Wie bei einer Umarmung, aber doch völlig anders. Sanft zog er sie heran, bis ihre Brüste seinen Oberkörper berührten. In ihrem Körper explodierten alle Gefühle, die sie bisher erlebt hatte. Alle gleichzeitig. Es war unbegreiflich … schön.

Er zog sie auf seinen Schoß. Dabei streifte ihre Hand etwas, das sie von ihrem Körper nicht kannte. Unwillkürlich tastete sie danach und nun war es der Graf, der aufkeuchte. Das Etwas drückte pulsierend mit aller Gewalt von innen gegen die Hose. Musste es ihn nicht schmerzen? Wäre es nicht sinnvoll, ihn von dem Druck zu befreien?

Sie konnte nicht weiter darüber nachdenken, denn ihre Nase berührte nun seine. Heiß spürte sie seinen Atem im Gesicht und stellte fest, dass es umgekehrt genauso sein musste.

»Hesinja«, flüsterte er. »Dies hier tue ich nur, wenn du es wirklich willst, hörst du? Ich dränge dich zu nichts. Es ist *deine* Entscheidung.«

Was faselte er da? Ihre Gedanken waren vielleicht vom Wein benebelt, aber momentan war sie der glücklichste Mensch auf der ganzen Welt. *Nie* zuvor hatte sie so etwas gespürt, völlig neue Stellen ihres Körpers wahrgenommen, darunter auch …

Instinktiv tastete sie nach seiner Hand und zog sie sich auf den Schoß. Er reagierte sofort und glitt mit der Hand zwischen ihre Beine, dabei das Kleid einfach vor sich herschiebend, dann landete sein Finger auf einer bestimmten Stelle und drückte dort leicht. In Hesinjas Körper feierte nun erneut die gesamte Gefühlswelt. Sie stöhnte auf. Schöner konnte auch Alveran nicht sein.

»Ja …«, hauchte sie und drückte ihre Lippen auf seine. Es war das erste Mal, dass sie so etwas bei einem Menschen tat, aber nun erschien es ihr richtiger als alles andere.

Der Graf begann, die Knöpfe ihres Kleids zu öffnen. O ja, wie gut würde es sein, sich etwas Luft auf der schweißbenetzten Haut zu verschaffen. Warum sollte er das nicht auch erleben?

Sie wollte ebenfalls sein Hemd aufknöpfen, doch seine andere Hand umgriff ihr Handgelenk und führte sie zu der Beule an seinem Schoß, die sie eben schon wahrgenommen hatte. Richtig, da galt es etwas zu befreien. Sie löste über der größten Erhebung den ersten Knopf, und nun war es an dem Grafen aufzustöhnen. Dies reizte sie zum Kichern.

»Na warte, du …«, flüsterte er grinsend. Dann zog er den Stoff über ihre Schultern, dass ihr Busen freilag, und gab ihr einen Kuss genau auf die Spitze. Sie keuchte auf.

Schnell befreite sie ihn nun von seiner Hose, während er ihr das Kleid schier vom Leibe riss. Bei ihm ragte nun etwas auf, was sie im ersten Moment an einen Aal erinnerte. *Das* war es, was bei Kerlen die Hose ausbeulte? Ihr Ekel währte nur kurz, denn er lehnte sich etwas zurück und zog sie genau über sich, sodass die Spitze seines »Aals« in ihre Spalte geriet. Diese Berührung raubte ihr fast das Bewusstsein. Seine Hände legten sich um ihre Hüfte, dann presste er sie urplötzlich an sich heran.

Hesinja spürte einen kurzen, heftigen Schmerz, als er in sie eindrang, doch was dann folgte, ließ sie diesen sofort wieder vergessen.

Reue? … oder Lust?

Hesinja erwachte mit dröhnenden Kopfschmerzen und einer Übelkeit, die sie würgen ließ. Was war nur passiert? Stöhnend richtete sie sich im Bett halb auf und wagte es nicht, die Augen komplett zu öffnen, da ihr die Helligkeit wie Nadeln in die Augen stieß. Hatte sie Alkohol getrunken? War da nicht was gewesen? Ein Abendessen, sanfte Berührungen, eng umeinander geschlungene Körper?

Schlagartig riss sie sich die Decke vom Leib und schaute an sich herab. Sie lag splitternackt im Bett. Nun spürte sie auch die teilweise festgetrocknete Feuchtigkeit zwischen ihren Beinen. Das war keine Monatsblutung, das war … Vorsichtig tastete sie danach und hielt sich die Hand vor die Nase. Stöhnend ließ sie sich zurücksinken, was wieder die Kopfschmerzen mit aller Gewalt in ihren Kopf hämmern ließ.

»Das darf doch nicht wahr sein«, flüsterte sie. »Nein, bei Travia, nein!«

Ekel stieg in ihr empor, Ekel darüber, was an ihrem Körper haftete, was sie mit sich hatte machen lassen.

Über einen Bettpfosten hing ihr Hesindigo-Kleid. Eilig griff sei danach und presste es sich eng an den Körper, auch wenn dies eine weitere Kopfschmerzwelle auslöste. Es roch immer noch leicht nach Wein, dennoch schlüpfte sie eilig hinein.

Bei Travia, wie hatte sie sich nur so feilbieten können? Sich vom Grafen verführen lassen und … und …

Aber hatte sie es nicht genossen? Hesinja keuchte. Sie hatte *Ehebruch* begangen, den Traviabund zwischen Graf und Gräfin mit den Füßen getreten!

Sie wusste nicht, wie spät es war und ob der Graf bereits auf sein Frühstück wartete. Sie *konnte* da momentan nicht hin.

Stattdessen rannte sie in die Waschküche, griff sich den erstbesten Eimer und entleerte diesen komplett über dem Kopf. Das kalte Wasser ließ sie keuchen, die Kopfschmerzen meldeten sich zurück, doch hatte sie nun das Gefühl, den schlimmsten Schmutz von sich gewaschen zu haben. Einige Augenblicke blieb sie so stehen, während sich die Kälte in ihre Glieder fraß, dann entledigte sie sich des klatschnassen Kleids und wusch sich, bevor sie dasselbe vorsichtig mit dem Kleid tat. Nun fühlte sie sich wieder etwas besser. Sie hing es zum Trocknen auf und kauerte sich in eine Ecke, die Arme um die Knie geschlungen.

In dieser Position begann Hesinja zu schluchzen. Soweit ihre bruchstückhafte Erinnerung an die gestrige Nacht zurückreichte, hatte sie es von vollem Herzen *genossen*! Der Graf war ungewohnt höflich gewesen und hatte sie sogar gefragt, ob sie das wirklich wolle. Und sie hatte zugestimmt. Bei Travia, *sie* hatte ihm zum Ehebruch verleitet, nur weil er unbekannte und schöne Gefühle in ihr ausgelöst hatte. Die Erinnerung daran ließ sie frösteln. Oh, und *wie* schön es gewesen war!

Aber der Graf war doch ihr Feind, hatte ihren Vater getötet und sie in seine Dienste gezwungen. Hesinja schüttelte sich. Was war nur los mit ihr?

Sie sprang auf und lief in der Waschküche auf und ab. Sie *musste* sich einfach bewegen. Selbst die Kopfschmerzen und die Übelkeit waren ihr egal. Sie tastete nach dem Kleid. Auch wenn dieser Stoff erstaunlich schnell trocknete, sollte sie lieber noch etwas warten, bevor sie hineinschlüpfte. Ob schon Zeit für das Frühstück war? Ihr kam alles so grell vor, dass es auch durchaus schon Mittag sein konnte. Sie hatte nicht das geringste Empfinden für die Tageszeit. Hoffentlich bestrafte der Graf sie nicht dafür, dass sie nicht aufgetischt hatte. Der Graf … wieder krampfte sich alles in ihr zusammen. Und sie wusste nicht, ob es ein schönes oder ein schlechtes Gefühl war.

Sie zog sich an den Haaren, bis der Schmerz diese Gedanken vertrieb. *Travia!* Sie musste Travia um Vergebung bitten!

Wieso hatte sie eigentlich nicht einfach ihr altes Kleid angezogen? Hesinja stutzte. In jenem hätte sie längst im Tempel sein können, anstatt hier zu warten, bis ihr neues Kleid trocken war. Hatte sie sich bereits so sehr an ihre neue Garderobe gewöhnt? Oder war es vielmehr die Gewohnheit, bisher nur ein einziges Kleidungsstück besessen zu haben? Sie setzte ihre unruhige Wanderung fort.

Was war nur genau gestern passiert? Sie hatte gekocht, dann hatte der Graf gegessen, anschließend hatte er sie höflich zu sich an den Tisch gebeten – und danach war da das mit dem Wein gewesen, aber was genau? Hesinja wusste nur noch, dass sie später nackt gewesen war und der Graf sie an Stellen berührt … und vor allem *wie* er sie berührt hatte … Sie musste schaudern und vergrub die Erinnerung wieder.

Sie entschied, dass das Kleid jetzt trocken genug war – immerhin war es Sommer – und schlüpfte hinein. Jetzt nichts wie in den Tempel!

Als sie durch die Eingangshalle rannte, wäre sie beinahe gegen eine große Gestalt geprallt. *Der Graf!* Hesinjas Herz bäumte sich in ihrer Brust auf und schlug mit aller Kraft von innen gegen die Rippen. Außerdem fühlte sie sich schlagartig wie eben, als sie den Eimer über dem Kopf entleert hatte. Ein eiskalter Blitz durchfuhr sie, und ihr Körper war plötzlich in heller Aufregung. Völlig von sich und ihren Gefühlen überfordert, rannte sie an ihm vorbei nach draußen, über den Hof, stieß die Schlupftür im Burgtor auf, huschte hindurch und schlug sie hinter sich zu.

Dann lehnte sie sich daneben gegen die kühle Mauer und keuchte. Die Erinnerung war eine Sache, Scham und Selbstekel eine andere. Aber wieso erschütterte sie es mehr als alles andere, wenn sie ihn *sah*?

Hesinja bemerkte, wie sie am ganzen Körper zitterte, aber es war nicht das feuchte Kleid, sondern es war etwas, das aus ihrem Inneren kam und sie vor Spannung schier bersten ließ. Wollte sie wieder etwas wie vergangene Nacht erleben? Auch wenn sie sich kaum daran erinnerte, schien es ihr Körper sehr wohl zu tun. Hesinja raufte sich die Haare, als sie die Antwort erkannte. Sie lautete eindeutig: *Ja!*

An diesem Punkt angekommen, löste sie sich von der Mauer. Nicht, dass der Graf ihr noch hinterher kam, bevor sie mit sich selbst im Reinen war. Sie musste einfach in den Tempel und Buße tun für das, zu dem sie sich hatte hinreißen lassen. Aber wenn sie sich doch so wohl dabei fühlte …

»Ehebruch!«, zischte sie sich selbst leise zu und gab sich eine Ohrfeige, um sich zur Vernunft zu bringen. Ihre Wange brannte, als sie eiligen Schrittes zum Tempel ging.

Dort war Mutter gerade dabei, den Eintopf für die Taverne aufzusetzen. Hesinja taumelte einen Schritt zurück, als ihr bewusst wurde, *wie* lange sie geschlafen haben musste, denn Mutter tat dies erst, nachdem sie die Morgenandacht beendet und die Heiligen Gänse gefüttert hatte.

Die Geweihte drehte sich um und entdeckte Hesinja. Ihre Miene hellte sich auf: »Oh, mein Gänslein …« Dann stutzte sie. »Was ist los?«

Hesinja spürte, wie ihr das Blut ins Gesicht schoss. Unfähig, auch nur einen klaren Gedanken zu fassen, geschweige denn auszusprechen, ließ sie sich neben Mutter vor dem Heiligen Herdfeuer auf die Knie fallen. Sonderlich schwer fiel es ihr nicht, denn ihre Beine kamen ihr vor wie aus Butter. Still kauerte sie vor dem Herd, die Hände vor den Knien aufgestützt, die Augen geschlossen, und überlegte, was sie der Göttin sagen sollte. Was war eigentlich ihre größere Verfehlung – der Ehebruch oder die Tatsache, dass sie es *genossen* hatte?

Leise fing sie an zu schluchzen, biss sich aber sofort auf die Zunge, um jedes Geräusch zu unterdrückten. Mutter stand direkt neben ihr. Sie würde nicht verstehen, was Hesinja getan hatte. Nein, auf keinen Fall!

Nur wie sollte sie jetzt mit der Göttin reden? Das Gebet würde Mutter doch mithören können und so trotzdem alles erfahren. Und wenn Hesinja lediglich fest daran dachte, was sie der Göttin sagen wollte? Ja, genauso würde sie es machen.

Gütige Mutter Travia, begann sie und versuchte, so »laut« zu denken wie irgendwie möglich. *Du siehst, was letzte Nacht geschehen ist und wie ich mich fühle. Ich habe eine furchtbare Sünde begangen und etwas getan, was du nicht gutheißen kannst. Es tut mir furchtbar leid, Mutter, und ich bitte dich, mir ein Zeichen zu geben, was ich tun soll, um meine Seele reinzuwaschen …*

Ging das so einfach? Konnte sie so eine Bitte vorbringen? Hesinja wusste es nicht, aber Mutter konnte sie ja nicht fragen, ohne zu verraten, um was es ging.

Still blieb sie noch eine ganze Weile vor dem Herd hocken, bis der Kopf und die Hände von der Hitze schon fast wehtaten, dann raffte sie sich auf. Ihr erster Blick fiel auf Mutter, und sofort wurden ihr die Wangen ganz heiß. Schnell wandte sie den Blick ab.

Die Geweihte trat auf sie zu und nahm sie ihn den Arm. Hesinja war jedoch nicht in der Lage, die Geste zu erwidern, wie sie es sonst tat. Erneut spürte sie, wie ihr die Scham in alle Poren kroch.

»Warte einen Moment, Gänslein«, flüsterte Mutter. »Ich habe etwas für dich.«

Danach ließ sie Hesinja los und eilte in die Nebenräume des Tempels. Hesinja blieb stehen, unfähig, sich zu rühren.

Lediglich ihre Knie zitterten, was sich auf das gesamte Kleid übertrug. Sie presste die Knie fest aneinander. Was mochte Mutter ihr bringen? Hatte sie sich irgendwie verraten, und Mutter warf sie nun endgültig aus dem Tempel?

Da tauchte diese bereits wieder auf und drückte Hesinja ein kleines Säckchen in die Hand. Dann nahm sie sie abermals in den Arm.

»Das ist Rahjalieb«, flüsterte sie. »Natürlich sieht die Göttin es nicht gern, wenn man sich außerhalb des Traviabunds so nahe kommt, aber ich finde es schön, dass du dir die Hörner abstößt und erwachsen wirst. Gieße dir daraus einen Tee auf, dann musst du dir vorerst keine Gedanken über „bleibende“ Erinnerungen machen.«

Bei den letzten Worten kniff sie Hesinja sanft in den Bauch und zwinkerte ihr zu. Diese spürte, wie die Wangen erneut zu brennen begannen.

Mutter hatte sie vollkommen durchschaut. Wie hatte sie sich nur verraten? Hesinja konnte nicht mehr, sie wollte einfach nur weg, ließ Mutter ohne ein weiteres Wort stehen und flüchtete aus dem Tempel, das Beutelchen mit Rahjalieb in der Faust eng an die Brust gepresst.

Als sie in der Burg ankam, rannte sie direkt in die Küche und hockte sich neben den Herd hinter einen Tisch. Ob es Zeit war, Holz nachzulegen, damit die Glut nicht ausging? Hesinja kniff kurz die Augen zusammen. Jetzt wollte sie sich nicht ablenken lassen.

Zögernd öffnete sie die Faust und begutachtete das Säckchen von allen Seiten, dann zog sie es schließlich auf und schüttete sich etwas vom Inhalt auf die Handfläche. Das getrocknete Kraut erinnerte sie an Petersilie, war jedoch feuerrot. Vorsichtig roch sie daran. Das Aroma erinnerte sie an Rosen, wies jedoch einen Nebengeruch auf, den sie nicht einordnen konnte. Warum hatte Mutter ihr nur dieses Rahjalieb geben und ihr sanft in den Bauch gekniffen? Dachte sie etwa, Hesinja sei …

Sie stöhnte auf. Natürlich! Bei dem, was sie und der Graf gestern getrieben hatten, konnten Kinder entstehen. Sie würde einen dicken Bauch bekommen und dann, dann …

Mit zitternden Händen betrachtete sie wieder das Kraut. Ob sie die trockenen Blätter kauen sollte? Oder lieber in heißen Wasser wie Tee ziehen lassen? Was hatte Mutter noch mal gesagt? Hesinja konnte sich nicht mehr erinnern. Sie entschied sich für Letzteres und setzte ein wenig Wasser auf. Nun, da sie das Problem erkannt hatte, fielen ihr auch die ganzen anderen Dinge ein, die ihr Mutter einmal beim Unterricht beigebracht hatte. Damals hatte sie das alles lustig gefunden und ständig kichern müssen, was Mutter mit bösem Blick geahndet hatte. Erst als Hesinja wenig später ihr erstes Monatsblut bekommen hatte, hatte sie es dann nicht mehr so komisch gefunden …

Sie überlegte. Bis zu ihrem nächsten Blut waren es noch gute zwei Wochen. Hesinja wusste, dass es ausbleiben würde, wenn ein Kind in ihrem Leib heranwuchs.

Mutter Travia, lass es nicht geschehen!, flehte sie gedanklich, als sie ein wenig Rahjalieb in eine Tasse fallen ließ und mit kochendem Wasser übergoss. Sofort nahm das Wasser eine rosa Färbung an, und der Rosenduft verbreitete sich intensiver als zuvor.

War es üblich, Rahjalieb zu verwenden? Hesinja wusste es nicht, doch wenn jetzt jemand in die Küche käme und den Geruch erkannte, wüsste derjenige doch sofort, dass Hesinja … Sie spürte, wie ihr das Blut ins Gesicht schoss. Nicht auszudenken, was Minka in so einer Situation tun würde!

Hesinja hoffte inständig, dass sich der Duft nicht bis in die Eingangshalle ausbreitete, denn heute war Audienztag, und viele Leute aus Salsweiler und den umliegenden Dörfern würden den Grafen aufsuchen. Hastig schüttete sie die rosa Flüssigkeit durch ein Tuch in eine andere Tasse und stellte das Gefäß mit den feuchten Blättern ins Fenster, damit der Geruch vom Wind davongetragen wurde. Vorsichtig nippte sie am Tee, doch er war noch viel zu heiß. Sie würde sich in Geduld üben müssen.

Eigentlich war es nun an der Zeit, sich um das Essen Gedanken zu machen, doch würde sie dem Grafen jemals wieder unter die Augen treten können? Beim Gedanken an ihn flutete wieder dieses starke Gefühl ihr Inneres, das sie nicht einordnen konnte. Schnell verdrängte sie den Gedanken. Es war noch genug vom Eintopf übrig, doch würde der … würde er ihr gestatten, das Essen einfach aufzuwärmen? Bisher hatte sie nie gewagt, ein Essen ein zweites Mal aufzutischen, und immer wieder neue Gerichte zubereitet. Aber die Zeit – Hesinja hatte nicht die geringste Ahnung, welche Tageszeit gerade war, fürchtete aber, viel zu spät dran zu sein. Mit zittrigen Händen griff sie nach dem Topf und stellte ihn auf den Herd. Lieber eine aufgewärmte Mahlzeit, als ihn ein weiteres Mal warten zu lassen.

Quälend langsam verstrich die Zeit. Hesinja ergriff erneut die Tasse mit dem Rahjalieb-Tee und probierte einen kleinen Schluck. Das Rosenaroma war nach wie vor präsent, aber hinzu kam ein stark bitterer Nachgeschmack. Angewidert verzog sie das Gesicht und rührte etwas Honig in die Flüssigkeit, was sie trinkbarer machte. Schluck um Schluck würgte sie hinunter, von panischer Angst erfüllt. Was war, wenn sie zu lange gewartet hatte und das Kind bereits in ihr heranwuchs? Anfangs würde sie es sicherlich verbergen können, aber irgendwann würde ihr Bauch so dick sein, dass sie nur noch hässliche Strickkleider aus Wolle oder Wickelröcke aus Leinen tragen konnte. Spätestens dann würde alle Welt auf sie zeigen und rufen: »Seht her, das Gänslein

Salsweilers hat sich schwängern lassen, ohne den Heiligen Traviabund einzugehen. Und dann noch vom Grafen, den sie hasst. Oho!«

Hesinja musste würgen und tastete über ihren Bauch. Woran merkte man nur, ob man in anderen Umständen war? Eine leibliche Mutter oder gar Geschwister hatte sie nie besessen, und Mutter Jella war für eigene Kinder bereits zu alt. Sicherlich hatte sie immer wieder Schwangere in Salsweiler oder den Nachbardörfern gesehen – vor allem, wenn diese Mutter um Segen baten –, doch eng war der Kontakt nie gewesen. So sehr sie sich auch bemühte, sie konnte nichts Ungewöhnliches feststellen. Alles war genau so, wie es sein sollte, selbst die Kopfschmerzen und das Unwohlsein hatten endlich aufgehört.

Der Gong ertönte. Das Geräusch kam so unerwartet, dass Hesinja vor Schreck beinahe umgefallen wäre. Nur mit Mühe konnte sie sich noch an einer Tischkante festhalten. Sie musste nun hoch … hoch zu *ihm*.

Zitternd füllte sie den Eintopf in eine Terrine und stemmte diese empor. Beim Gang nach oben kam sie sich vor, als würde sie Schlangenlinien laufen, wie Koj und Lumin, wenn Vater sie weit nach Einbruch der Dunkelheit nach Hause schickte. Ob der Majordomus ebenfalls zu Tisch saß? Hesinja wusste nicht, wie lange diese »wichtigen Angelegenheiten« dauern mochten. Vielleicht war auch die Gräfin zurück. Oh, das würde sie sogar noch um einiges besser finden.

Die Tafel kam in ihr Blickfeld und nur ein einziger besetzter Platz. Eine große, mächtige Gestalt, die jedoch so weich und zärtlich sein konnte. Hesinjas Herz rutschte ihr übergangslos bis zu den Knien, die urplötzlich weich wurden. Schwankend blieb sie stehen und hoffte, dass nichts vom Eintopf aus der Terrine schwappte. Das Herz hüpfte nun nach oben und stieß ihr gegen den Hals. Hesinja hatte das Gefühl, keine Luft zu bekommen und atmete leise keuchend ein. Stocksteif und auf jede Bewegung achtend betrat sie den Speisesaal und bemühte sich, so leise wie irgendwie möglich zu atmen, was ihr ausgesprochen schwerfiel. Hinzu kam ihr pochender Herzschlag, den der Graf unmöglich überhören konnte.

Ich habe gar nicht gedeckt!, fiel es ihr wie Schuppen von den Augen. *Wieso steht dann Geschirr vor dem Grafen? Hat er sich etwa selbst aufgetischt? Oh, er wird mich sicherlich bestrafen!*

Sie hielt den Blick starr auf die Terrine gerichtet und wuchtete diese umständlich auf den Tisch, dann füllte sie den Teller mit äußerster Konzentration, ohne auch nur im Entferntesten in seine Richtung zu schauen.

Sie wollte sich gerade aufrichten und schnell zur Tür laufen, da spürte sie plötzlich eine Hand auf ihrem Rücken. Sofort bekam sie eine Gänsehaut. Das war genau die Hand, die sie …

»Du wirkst heute so verspannt, Hesinja, und hast sehr spät mit deiner Arbeit angefangen. Es ist doch nicht wegen vergangener Nacht, oder? Habe ich was Falsches getan?«

Hesinja biss sich auf die Lippen, um nicht aufzukeuchen. *Ich hab es gewollt! Ja, ich habe es wirklich gewollt …*

Stumm schüttelte sie den Kopf und wich nun endlich zur Tür zurück. Als sie dort stand, hielt sie den Blick scharf nach unten gerichtet, genau auf ihre Fußspitzen. Ihr fiel auf, dass sie die Hände genau vor ihren Schoß hielt, als ob es dort was zu beschützen gäbe. Schnell legte sie diese auf dem Rücken zusammen und bemühte sich, weiterhin nicht in seine Richtung zu schauen. Nach wie vor schlug ihr das Herz bis zum Hals, und sie hatte das Gefühl, kaum Luft zu bekommen. Dennoch bemühte sie sich, so flach wie nur möglich zu atmen.

Eine ganze Weile passierte gar nichts, dann stand der Graf auf, ohne sein Essen angerührt zu haben. Hesinja zuckte vor Schreck zusammen. Als er genau vor ihr stand, konnte sie nun nicht anders, als ihm genau in die Augen zu schauen. Erneut fühlte sie sich schlagartig doppelt so schwer und konnte ein kurzes Aufkeuchen nicht unterdrücken. Der Graf streckte die Arme aus, und wie von selbst fiel sie nach vorn, kuschelte sich an. Er legte ihr beide Hände auf den Rücken und strich sanft darüber. Hesinja begann zu zittern. Die Anspannung entlud sich, und sie fing leise an zu schluchzen.

»Schhh«, machte der Graf und wischte ihr die Tränen weg. »Nur das, was du willst. Du brauchst keine Angst zu haben.«

Ich will es wieder spüren!, dachte sie, konnte jedoch keinen Ton von sich geben. Immerhin verschwanden die Tränen so schnell, wie sie gekommen waren. Sie drückte sich in die Umarmung. Irgendwie war es völlig anders als bei Vater oder Mutter.

»Wenn du magst, können wir das von gestern wiederholen«, flüsterte der Graf ihr zu.

Sie spürte seinen warmen Atem in ihrem Haar.

»Dieses Mal aber ohne Wein – und heimlich, sodass niemand davon erfährt …«

Hesinja konnte nicht anders, sie musste kichern.

* * *

In den folgenden Tagen und Wochen lernte Hesinja das Leben völlig neu kennen. Zunächst hatte sie irrsinnige Angst, was passieren würde, wenn die Gräfin wiederkäme, doch Joost von Salsweiler hielt Wort. Tagsüber gab er durch nichts zu erkennen, dass sich ihr Verhältnis in irgendeiner Weise geändert hätte, doch Hesinja spürte es trotzdem. Da war eine kurze, beinahe zufällige Berührung, als sie das Essen austeilte. Fast nicht zu bemerken, doch sie bekam eine Gänsehaut und musste sich mühsam ein Grinsen verkneifen. Dann eine Vase mit frischen, bunten und duftenden Sommerblumen, die eines Abends plötzlich ihre Schlafkammer schmückte. Oder eine kurze, aber innige Umarmung, als sie sich in der Eingangshalle trafen und niemand in der Nähe war.

Sie konnten sich nur selten treffen, doch wenn sie es taten, erlebte Hesinja ihren Körper und ihre Gefühle ständig aufs Neue. Sie trafen sich nie an demselben Ort, was auch aufgefallen wäre. Einmal war es der Stall. Jarle wurde kurzerhand losgeschickt, schwere Waren von einem Walsach-Floß zu wuchten, sodass sie sich unweit der Pferde vergnügen konnten. Oder sie taten es in einer besonders warmen Nacht im duftenden Heu der Scheune. Oder im kühlen Vorratskeller darunter, wo er sie vom Wein kosten ließ, was ihre Gefühle nur stärker anstachelte.

Fast schon vernachlässigte der Graf seine große Leidenschaft, doch dann hieß es, ein fremdländischer Adliger würde kommen, und Joost reiste ihm entgegen, um ihn auf einen mehrtägigen Jagdausflug einzuladen. Hesinja stand daraufhin jeden Tag am Fenster und blickte auf die Weite der salsweilerischen Ländereien, innerlich von tiefer Traurigkeit erfüllt. Nun erkannte sie zum ersten Mal bewusst an den gelblich werdenden Blättern der Bäume, an denen dicke Äpfel, Birnen und andere Früchte hingen, dass bereits der Herbst hereinbrach.

Sind wirklich bereits drei Götternamen vorbeigezogen?, fragte sie sich erschrocken. *Ich könnte schwören, dass es nur wenige Wochen waren.*

Was machte eigentlich der Brief von Mutter? Irgendwie stach der Gedanke in ihr Innerstes. Wollte sie wirklich weg? Diese Glückseligkeit aufgeben, die sie hier kennengelernt hatte?

Aber sie wollte doch Geweihte werden, Travia nah sein … Wann war sie eigentlich das letzte Mal im Tempel gewesen? Zweimal hatte sie sich von Mutter neues Rahjalieb geholt, was diese ihr mit leichten Lächeln und einem liebevollen Knuff in die Seite gegeben hatte, sodass Hesinja kichern musste. Aber wann hatte sie das letzte Mal *gebetet*? Oder einem Göttinnendienst beigewohnt?

Fast kam es ihr vor, als wäre es ein völlig anderes Leben, das sie zuvor geführt hatte. Beinahe wie das, das sie hatte aufgeben müssen, als Vater am Pranger gestorben war …

Hesinja schloss die Augen. Niemals hatte sie an diese Nacht gedacht, als sie sich schwitzend und heiß an den ebenfalls schweißüberströmten Körper Joosts gepresst hatte. War das wirklich der Mann gewesen, der Vater an den Pranger gestellt hatte, obwohl er genau wusste, dass dieser erfrieren würde?

Hesinja drückte sich die Hände vor die Augen, als könnte sie damit die Tränen zurückhalten, die plötzlich daraus hervordrangen. Joost *konnte* nicht dieselbe Person sein. Niemals konnte ein Mensch gleichzeitig so zärtlich und so grausam sein. Oder doch?

Sie wischte die Tränen ab, schnäuzte sich die Nase und starrte wieder in die Landschaft. Als sie eine Reiterschar erkannte, stutzte sie. Kehrte der Graf etwa heim? Mehrere Tage früher als erwartet? Sofort beschleunigte sich ihr Herzschlag, eine warme Woge durchflutete ihren Körper. Dann konnten sie vielleicht heute Nacht …

Sie rief sich zur Ordnung. Der Graf würde zunächst mit seiner Gattin tafeln wollen und sich dann vom Majordomus über die neusten Ereignisse unterrichten lassen. Hesinja schluckte und rieb sich unbehaglich die Hände. Seit einigen Tagen machten die Piraten den Fluss wieder besonders unsicher. Die Schiffer ließen ihren Unmut am örtlichen Grafenhof aus, also derzeit am Majordomus. Dieser wiederum entlud seinen Ärger, indem er das Gesinde mit besonders fiesen Aufgaben betraute und zuschlug, wenn diese nicht perfekt erfüllt wurden.

Hesinja richtete sich noch einmal schnell die Haare, wischte sich den letzten Rest Tränen aus dem Gesicht und eilte in die Küche. Der Anzahl der Reiter nach zu schließen, war nicht nur Joost mit seinen üblichen Jagdhelfern unterwegs, sondern der fremde Adlige hatte wohl ebenfalls seine Gesellschaft mitgebracht. Sicherlich würden sie die stattlichsten Stücke direkt heute Abend genießen wollen, also galt es, alles für ein großes Wildbret-Gericht vorzubereiten.

Sie war nicht mal ansatzweise mit den Beilagen fertig geworden, als Jarle mit dreckverkrusteten, immer noch teilweise entstellten Gesicht hereinkam, ächzend einen Hirsch von seinen Schultern auf den Tisch gleiten ließ, an dem das Gesinde sonst aß, sie mit finsteren Blick ansah und wieder verschwand.

Hesinja musste schlucken. Spätestens seit sie sich heimlich mit dem Grafen traf, hatte sie keine Angst mehr vor dem Stallburschen, doch es musste wirklich etwas Besonderes passiert sein.

Hilflos starrte sie den Kadaver an. Sie hatte schon unzählige Hühner gerupft, dem einen oder anderen Pfeifhasen das Fell abgezogen und sogar mal beim Schlachten eines Schweins zugesehen, aber so ein großes Tier war ihr völlig neu. Sie konnte sich glücklich schätzen, dass die Jagdgesellschaft keinen Firunshirsch oder gar Bären erlegt hatte, doch auch dieses Tier war bestimmt halb so groß und schwer wie sie selbst. Wo setzte man dort nur den rechten Schnitt an, um das Fell nicht zu beschädigen?

Den Schädel würde der Graf sicherlich für seine Sammlung haben wollen, also würde sie diesen gut auskochen müssen, aber wie an das Fleisch kommen? Behutsam tastete sie über den Körper, als würde der Hirsch dies noch spüren, und hoffte, irgendeinen Ansatz zu finden. Immerhin hatten sie das Tier bereits ausbluten lassen und die Innereien entfernt, weshalb es einen großen Schnitt vom Hals bis zum Gesäß gab. Aber wo nun fortfahren? Das Fell bedeckte doch noch die Beine und den gesamten Kopf!

Sie griff zum schärfsten Messer, das sie hatte, und starrte wieder auf den Körper. Bei einem Kaninchen oder Hasen würde sie nun die Pfoten abtrennen, doch dieser Hirsch hatte nichts, was man Pfote nennen konnte. Sollte sie die ganzen Füße abschneiden? Aber wie mit dem Messer durch die dicken Knochen kommen?

In diesem Moment wurde das Portal zur Eingangshalle aufgestoßen, und eine laut lärmende Menge strömte hinein. Hesinja zuckte zusammen und hätte sich beinahe mit dem Messer selbst geschnitten. Sie erkannte die Stimme des Grafen und schaute durch den Türöffnung. Tatsächlich stand er dort, umgeben vom Majordomus und einigen ihr unbekannten Gestalten. Ihre Blicke trafen sich, und Hesinja wurde übergangslos sehr heiß. Ohne im Satz innezuhalten, wechselte der Graf die Richtung und kam auf sie zu. Er würde sie doch nicht hier, also vor den ganzen Fremden, in die Arme schließen? Und das noch, bevor er seine Gattin begrüßt hatte?

Doch Joost nahm ihr lediglich das Messer aus der Hand und schnitt damit gekonnt in einem bestimmten Muster durch das Fell des Hirschs. Es war so schnell gegangen, dass Hesinja es sich unmöglich merken konnte, aber ihr fehlte ohnehin die Kraft für das, was der Graf danach tat.

Er diskutierte weiterhin mit dem Fremden und zog dabei mit solcher Mühelosigkeit das Fell ab, dass Hesinja vor Stolz ganz warm ums Herz wurde. Fasziniert schaute sie ihm zu, dann fiel ihr auf, dass es keineswegs selbstverständlich war, dass solche Gespräche unter Adligen in einer *Küche* geführt wurden. Plötzlich neugierig geworden, lauschte sie.

»Euer Wohlgeboren unterschätzt Sewerien«, sagte der Graf gerade. Er hatte inzwischen einen Oberschenkel des

Hinterbeins gehäutet und wendete mühelos das Tier, um seine Arbeit am anderen Lauf fortzusetzen. »Dies ist nicht Euer wohlgeordnetes Raulsreich, wo es in jedem Dorf einen kaiserlichen Büttel gibt. Salsweiler hat beispielsweise gar keine Bewaffneten.«

Der Fremde keuchte. Obwohl er um die zwei Schritt groß sein musste, hatte er eine erstaunlich hohe Stimme. »Gar keine? Ja, wie haltet Ihr denn Zucht und Ordnung hier aufrecht?«

Hesinja versuchte, einen Blick auf ihn zu erhaschen, doch Joost stand ihr im Weg. Außerdem faszinierte sie dessen Arbeit stärker.

Der Graf lachte. »Glaubt mir, keiner meiner Untertanen wird mir Probleme machen. Und falls doch …«

Er ließ die flache Hand so laut auf das freigelegte Fleisch klatschen, dass Hesinja vor Schreck zusammenfuhr.

Wieder lachte er. »Seht Ihr, so macht man das auf sewerische Art. Halte deine Leibeigenen in Furcht, dann hast du Ruhe.«

Der Fremde schwieg fassungslos, und Hesinja fragte sich, was sie falsch gemacht hatte. Da legte sich die freie Hand des Grafen einmal kurz auf ihren Arm und drückte liebevoll zu. Es geschah so schnell, dass niemand sonst es bemerkt haben konnte, doch die kurze Zärtlichkeit brachte Hesinjas Blut in Wallung. Hoffentlich errötete sie nicht.

Joost häutete das andere Bein, dann zog er das Fell über dem Hinterteil ab. »Würdet Ihr kurz …?«, wandte er sich an den Fremden.

»O ja, natürlich.«

So zielgerichtet und koordiniert, wie die beiden Männer den Hirsch aufrichteten, kannte sich der Fremde offensichtlich ebenfalls mit dem Häuten von Rehwild aus. Mochte sein, dass der Adel so etwas grundsätzlich selbst zu tun pflegte.

Genau wusste Hesinja das nicht. Gebannt beobachtete sie, wie Joost fast mühelos mit Hilfe des Messers oben das Fell abzog, während unten durch die aufgeschnittene Bauchhaut die noch vorhandenen Reste der Innereien und einige Fleischstückchen herausplumpsten. Genau auf den Esstisch des Gesindes. Der Geruch würde Minka und Jarle noch tagelang bei den Mahlzeiten begleiten. Hesinja unterdrückte mühsam ein Kichern.

Nun konnte sie endlich einen Blick auf den Adligen werfen. Er war tatsächlich riesig, aber sehr schlank, jedoch muskulös. Hesinja erkannte starke Oberarme, die in einem exotischen Wappenrock verschwanden. Das Gesicht konnte sie von ihrer Position aus kaum sehen, jedoch schien der Fremde glatt rasiert zu sein und ein kantiges, fast mageres Gesicht zu besitzen. Alles im allem absolut nichts schön Weiches, das man mit Fingern und Zunge …

Bei ihren eigenen unzüchtigen Gedanken ertappt, spürte sie, wie ihr das Blut ins Gesicht schoss. Schnell wandte sie sich ab und schälte weiter Kartoffeln. Dies hatte sie unterbrochen, als Jarle reingekommen war.

»Um ehrlich zu sein«, setzte der Fremde das Gespräch schließlich fort, »bin ich äußerst ungehalten über Euer Verhalten, Hochwohlgeboren. Ich werde nicht zulassen, dass mir irgendwelche Flusspiraten die Waren abnehmen, die für Notmark bestimmt sind. Ihr mögt Euch zwar an Eurer uneingeschränkten Macht hier in Eurer Grafschaft erfreuen, aber eigentlich seid Ihr ein Nichts. Im Neuen Reich wäre ein Adliger mit Eurem Herrschaftsgebiet nicht einmal ein Baron, vor allem nicht, wenn er nicht einmal eigene Waffenträger unterhält. Daran ändern auch eure übertriebenen Titulaturen wie *Majordomus* nichts. Ich werde …«

Hesinja hatte erschrocken innegehalten. Wie konnte dieser Ausländer nur *ihren* Grafen so beleidigen und bloßstellen?

Fassungslos starrte sie Joost von Salsweiler an, der knallrot anlief. Gleich würde er wieder einen seiner Wutausbrüche bekommen. Sicherheitshalber wich sie einige Schritte zurück.

»Was erlaubt Ihr Euch?«, brüllte er da schon los. »*Wir* sind hier der Bronnjar! Wir sind Graf, wie es schon unser Vater, unser Vaters Vater und unseres Vaters Vaters Vater war, Euer *Wohlgeboren* Dimeron von Gratenfels.« Er riss das Messer empor und wirbelte damit weniger als eine Handbreit am Gesicht des Fremden vorbei.

Hesinja schrie kurz auf, und auch aus der Eingangshalle, wo die restlichen Leute zurückgeblieben waren, erklangen erschrockene Rufe. Doch der Graf deutete lediglich in Rage damit auf den Fluss. »Dort hinter dem Walsach, da ist *nichts*. Da gibt es nur – der Heilige Perkoi möge uns schützen – Otterleute, Biestinger und … Hexen …« Er schlug ein Praiosrad. »Wenn sich diese zwölfmal verfluchten Piraten dort aufhalten, werde *ich* sie nicht suchen gehen!«

Er würdigte Dimeron keines weiteren Blickes, sondern griff nach einem Beil und trennte damit den Kopf mitsamt Fell vom restlichen Körper. Dann nahm er dies und stürmte aus der Küche, das Fleisch zurücklassend. Der fremde Adlige schaute ihm einige Augenblicke nach, bevor er ihm folgte.

Hesinja stieß die Luft aus und strich sich die Haare hinters Ohr. Das mochte ein Abendessen werden, wo nur Streit in der Luft lag. Die nächsten Stunden widmete sie komplett der Sache, dass sie sich zumindest über das Essen nicht beschweren konnten, doch wie sie später feststellte, waren Joost von Salsweiler und Dimeron von Gratenfels so in ihre Diskussion vertieft, dass sie das Wildbret gar nicht bewusst zur Kenntnis nahmen. Lediglich die Gräfin schenkte ihr einen anerkennenden Blick, hielt sich aber ansonsten aus dem Gespräch der Männer heraus. Ebenso wie Mew Wulfski, obwohl Hesinja genau sehen konnte, wie es in ihm kochte. Immer wieder zuckte seine Hand zum Stock an seinem Gürtel, als wolle er den Ausländer ebenso züchtigen, wie er es mit dem Gesinde tat.

Unzählige Weingläser, Bierhumpen und Meskinnes-Gläschen später, als Hesinja vom langen Ausharren an der Tür bereits die Beine und Füße wehtaten, kam es endlich zu einer Einigung. Zähneknirschend stimmte der Graf zu, eine »Entschädigung« von fünfzig Batzen zu zahlen – eine Summe, bei der Hesinjas Unterkiefer vor Verblüffung runterklappte. Wenn Joost so unermesslich viel Geld hatte, war es klar, dass er ihr so ein kostbares Kleid schenken konnte. Außerdem schickte er den Majordomus los, um einige Dörfler zu bestimmen, die den Ritter und seine Knappen bis nach Walserwacht begleiten sollten. Hesinja schluckte. Momentan wurde doch jede helfende Hand bei der Ernte gebraucht, doch ein Blick in sein Gesicht bewies ihr, dass der Graf dies durchaus wusste. Sein Kopf hatte die Farbe eines überreifen Apfels angenommen, als er sich mühsam erhob und grußlos durch die Tür wankte. Danach verschwand auch der Rest, und Hesinja beeilte sich, alles aufzuräumen und abzuwaschen, damit sie auch noch zeitig ins Bett kam, doch die Ereignisse des heutigen Tages ließen sie noch lange wach liegen.

Gerade als sie das Gefühl hatte, nun endlich einschlafen zu können, hörte sie ein leises Klopfen an der Tür. Sofort war sie hellwach und saß aufrecht in ihrem Bett. Sollte es Jarle nach all der Zeit doch tatsächlich noch einmal wagen, sie nachts zu besuchen? Hatte sie die Tür zugesperrt? In letzter Zeit hatte sie immer öfters morgens festgestellt, dass sie diese Sicherheitsmaßnahme vernachlässigt hatte. Heute auch?

Der elendig lange Streit der beiden Adligen war sehr zermürbend gewesen, sodass sie dies nicht ausschließen wollte. Sie lauschte in die Dunkelheit und meinte ein Tasten über die Türklinke zu vernehmen. Vielleicht war auch der Fremde einem dringenden körperlichen Bedürfnis nachgegangen und hatte sich nun in der Zimmertür geirrt. Doch warum sollte er dann klopfen? Außerdem schien er im Obergeschoss bei den gräflichen Gemächern untergebracht worden zu sein, denn Minka und Olga waren mit frisch gewaschener Bettwäsche an ihr vorbei zur Treppe gelaufen, als sie das Essen aufgetischt hatte. Vielleicht einer seiner Knappen? Hesinja hatte sie nur kurz zu Gesicht bekommen, weil sie beide Hände voll zu tun gehabt hatte.

Die Klinke wurde nun unüberhörbar heruntergedrückt, und Hesinja hielt den Atem an. Sie hatte die Fensterläden fest verschlossen, um die Hitze des Spätsommers draußen zu halten, sodass nicht einmal das spärliche Mondlicht hereinfallen konnte. Dennoch glaubte sie, schemenhaft eine massige Silhouette zu erkennen, als die Tür vorsichtig und beinahe lautlos geöffnet wurde. Die Gestalt betrat ihr Zimmer und schloss die Tür wieder hinter sich. Sofort war es wieder stockfinster.

Hesinja bekam panische Angst, war jedoch nicht in der Lage, auch nur eine Bewegung zu machen. Da war jemand Fremdes in ihrem Zimmer! Sollte sie um Hilfe rufen? Was würde der Unbekannte mit ihr machen? Wollte er sie womöglich …

»Hast du es aber dunkel hier«, erklang da die Stimme des Grafen ganz nah.

Hesinja zuckte zusammen, dann spürte sie, wie ihr ein Stein vom Herzen fiel. Sofort beschleunigte sich ihr Pulsschlag. Der Graf in ihrem Schlafgemach … Sie hatte zuvor die Luft angehalten, nun aber traute sie sich kaum weiterzuatmen, da ihr das Geräusch unnötig laut vorkam.

Eine Hand stieß an ihre Seite, tastete behutsam über ihren Schoß, Bauch, eine Brust und Hals bis an ihr Kinn, wo sie kurz liebevoll streichelnd verharrte. Dann ließ sich der Graf auf ihr Bett sinken und legte den Kopf in ihren Schoß. Wie von selbst begannen ihre Hände jene Stellen von ihm zu streicheln, von denen sie wusste, dass er es mochte. Sein wohliges Schnurren ließ sie lächeln.

Eine ganze Weile geschah nichts weiter, dann unterbrach der Graf die Stille. »Was hältst du von diesem mittelreichischen Krieger?«

Hesinja zuckte unwillkürlich zusammen. Der Graf fragte *sie* nach der Meinung? Eine Leibeigene?

»Ich … ich weiß nicht«, stammelte sie hilflos.

Joost schnaubte verächtlich, und Hesinja massierte ihm die Glatze, um ihn zu beruhigen.

»Ich finde, das ist ein eingebildeter Schnösel. Unnötiger, nichtswürdiger *Titular*-Adel, der sich in das Gratenfelser Grafenhaus eingeheiratet hat und nun meint, die Welt kommandieren zu können.«

Sie wusste nicht, ob er eine Erwiderung erwartete und was sie sagen sollte. Der einzige Adlige, den sie bisher bewusst kannte, lag gerade mit dem Kopf in ihrem Schoß.

»Was ist denn das für eine Lieferung an Notmark?«, fragte sie schließlich.

Wieder schnaubte er. »Woher soll ich das wissen? Irgend so ein Firlefanz halt. Exotisches Zeugs, das wir hier in Sewerien nicht brauchen.«

So wie mein Kleid, dachte Hesinja unwillkürlich. Genau dies schien dem Grafen nun auch aufzufallen.

»Ich meine … Ach, ist doch auch egal. Bin froh, ihn morgen los zu sein.«

»Und die Flusspiraten?«

»Diese verfluchten Leute können mich einmal kreuzweise! Soll sich doch die Gräfin von Walserwacht damit herumschlagen. Mew Wulfski hat es nachgeprüft. Sie haben bisher immer einige Meilen abseits der Grafschaft Salsweiler zugeschlagen, also habe *ich* damit nichts zu tun.«

Gräfin von Walserwacht. Irgendwie sagte ihr der Name etwas, nur wollte ihr nicht einfallen, was es war. Irgendwo hatte sie den Namen schon mal wahrgenommen, nur wo?

»Dann sollten wir ihn auch nur bis zur Grenze nach Walserwacht begleiten, oder?« Hesinja hielt erschrocken die Luft an. Wie konnte sie sich nur anmaßen, dem Grafen Ratschläge geben zu können?

Dieser hob den Kopf von ihrem Schoß und setzte sich aufrecht hin. Sie begann zu zittern. Nun hatte sie einen furchtbaren Fehler begangen. Sie sah sich schon innerlich am Pranger stehen.

Da schlossen sich seine Arme um ihren Rücken, und er drückte sie an sich, um ihr einen Kuss zu geben. »Hesinja, das ist genial! Oh, wie gern würde ich das dumme Gesicht dieses Stinok sehen, wenn er einfach stehen gelassen wird.« Sie hörte, wie er sich die Hände rieb. »Sollten dann wirklich Räuber kommen, kann er ja zeigen, was für ein kampfesmutiger Krieger er ist. Oh … Hesinja, dafür hast du dir eine Belohnung verdient!«

Eine Hand ließ er auf ihren Rücken liegen, während er mit dem angewinkelten Zeigefinger der anderen über ihren Busen strich. Dann gab er ihr einen leidenschaftlichen Kuss, der es ihr ganz anders werden ließ. Sofort gab sie sich ihm hin.

* * *

Hesinja bekam ebenso wenig wie ihr Graf mit, was Dimeron von Gratenfels nach seiner Abreise erlebte, jedoch klangen die Proteste der Walsach-Schiffer in den kommenden Wochen nicht ab. Schließlich legte eines Tages ein Boot voller finsterer, schwer bewaffneter Gestalten am winzigen Hafen Salsweilers an. Joost bezahlte deren Anführer mit einem Säckchen voller Goldstücke, dann legten sie wieder ab.

Einige Tage später stand derselbe Anführer plötzlich mit einem abgeschlagenen Kopf in der Eingangshalle der Burg, worauf Hesinja vor Schreck den Deckel fallen ließ, den sie gerade in der Hand hielt. Joost schien sich darüber aber zu freuen, denn er zahlte weitere schwere Goldbatzen an die Söldner und liebte Hesinja in der kommenden Nacht besonders intensiv und leidenschaftlich. Ihr war es immer noch ein Rätsel, warum die Gräfin oder irgendwer sonst aus dem Haushalt bisher nichts bemerkt hatte. Oder *wollten* diese nichts bemerken? Wie immer wischten die Berührungen von ihm schnell diese Grübeleien aus ihrem Kopf.

Inzwischen war unübersehbar der Herbst hereingebrochen. Das Wetter wurde regnerisch, und sowohl die abgeernteten Felder als auch die Wege in Salsweiler verwandelten sich in Schlammwüsten. Dafür gab es frisches Obst und Gemüse im Überfluss. Hesinja genoss es, jeden Tag aufs Neue mit völlig anderen Zutaten spielen zu können.

Für das heutige Abendessen hatte sie sich vorgenommen, im Wald nach Pilzen zu suchen, um daraus einen leckeren Auflauf zuzubereiten. Es war nach tagelangem Regen sehr sonnig und fast spätsommerlich warm, sodass sie nicht einmal den Mantel tragen musste, den sie vor ein paar Tagen vom Grafen bekommen hatte. Einen Korb in der Armbeuge, schlenderte sie fröhlich pfeifend in Richtung Waldrand. Dabei kam sie direkt am Haus von Lumin vorbei. Es war unübersehbar, dass es sich um die Werkstatt eines Schreiners handelte, aber ebenso klar war, dass diese lange nicht benutzt worden war. Lumin hielt sich – wie konnte es anders sein? – in der Taverne auf, so blieb Hesinja kurz stehen und ließ den Blick über die Holzhütte schweifen.

Dass sie von einem Fachmann errichtet worden war, zeigte die elegante und doch hübsche Bauweise, in der die Holzbretter und Balken zusammengefügt worden waren – ganz anders als die oftmals windschiefen und hässlichen Katen der Bauern. Sie wusste nicht, ob Lumin selbst oder einer seiner Vorgänger das Haus errichtet hatte, jedoch wirkte es immer noch sehr neu und gut erhalten. Dies konnte man von der Werkstatt nicht sagen, die sich im nach vorne offenen Erdgeschoss und der Fläche davor befand. Augenscheinlich lange nicht mehr benutzt, hatte sich die Natur ihren Teil zurückgeholt. Auf den achtlos gestapelten Holzscheiten wuchs Gras und sogar das eine oder andere Bäumchen, während sie einige Arbeitsgeräte nur anhand der Pflanzen erkennen konnte, die daraus hervorwucherten. Hesinja wusste von Vater und Mutter, dass die meisten Bewohner Salsweilers ihre Möbel selbst herstellten, und nun wurde ihr auch bewusst, warum. Ob Lumin immer schon so ein Trunkenbold gewesen war? Irgendwann musste er seine Werkstatt ja mal benutzt haben, denn ansonsten gäbe es ja gar kein unordentlich verteiltes Arbeitsgerät. Oder waren das hier in der Tat die Hinterlassenschaften seines Vorgängers? Aber wer würde eine Werkstatt in solchem Zustand übergeben wollen?

Hesinja zuckte mit den Schultern. Darauf würde sie wohl nie eine Antwort bekommen. Es sei denn, sie würde den Grafen danach fragen, wenn sie sich sehr nahe waren. Sie musste kichern – als wenn es sie genau *dann* interessieren würde.

Sie erinnerte sich an einen komplizierten Hüpfrhythmus, den sie sich als Mädchen zu einem Lied ausgedacht hatte, das Mutter ihr vorgesungen hatte, wenn sie vor Albträumen nicht schlafen konnte. Es gelang ihr, die komplizierte Folge aus links hüpfen, rechts hüpfen, überkreuz und Drehung genauso gut wie früher hinzubekommen, sodass sie sich unversehens mitten im Wald wiederfand.

Nun schaute sie sich das erste Mal bewusst um. Die in den vergangenen Tagen immer stärker fallenden Blätter hatten sich knöchelhoch aufgetürmt. Durch ihr Spiel hatte sie eine unübersehbare Schneise darin hinterlassen. Hesinja musste grinsen. In den robusten Lederschuhen, die sie geschenkt bekommen hatte, konnte sie sich hier ein so unbeschwertes Herumspringen leisten. Die dünnen Lederstreifen, die sie sich sonst immer um die Füße gezurrt hatte, hätte jeder herumliegende Ast oder Stein beschädigt und wäre schlimmstenfalls bis in ihre Haut darunter gedrungen. Doch den knöchelhohen Stiefeln machte das gar nichts. Prüfend hob sie einen Fuß. Sie hatte die Schuhe aus Hirschleder mit einigen Häkelarbeiten und Stickereien verziert. Zwar passten diese wuchtigen Schuhe nicht zur Leichtigkeit ihres Kleids, doch wenn sie sich bald nur noch im dicken Mantel nach draußen wagen konnte, bekam man dieses ohnehin nicht mehr zu Gesicht. In der Burg selbst lief sie ohnehin meist barfuß, da es keinerlei Veranlassung für Schuhe gab. Die paar Schritte bis zur Scheune gingen auch so.

Das Knacken eines Zweigs ließ sie zusammenfahren. War da jemand? Fast befürchtete sie, von Räubern angefallen zu werden, doch seit die Söldner im Sommer das Piratenlager angegriffen hatten, hatte sie nichts mehr von Überfällen gehört. Ohnehin war das alles viele Meilen entfernt gewesen.

Sie lauschte einige Augenblicke, doch das Geräusch wiederholte sich nicht. Vielleicht war einfach ein Ast abgebrochen und zu Boden gefallen, oder ein Tier hatte sich irgendwo gerieben.

Sie nahm ein kleines Messer aus dem Korb und blickte sich um. Meist fand man die schmackhaftesten Pilze in der Nähe von wuchtigen Bäumen. Sie hatte sich kein Ziel gesetzt, welche Sorte sie sammeln wollte, sondern wollte sich überraschen lassen. Mit vollem Vorratskeller würde sie in jedem Fall etwas Passendes finden. Dort vorne an der Eiche schien etwas zu sein. Sie trat heran und strich vorsichtig die Blätter auf dem Boden beiseite. Tatsächlich ragte dort ein stattlicher Hut aus dem Waldboden, allerdings gelbrot gesprenkelt – ein eitriger Krötenschemel, sehr selten im Bornland, aber dennoch kannte sie ihn, da er hochgiftig war. Hesinja seufzte. Doch war dieser dunkelgrüne Kugelbusch daneben nicht Belmart? Das konnte man immer gebrauchen. Sie trennte einige Blätter ab und legte sie in den Korb.

Wieder ein Knacken. Diesmal deutlich lauter als zuvor. Hesinja fuhr aus der Hocke hoch und schaute sich um. Musste das Unterholz gerade hier so dicht sein?

»Ist da wer?«, rief sie und hielt das kleine Messer wie eine Waffe nach vorn gestreckt. »Jarle, bist du es?«

Doch es war nur der Wind zu hören, der weitere Blätter abriss und herabregnen ließ. Einige verfingen sich in ihren Haaren, doch Hesinja ließ sich davon nicht irritieren. Vorsichtig setzte sie einen Fuß vor den anderen. Das Geräusch der Blätter, die sie dabei zur Seite schob, kam ihr unerträglich laut vor. Nun hätte sie doch lieber wieder die dünnen Fußwickel gehabt, denn darin hätte sie mit den Zehenspitzen die Blätter ertasten können. Keinen Herzschlag ließ sie ihre Umgebung aus den Augen, ständig nach allen Seiten spähend. Sie entdeckte einen Steinpilz und einige übrig gebliebene Waldbeeren. Egal, zunächst wollte sie wissen, ob und mit wem sie es hier zu tun hatte.

Hatte sie da etwas in den Augenwinkeln gesehen? Sofort wirbelte sie herum. Tatsächlich, da befand sich *etwas* hinter dem Baum. Nichts Menschliches auf jeden Fall, denn sie erkannte zotteliges grünbraunes Fell. Hesinja ließ den Korb fallen und ergriff das Messer mit beiden Händen. Plötzlich wurde das winzige Werkzeug tatsächlich zu einer Waffe, vielleicht zu ihrem Lebensretter. Ihr Herz raste, und sie zitterte vor Angst, war aber unfähig, sich zu bewegen – weder nach vorn zum Angriff, noch nach hinten zur Flucht.

Das Wesen trat nun hinter dem Baum hervor. Sie blickte in rot glühende Augen und gefletschte Zähne.

Was macht ein Rotauge hier?, fragte sie sich. *Die Sümpfe sind doch weit weg.*

Hesinja wusste, dass die auch als Sumpfranzen bekannten Affen als feige galten und Menschen höchstens in großen Gruppen angriffen, doch half ihr dieses theoretische Wissen momentan herzlich wenig. Stocksteif vor Angst blickte sie dem Rotauge weiter entgegen, das sich Schritt für Schritt auf sie zubewegte. Immer näher kam die Bestie, zeigte nicht die geringste Angst vor der von ihr erhobenen Klinge. Sie wollte damit zustoßen, brüllen – oder einfach nur weglaufen, doch sie war nicht in der Lage, irgendwas zu tun.

Inzwischen stand die Sumpfranze unmittelbar vor ihr. Hesinja schlug muffiger und fauliger Geruch entgegen, der ihr Tränen in die Augen trieb.

Tue etwas!, rief sie sich innerlich zu, doch sie war zu Stein erstarrt – selbst das Zittern hatte aufgehört. Das Wesen hob eine seiner Krallen.

Hesinja nahm aus den Augenwinkeln war, wie lang diese waren, konnte jedoch nicht den Blick von den rot glühenden Augen nehmen. Dann berührte das Rotauge sie, strich mit dem zotteligen Fell des Fingers über ihre Hand, beinahe zärtlich, wenn man bei so einer Bestie davon reden konnte. Was hatte sie nur vor?

Hesinja rauschte das Blut in den Ohren, aber sie meinte, etwas vernommen zu haben. Hatte das Rotauge etwas gesagt? Das Geräusch wiederholte sich, lauter. Nun brüllte es fast, doch Hesinja verstand den Ruf nicht. Es klang wie die Verballhornung einer Sprache. Sie musste sich täuschen. Rotaugen waren Tiere, nicht des Sprechens fähig.

Die Beste wirbelte herum und rannte kreischend in den Wald zurück, ohne sich noch einmal umzublicken. Hesinja war allein. Sie stand noch weitere fünf Herzschläge lang völlig steif, dann entlud sich die Anspannung, die erstarrten Glieder ließen sich wieder bewegen. Ihr fiel das Messer aus der Hand, dann wirbelte sie ebenfalls herum und rannte so schnell sie konnte aus dem Wald, von panischer Angst erfüllt, dass das Tier mit Verstärkung zurückkehren könnte. Sie rannte und rannte, stolperte über Wurzeln und Steine, fiel mehrfach hin – dennoch machte sie keine Rast, bis sie völlig außer Atem und erschöpft Lumins Haus erreicht hatte. Dort ließ sie sich auf die Knie fallen und begann zu heulen.

Es dauerte eine ganze Weile, bis Hesinja wieder einen klaren Gedanken fassen konnte. Hatte sie unfassbares Glück gehabt, unversehrt die Begegnung überlebt zu haben? Oder hatte sie nun leibhaftig erlebt, wie feige die Rotaugen waren? Sie wusste es nicht, fühlte sich hoffnungslos überfordert. Sie musste dringend mit jemanden reden, aber der Graf war ins Nachbardorf gereist und würde erst zum Abendessen zurückkehren.

Sie rappelte sich auf und lief zum Tempel. Mutter würde bestimmt wissen, was zu tun war. Hesinja keuchte immer noch, als sie die Tür zum Heiligen Herd aufstieß, doch die Geweihte war nicht anwesend. Schnell schloss Hesinja die Tempeltür wieder und rannte zum Gasthaus.

Außer den beiden obligatorischen Säufern war nur eine junge, schwarzhaarige Frau anwesend, doch Hesinja hatte keine Augen für die drei, sondern eilte direkt in die Küche. Tatsächlich befanden sich Vater und Mutter dort. Letztere schaute erschrocken auf, als Hesinja hereinkam und nahm sie sofort in ihre Arme.

»Gänslein, was ist passiert? Du bist ja kreidebleich und zitterst.«

Hesinja machte mehrfach den Mund auf und zu, bekam aber kein Wort heraus. Mutter führte sie langsam in den Schankraum, wo sie sich auf einen Stuhl fallen ließ. Koj rülpste unterdrückt und musterte sie skeptisch. Hesinjas Blick fuhr an Lumin vorbei zu der Fremden.

Nun erst fiel ihr auf, wie hübsch sie war, doch dann sah sie wieder das Rotauge vor ihrem geistigen Auge und schüttelte sich. Mutter nahm neben ihr Platz und drückte ihr aufmunternd die Hand, während Vater mit einigen Bierhumpen aus der Küche kam. Sofort schnappte sich Hesinja einen und leerte ihn in einem Zug bis fast zur Hälfte, dann schnappte sie keuchend nach Luft. Vater legte ihr beruhigend eine Hand auf den Rücken und streichelte sie leicht. Wie seine Berührung doch völlig anders als die des Grafen war …

»Rotauge …«, würgte sie schließlich hervor. »Im Wald.«

»WAS?« Lumin starrte sie mit so weit aufgerissenen Augen an, dass Hesinja schon befürchtete, sie würden ihm aus dem Kopf fallen. »Rotaugen, hier bei Salsweiler?«

Sie nickte und nahm einen weiteren Schluck. Sie spürte, wie der Alkohol ihre Gedanken vernebelte, genoss es jedoch, da das mit ihrem Schrecken ebenso geschah. Langsam verschwand auch der Kloß in ihrem Hals. »I… ich w… war Pilze sammeln, d… da … da …«, stammelte sie.

»Ein ganzes Rudel?«, brüllte Lumin. »Oh, dieser verfluchte Wald. Niemals wieder werde ich einen Fuß da reinsetzen!«

Hesinja blickte ihn verständnislos an. War das der Grund, weshalb er seine Arbeit vernachlässigte? Weil er *Angst* vor dem Wald hatte? Hatte er eine ähnliche Begegnung gehabt wie sie?

»Es … es war nur ein Rotauge«, flüsterte sie.

»Ein einzelnes Rotauge«, mischte sich die Fremde in die Diskussion ein und nahm einen Schluck ihres Tees. Sie hatte eine sanfte, helle Stimme. Bestimmt konnte sie gut singen. Sie mochte auch kaum älter als Hesinja selbst sein. »Ich dachte, die rotten sich immer in Rudeln zusammen.«

»Oh, das werden diese Mistviecher auch!«, fauchte Lumin. »Ich sage euch, dass wir einen schlimmen Winter bekommen werden. Es werden immer mehr Rotaugen werden, und dann …«

»Lumin, nun sei doch endlich still!«, fuhr ihm Vater sichtlich verärgert dazwischen.

Der Angesprochene schnappte sich wortlos einen der noch vollen Bierkrüge und schob Vater sein leeres Meskinnes-Glas zu.

Dieser seufzte, nahm das Glas und ging in die Küche. »Das ist dein letzter für heute, Lumin.«

»Mir egal«, lallte der Holzfäller. Er hatte seinen Bierkrug in diesen paar Augenblicken geleert. Hesinja hatte ihn noch nie so aufgebracht erlebt. »Wir müssen uns verteidigen – eine Palisade errichten, Waffen bauen.«

»Lumin!«, schaltete sich nun auch Mutter im typisch ermahnenden Tonfall einer Geweihten ein. »Lass es! Hesinja hat ein einzelnes Rotauge gesehen, das sie sogar in Ruhe gelassen hat. Bitte hör auf, hier Unruhe zu verbreiten. Du verstörst sie doch.«

Hesinja winkte nur müde ab. Das Bier begann Wirkung zu zeigen. Sie fühlte sich leicht schummrig. Da hörte sie ein lautes Poltern, als Lumin aufsprang und seinen Stuhl dabei umstieß. Beinahe wäre sie selbst von ihrem gefallen, konnte sich aber noch so eben festhalten. Die rote Nase gehörte zu Lumin wie die Glatze zum Grafen oder die langen, blonden Haare zu ihr, doch momentan war Lumins gesamtes Gesicht knallrot angelaufen. Kerzengrade stand er hinter dem Tisch und schnaubte. Hesinja nahm verwundert zur Kenntnis, dass ihm das gelang, ohne sich festzuhalten, obwohl er schon unzählige Biere und Schnäpse in sich reingeschüttet hatte, wo sie selbst nach einem halben Humpen schon Schwierigkeiten mit dem Gleichgewicht aufwies.

Er streckte die Faust empor. »Ich werde für Salsweiler kämpfen!«, brüllte er und rannte davon.

Koj starrte ihn einige Augenblicke hinterher, dann rülpste er unterdrückt.

Es schien so, als sei jener Tag im Wald der letzte richtig warme gewesen, denn die folgenden wurden kälter und kälter. Beinahe täglich konnte Hesinja erste Schneeflocken am Fenster vorbeitreiben sehen. Es war nur noch eine Frage der Zeit, bis sie auch liegen bleiben würden. Der Tag der Heimkehr stand unmittelbar bevor – und ihr wurde bewusst, dass es der erste war, den sie nicht im Tempel verbringen würde. Ob der Graf auch, wie es zu dem Fest am 1. Travia üblich war, Obdachlose und Alleinstehende beherbergen würde? Sie konnte es sich nicht so recht vorstellen. Zeitgleich fand das Fest der eingebrachten Früchte statt, das in Salsweiler immer groß gefeiert wurde. Am zweiten Travia kamen immer die Bewohner der umliegenden Dörfer, und der Graf pflegte den Brauch, ein großes Tier schlachten zu lassen, damit sich alle satt essen konnten. Nun, die Aufgabe der Zubereitung würde ganz sicher auf sie zukommen.

So begann Hesinja bereits Ende Efferd damit, für das Fest unzählige Soßen und Beilagen vorzubereiten. Bei den inzwischen frostigen Temperaturen machte sie sich keine Sorgen darum, die Gerichte einige Tage stehen zu lassen. Außerdem konnte sie einen Teil davon abzweigen und für das gräfliche Abendessen verwenden, wodurch sie keine doppelte Arbeit hatte. Es war inzwischen zwei Wochen her, dass der Graf und sie innig gewesen waren, und Hesinja sehnte sich bereits nach dem nächsten Mal. Durch das kälter werdende Wetter rückte das Leben näher zusammen, vor allem in die beheizten Räume, von denen es im Grafenhaus nicht viele gab. Neben der immer warmen Küche, die auch den darüber liegenden

Speisesaal heizte, hab es nur noch den wuchtigen Kamin im Audienzzimmer, dessen Wärme noch für die Privaträume von Graf und Gräfin reichte. Alle anderen saßen im Kalten. Der Majordomus umging es, indem er sich Töpfe voller Glut in seine Kanzlei bringen ließ – und Minka, Olga und Jarle hielten sich in jeder freien Minute in der Küche auf, sehr zu Hesinjas Leidwesen.

Da Minka es nicht lassen konnte, jeden von Hesinjas Handgriffen abfällig zu kommentieren, nahm diese immer öfter einfach einen Topf mit den Zutaten und ging nach oben in den Speisesaal, wo sie in Ruhe arbeiten konnte. Als der Graf davon erfuhr, betrat er manchmal kurz den Saal, nahm sie einmal liebevoll in den Arm und verschwand wieder.

Deshalb vermutete Hesinja auch den Grafen, als sich die Tür öffnete. Sie saß mit dem Rücken zu dieser am Tisch, um während des Schälens den Blick durch die geöffneten Läden über die Häuser schweifen zu lassen. Sie konnte den Dorfplatz, an dessen Pranger der Graf mal wieder jemanden gestellt hatte, und teilweise auch Vaters Gasthaus sehen, und es war sehr interessant, was für Gäste im Laufe des Tages dort ein- und ausgingen. Früher hatte sie diese immer leibhaftig erlebt, nun konnte sie die aus sicherer Entfernung beobachten.

Hesinja räkelte sich in Erwartung einer liebevollen Berührung von Joosts Händen, doch brutaler Schmerz lastete plötzlich auf ihren Schultern. Ihr fielen das Messer und die Steckrübe aus der Hand, sie schrie auf und wandte sich mit Tränen in den Augen um. Hinter ihr stand nicht der Graf, sondern eine dürre, winzige Gestalt, die Gesichtshaut wie Pergament über die Knochen gespannt – Majordomus Mew Wulfski.

Er hob seinen Stock und schlug ein weiteres Mal zu.

Sie schrie abermals vor Schmerz auf. Was hatte sie denn bloß getan? Seit Tagen schon arbeitete sie hier, und bisher hatte es niemanden gestört. Ganz im Gegenteil, wie ihr die kurzen, aber innigen Besuche des Grafen bewiesen hatten. Plagte Mew wieder Frust, den er an ihr auslassen musste? Ein weiteres Mal sauste das Holz auf ihre Haut. Drei Schläge, wie immer.

»Glaube ja nicht, dass ich blind bin!«, fauchte der Majordomus. »Ich weiß genau, was du vorhast.«

Wimmernd rieb sich Hesinja über die Stellen, an denen sie der Stock getroffen hatte. Früher hatte sie sich das nicht getraut, aber inzwischen wusste sie, dass sich Mew daran ergötzte und ihn das besänftigte. Dennoch verstand sie nicht, was sie falsch gemacht hatte. Nahm er es ihr übel, dass sie wieder selbständig dazu übergegangen war, das Fest der eingebrachten Früchte vorzubereiten und sich dafür großzügig aus der vor Vorräten schier berstenden Scheune bedient hatte?

»Du benutzt deine weiblichen Reize, um den Grafen um den Finger zu wickeln, du Hexe!« Seine Stimme hatte einen gefährlich leisen Tonfall angenommen, der bei Hesinja eine Gänsehaut entstehen ließ. »Denke nicht, das bei mir zu probieren. Ich bin wachsam und werde nicht zulassen, dass du hier störst. Wage es auch nicht noch einmal, Leute wie Lumin aufzuhetzen, Unruhe in Salsweiler zu verbreiten. Du wirst solche Spielchen lassen! SOFORT! Ansonsten …« Er schwieg, zog sich aber vielsagend den Stock über die Kehle.

Dann vollführte er eine perfekte Drehung auf den Taposchen, ging in seinem unnachahmlich schürfenden Gang zur Tür, stieß sie mit dem Stock auf und ließ sie donnernd hinter sich ins Schloss fallen.

Hesinja starrte die Tür an, schlotternd vor Angst. Was meinte der Majordomus nur? Sie verstand seine nebulösen Aussagen nicht im Geringsten. Sie war doch keine Hexe! Und weibliche Reize? *Sie?* Wenn überhaupt, dann hatte die Fremde vor einigen Wochen so etwas besessen, aber doch nicht sie.

Hesinja musste kurz lächeln, doch dann vertrieb der Schmerz diese Gefühlsregung wieder.

Nie und nimmer hatte sie auch Lumin aufgehetzt. Sicherlich hatte er übertrieben auf ihre Erzählung reagiert, aber seitdem hatte sie den Trunkenbold nicht mehr gesehen – schon allein deshalb nicht, weil sie danach nicht mehr bei Vater gewesen war. Sollte er etwa was anderes tun, als den ganzen Tag zu saufen? Sie konnte es sich nicht vorstellen.

Mit sehr mulmigem Gefühl setzte sie ihre Arbeit fort.

* * *

Nach dem Abendessen war es dann endlich so weit. Beim Abendessen steckte ihr der Graf einen Zettel zu, ohne dass irgendwer davon etwas mitbekam. Als sie allein im Speisesaal war, schaute sie drauf. Joost war mit seinen groben Händen sehr unbeholfen darin, eine Schreibfeder zu halten, dennoch erkannte sie in seiner gekritzelten Zeichnung eine leer stehende Fischerhütte unweit des Bootsstegs. Sie ließ den Zettel verschwinden, säuberte schnell Speisesaal und Geschirr, dann lief sie zum Hafen.

Als sie die knarrende, schiefe Tür der Kate öffnete, musste sie lächeln. Der Graf erwartete sie bereits und hatte mit einigen Kerzen und Talglichtern für eine heimelige Stimmung gesorgt. Sogar an ein kleines Becken mit Glut hatte er gedacht, um das Innere aufzuwärmen.

Hesinja öffnete die obersten Knöpfe des Mantels, da drückte sie er sie bereits an sich. Joost hob sie leicht an, sodass sich ihre Lippen trafen. Hesinja spürte sofort in ihrem Inneren, dass sie heute nicht lange brauchen würde, um in Stimmung zu kommen. Zu lange hatte sie sich nach Zärtlichkeiten gesehnt.

Er setzte sie sanft ab, dann schloss er die Tür und verriegelte sie von innen mit einem dicken Balken, damit nichts und niemand sie stören konnte. Währenddessen ließ sie den Mantel von den Schultern gleiten. Ein kurzer Blick nach unten bewies ihr, dass die Brüste bereits deutliche Reaktionen zeigten. Früher wäre ihr das unglaublich peinlich gewesen, aber inzwischen wusste sie, dass die beiden kleinen Erhebungen auf dem Busen seine Leidenschaft nur umso stärker anstachelten. So blieb sie ruhig stehen und erwartete ihn.

Der Graf kam und wollte anscheinend auch kein langes Vorspiel, denn er griff beherzt zu und wollte das Kleid über die Schulter streifen, um eine Brust freizulegen. Jedoch stieß er mit den Fingern genau an die Stelle, auf die Mew Wulfskis Stock aufgeprallt war. Hesinja versuchte den wiederkehrenden Schmerz zu ignorieren, wimmerte jedoch kurz und verzog das Gesicht.

Sofort hielt er inne und schaute sie an. »Was ist los?«

»Nichts«, flüsterte sie, blinzelte die Tränen weg und zwang sich zu einem Lächeln. »Alles ist bestens. Ich kann es nur nicht mehr erwarten.«

»Und ich mag es nicht, wenn man mich anlügt«, murmelte er und versuchte es ein weiteres Mal, diesmal aber so vorsichtig, dass Hesinja tatsächlich nichts spürte. Sie hörte, wie Joost die Luft einzog.

»Da ist ein ganz gewaltiger blauer Fleck auf deiner ansonsten makellosen Haut.« Er schaute ihr direkt in die Augen. »Was ist passiert?«

Hesinja spürte, wie ihr abermals die Tränen in die Augen schossen. Sie konnte doch nicht … oder doch? Nervös knabberte sie an der Unterlippe, sagte jedoch nichts.

»Lass mich raten, der Majordomus?«

Sie zuckte zusammen, nun half auch alles Leugnen nichts mehr. Sie nickte.

Der Graf ließ sie los und rannte einmal schnaubend im Kreis durch die Hütte, die Hände zu Fäusten geballt. Er stieß dabei eine Kerze um, die auf dem Lehmboden sofort ausging. »Was erlaubt sich dieser … dieser …«

Hesinja begann zu zittern. Er bekam jetzt einen seiner Wutanfälle, und sie hielt sich mit ihm allein in dieser winzigen Kate auf, war seiner Wut hilflos ausgeliefert.

»Oh, Hesinja!« Er unterbrach seine Wanderung, war mit nur zwei Schritten bei ihr und schloss sie in die Arme. »Wulfski glaubt immer, er sei der eigentliche Herr Salsweilers, nur weil er bereits meinem Vater diente, bevor ich geboren wurde.« Er schnaubte. »Ich weiß nicht einmal, wie alt er wirklich ist und ob er überhaupt aus Salsweiler stammt.« Er lockerte seine Umarmung, damit sie ihm in die Augen schauen konnte. »Aber wir wissen doch beide, was das Alter mit Menschen macht, oder?« Vielsagend tippte er sich mit einem Finger an die Stirn.

Hesinja kicherte, dann ließ sie sich aus dem Kleid befreien und lieben.

* * *

Am nächsten Morgen deckte sie gerade den Tisch zum Frühstück, da vernahm sie das brüllende Organ des Grafen im Flur. Sofort war sie an der Tür und riskierte einen Blick durch den Türspalt. Joost von Salsweiler hatte Mew Wulfski den Stock entrissen und trieb ihn damit vor sich her, bis der Majordomus ins Stolpern geriet und der Länge nach hinschlug. Der Graf trat ihn noch mal in die Seite, warf den Stock mit aller Kraft auf ihn und ließ ihn dann liegen, um den Abtritt aufzusuchen.

Hesinja huschte schnell zur Seite, damit er sie nicht sah, und presste sich möglichst lautlos und mit Herzklopfen zwischen zwei Geweihe an die Wand. Selten hatte sie Joost so aufgebracht erlebt, vor allem nicht gegenüber dem Majordomus. Was war nur geschehen? Was hatte er getan? Es war doch nicht etwa ihretwegen? Konnte es wahrhaftig sein, dass der Graf sie für die ungerechte Behandlung von gestern gerächt hatte?

Plötzlich wurde ihr ganz warm ums Herz. Falls es stimmte, würde sie nie wieder unter dem Majordomus leiden müssen. Ein wundervoller Gedanke.

Später beim Frühstück musste sie sich zwingen, nicht zu grinsen, denn Mew Wulfski starrte in seinen Teller und schien sich für nichts anderes zu interessieren. Er nahm nicht im Geringsten Notiz von ihr, sondern schaufelte hastig sein Essen in sich hinein und verschwand wieder. Hesinja fühlte sich wohl wie kaum zuvor im Grafenhaus.

Der Tag der Heimkehr brach herein. Hesinja musste feststellen, dass dieser wie von ihr befürchtet vom Grafen nicht im Geringsten zelebriert wurde. Sie hatte sich ein besonders schönes Essen ausgedacht und auch etwas mehr zubereitet, da sie mit Gästen gerechnet hatte, doch nur die üblichen drei saßen am Tisch. Es gab keine Spur irgendeiner feierlichen Stimmung.

Hesinja sah durch die Fenster zum großen Menschenauflauf am Tempel und wäre am liebsten selbst dort gewesen, doch gab es für das morgige Fest der eingebrachten Früchte noch so viel zu tun, dass sie es sich unmöglich in der Kürze der Zeit erlauben konnte. Was Mutter wohl denken mochte? Ob sie meinte, Hesinja würde absichtlich nicht kommen? Hesinja unterdrückte ein Seufzen und verfolgte schweigend das Essen.

Nach dem Essen verließ das Grafenpaar Arm in Arm den Speisesaal. Hesinja fühlte einen Schmerz in sich, als sie Joost so sah, zwang sich jedoch weiterhin, keinerlei Reaktion zu zeigen. Sie schaute den beiden hinterher, bis sie aus ihrem Blickfeld verschwunden waren. Dann erst wurde ihr bewusst, dass sie mit dem Majordomus allein war. Urplötzlich bekam sie panische Angst, wagte es jedoch nicht, Mew Wulfski direkt anzublicken.

Dieser stand auf und bewegte sich Richtung Tür. Er ging nicht schneller oder langsamer als sonst, doch kam es Hesinja unfassbar lange vor, bis er schließlich neben ihr stand. Dann hob er den Stock, schaute sie jedoch nicht an. Sie begann zu zittern, hoffte dies jedoch unter dem Kleid verbergen zu können. Drei lange Herzschläge ruhte der Stock vor ihr in der Luft, dann ging der Majordomus wortlos weiter. Hesinja wartete weitere zwanzig Herzschläge ab, erst danach wagte sie es, erleichtert aufzuatmen. Vielleicht wagte er es nicht mehr, sie zu schlagen, aber einfacher werden würde es nicht.

* * *

Das Fest der eingebrachten Früchte wurde auch für Hesinja ein Fest. Da alle auf dem Dorfplatz aßen, brauchte sie nicht zu kochen, sondern konnte ebenfalls nach Herzenslust schlemmen und die Freude genießen. Sie stellte fest, dass es das erste Mal seit einigen Monaten war, dass sie etwas essen konnte, das sie nicht selbst zubereitet hatte. Vor allem von Mutter holte sie sich eine große Portion Eintopf, nutzte aber auch die Gelegenheit, sich von den zugereisten Bewohnern der Nachbardörfer Anregungen für neue Gerichte zu holen.

Wie bei jedem größeren Fest gab es auch einige gleichaltrige Burschen, die sie zu umwerben versuchten. Sonst war es vor allem immer Jarle gewesen, der sie genervt hatte, doch dieser hielt sich zurück. Dennoch störte es sie, dass ständig Halbstarke, die sie nicht einmal sonderlich hübsch fand, sie in Gespräche zu verwickeln versuchten. Meistens konnte sie diese einfach stehen lassen, aber ein Kerl, der sogar noch kleiner als sie selbst war, dafür aber einen leichten Bauchansatz zeigte und das schwarze Haar kurz und wie einen Gebirgszug in die Kopfmitte gekämmt trug, redete ununterbrochen mit ihr und verfolgte sie auch. Er hatte dem Meskinnes bereits gut zugesprochen und lallte nur noch. Hesinja wusste sich schließlich nicht mehr anders zu helfen, als dass sie ins Innere des gräflichen Anwesens flüchtete. Ab der Schwelle wagte er es endlich nicht mehr, sie zu verfolgen.

Aus Gewohnheit suchte sie sofort die Küche auf, um sich etwas aufzuwärmen, doch da heute und gestern nicht gekocht worden war, war auch der Herd ausgegangen und eiskalt. Mit Unbehagen öffnete Hesinja die Luke und blickte ins Innere des Herds. Nicht einmal ein klein wenig Glut war noch übrig. Was für ein Sakrileg an der Göttin! Sie musste den Herd sofort wieder entzünden, um nicht den Zorn Travias auf sich zu lenken!

Sie schaute sich um. Am einfachsten bekam man einen Herd immer mit anderer Glut an, das wusste sie, hatte aber keinerlei Ahnung, wie sie das mit bloßen Holz und Torf anstellen sollte. Verunsichert kehrte sie die Asche hinaus, dann stapelte sie das Brennmaterial im Inneren. Sie nahm eines der Talglichter, die den ganzen Tag brannten, und probierte damit ein Holzscheit zu entzünden, erreichte aber nur, dass es verkohlte, ohne Feuer zu fangen. Sie versuchte es am Torf, aber ebenfalls erfolglos. Er glühte zwar kurz, ging aber sofort wieder aus. Anscheinend war der Brocken noch zu feucht, um direkt brennen zu können.

Also blieb ihr nichts anderes übrig, als irgendwo her Glut zu besorgen. Am einfachsten wäre es natürlich im Travia-Tempel, doch sie würde es niemals wagen, etwas aus dem Heiligen Herd zu entnehmen. Es mochte vielleicht der Göttin gefallen, wenn die Glut aus dem Heiligtum einen weiteren Herd entzündete, doch war es nicht Hesinjas Schuld gewesen, dass er überhaupt ausgegangen war? Nein, das konnte sie nicht tun. Blieb noch das große Feuer auf dem Dorfplatz – doch einfach hingehen und sich bedienen? Da würde sie sich doch nur verbrennen.

Dann fiel ihr urplötzlich ein, wo sie noch Glut holen konnte – das Arbeitszimmer des Majordomus! Mew Wulfski pflegte seine Kanzlei immer sehr gut zu heizen. Mit Sicherheit hatte er trotz des Fests einen Bottich Glut dort stehen, damit er jederzeit in die Wärme zurückkehren konnte. Oder hielt er sich gar zurzeit dort auf? Nein, sie hatte ihn eben noch unter den Leuten gesehen, mit demselben versteinerten Gesichtsausdruck wie immer an einem Becher Kwassetz nippend.

Ob sie ihn ein wenig Torf in die Glut legen sollte? Hesinja musste kichern. Den Geruch würde er tagelang nicht aus seinem muffigen Arbeitszimmer bekommen, ohne gründlich zu lüften, doch ihm wäre sofort klar, wer das getan hatte. Sie brannte darauf, ihm eins auszuwischen, doch das wäre zu eindeutig.

Sie nahm einen kleinen Specksteintopf, legte ein paar kleine Holzstückchen hinein, um die entnommene Glut zu ersetzen, dann ging sie hoch zu seinem Zimmer. Tatsächlich war es gut geheizt. Eigentlich schon *zu* gut, auf ihrer Stirn bildeten sich nach kurzer Zeit Schweißperlen. Sie trug zwar den Mantel, aber auch ohne hätte sie es vermutlich nicht lange in diesem Raum ausgehalten. So beeilte sie sich, zu dem Kübel mit der Glut zu kommen. Darin befand sich zwar zum Großteil schon Asche, jedoch auch einige wunderbar glühende Stücke. Vorsichtig entnahm sie drei Brocken mit einer Zange und legte frisches Holz nach, dann wollte sie den Raum wieder verlassen, als ihr Blick am Tisch hängen blieb, auf dem unzählige Papiere gestapelt lagen. Womit sich der Majordomus wohl gerade beschäftigte?

Sie trat heran und entzifferte seine krakelige Schrift. Es handelte sich um eine Auflistung fast sämtlicher Namen in

Salsweiler, sowie den Abgaben, die diese Leute entrichtet hatten. Neugierig suchte sie einige Bekannte aus der Liste heraus, um zu schauen, was diese dem Grafen abgeführt hatten. Demnach hatte selbst Lumin Brennholz geliefert, obwohl er doch den ganzen Tag nichts anderes tat als saufen. Oder galt diese Liste für ein ganzes Jahr? Sie fand sogar ihren eigenen Namen, daneben jedoch nur einen Strich. Wütend blies sie eine Haarsträhne aus dem Gesicht. Zählte ihre tagtägliche Arbeit in der Küche etwa nicht? Na, das würde sie dem Majordomus heimzahlen!

Sie stellte den Topf ab, griff nach der Schreibfeder und malte an unzähligen Stellen, an denen es sich anbot, einige Ziffern dazu. Kichernd verließ sie die Kanzlei. Es würde Mew Wulfski lange beschäftigen, bis er die Fehler gefunden hatte, und nie würde er auf die Idee kommen, dass Hesinja dahinter steckte, da er ja nicht wusste, dass sie schreiben konnte.

Tatsächlich dauerte es über einen Monat, bis der Fehler auffiel, doch dann explodierte der Graf nahezu, als feststand, dass Wulfskis Liste unmöglich stimmen konnte. Er prügelte den Majordomus regelrecht durch, sodass dieser tagelang sein Bett nicht verlassen konnte. Fast schon tat es Hesinja leid, doch ebenso wie bei Jarle war es nur ein leichtes schlechtes Gewissen, dass sie plagte. Immerhin war *er* doch der Böse!

Nein, sie war völlig von Stolz erfüllt und gab in der nächsten Liebesnacht alles, hütete sich jedoch, dem Grafen irgendwas zu verraten. Es schien, als wäre ihre Kenntnis der Kusliker Zeichen eine Waffe, die sie noch gebrauchen konnte, um sich gegen fiese Mitbewohner zu wehren. Jedoch wurde sie mutiger und erzählte fortan dem Grafen, wenn Minka ihre Arbeit nicht gewissenhaft erledigte, wofür er sie prompt bestrafte. Nicht so heftig wie den Majordomus, doch tat es Hesinja gut, dass sie es ihr auf diese Art heimzahlen konnte.

Bereits wenige Tage nach dem Fest der eingebrachten Früchte waren die ersten Flocken auf den Dächern und Wiesen liegen geblieben, und in den kommenden Wochen schloss sich die Schneedecke immer mehr. Dazu wurde es eiskalt. Schon im Boron begannen die Ufer des Walsach zuzufrieren, sodass kaum noch Schiffe kamen, und im Hesinde war der gesamte Fluss von Eis bedeckt. Nun befuhren statt Schiffen bunte Kaleschkas den Fluss – große Kutschen, die Kufen statt Räder besaßen. Besonderes Aufsehen erregte eine Norbaden-Sippe, die auf ihrem Weg ins Winterquartier bei Notmark in Salsweiler Halt machte und das gesamte Dorf mit ihren Melodien und Tänzen erfreute.

Hesinja betrachtete ebenso wie der Rest in dicke Mäntel gehüllt und mit einem heißen Getränk in der Hand das Treiben der fremdartig aussehenden Vaganten, die niemandem zu Gehorsam verpflichtet waren und frei umherziehen konnten. Einer von ihnen war so gar so respektlos, den Pranger als Spielgerät für seinen Tanz zu verwenden, was allgemeine Heiterkeit zur Folge hatte. Nur nicht bei Hesinja. Als sie den schneebedeckten Pranger sah, musste sie daran denken, wie ihr Vater dort gefesselt gestanden hatte. Wie groß ihr doch der Pranger damals vorgekommen war! Sollte sie nicht ebenfalls wie die Norbaden losziehen und Rommilys besuchen? Wann hatte sie eigentlich das letzte Mal Mutter gefragt, was aus dem Brief geworden war? Jetzt im Winter würde sich nichts tun, aber was war im Herbst gewesen? Hesinja erschrak, als sie erkannte, dass sie sich nicht ein einziges Mal bei Mutter erkundigt hatte.

Plötzlich wärmte sie der Punsch aus Meskinnes, Kwassetz und Honig nicht mehr. Hesinja ließ den Becher einfach stehen und schlich sich heimlich in den Tempel, um vor dem Heiligen Herd zu beten. Sie wusste immer noch nicht, ob sie die Pilgerreise antreten oder lieber beim Grafen bleiben wollte. Sie würde nie seine Frau werden können – schon allein deshalb nicht, weil er ja eine besaß. Aber auch sonst wäre es nicht möglich, dass sie als Leibeigene einen Adligen ehelichte. Oder doch?

Es gab unzählige Lieder und Erzählungen, in denen ein Prinz ein einfaches Bauernmädchen zur Braut nahm. Aber ausgerechnet sie? Was erwartete sie? Der Graf war bereits im fortgeschrittenen Alter, da nahm man doch nicht ein halbes Kind, wie sie es streng genommen noch war, als Gattin. Oder vielleicht doch? Immerhin hatte er keinen Nachwuchs, und die Gräfin war für Kinder bereits zu alt. Sollte da gar Hesinja … ?

Sie musste keuchen. Nein, das konnte unmöglich sein! Selbst wenn sie auf das Rahjalieb verzichten würde, wäre ihr Kind immer noch ein Bastard, aber kein legitimer Nachfolger des Grafen. Wie kam sie nur auf so unsinnige Gedanken?

Die Tür zum Tempel wurde geöffnet, und ein eisig kalter Luftzug kroch unter ihren Mantel. Es schien so, als würde Lumin mit seiner Vorahnung eines kräftigen Winters recht behalten. Hesinja schaute sich um und erblickte Mutter, die den Tempel betreten hatte. Schnell stand sie auf und zog ihr Kleid glatt.

»Bleib ruhig sitzen, Gänslein.« Mutter machte eine beschwichtigende Geste. »Es ist lange her, dass du hier gebetet hast.«

Hesinja seufzte und fühlte sich plötzlich unglaublich schuldig. »Ich weiß«, murmelte sie und starrte auf ihre Stiefel, an denen der Schnee bereits getaut war.

Mutter trat vor sie und strich ihr die Haare aus dem Gesicht. »Wolltest du wieder Rahjalieb holen?«

Hesinja schüttelte den Kopf. Der Vorrat reichte noch. Sie hatte bei einem früheren Besuch im Tempel heimlich in einem Buch gelesen, dass es gar nicht nötig war, ständig den Tee zu nehmen, sondern dass sie es nur tun musste, wenn sie »ihre ehelichen Pflichten« gegenüber einem Mann erfüllte. Bei dieser Formulierung hatte sie laut lachen müssen, klang es doch ganz so, als wäre der Spaß, den der Graf und sie miteinander hatten, etwas Leidvolles.

»Ach, jetzt lächelst du ja wieder.« Mutter drückte sie an sich, oder vielmehr drückte sich die kleine Geweihte an sie. »Du denkst an *ihn*, habe ich recht?«

Schon wieder hatte Mutter ihre Gedanken erraten, wie immer. Sie spürte, wie ihre Wangen heiß wurden. »Mutter!«

Diese kicherte. »Hesinja, dafür musst du dich doch nicht schämen.« Sie legte eine Hand an Hesinjas Kinn, sodass diese sie anschauen musste. »Sag, wann magst du mir denn deinen Verehrer vorstellen?«

Nun schoss Hesinja auch das restliche Blut ins Gesicht, und das Herz schlug Purzelbäume in ihrem Brustkorb. Sie konnte Mutter doch unmöglich sagen, mit *wem* sie intim war. Nicht nur, dass Mutter es nicht gutheißen konnte; sie hatte auch mit keinem Geringeren ein Verhältnis als mit dem mächtigsten Mann Salsweilers!

»Ich … ich …«, stammelte sie hilflos auf der Suche nach einer Ausrede.

»Es ist Jarle, hab ich recht? Der Stallbursche hat schon ein Auge auf dich geworfen, als ihr Kinder wart.«

Jarle? Wie kam sie denn auf *den*? Allein die Vorstellung, dass sie auf dessen Avancen eingehen würde, war … absurd! Hesinja kicherte.

Mutter knuffte sie in die Seite. »Noch drücke ich beide Augen zu, weil es heißt „drum prüfe, was sich ewig bindet“, aber wenn du feststellst, dass Jarle der Richtige ist, solltet ihr heiraten, Hesinja.«

Diese spürte einen Kloß in ihrem Hals und nickte langsam.

»Rede mit ihm darüber.« Mutter ließ sie los und hob einen Zeigefinger. »Sonst tue ich es!«

»Nein!« Hatte sie das wirklich laut ausgerufen? Mutter durfte *unmöglich* mit Jarle reden, dann würde sie merken, dass er es nicht war.

»Ach Gänslein …« Mutter nahm sie am Arm. »Grübele nicht immer so viel. Komm, lass uns noch ein wenig dem bunten Treiben des fahrenden Volks zusehen. Es ist vermutlich die letzte Abwechslung, die wir in diesem Winter haben werden.«

Hesinja musste kichern. Das konnte sie von sich nicht gerade behaupten. Der Graf sorgte diesbezüglich schon für ausreichend Vielfalt.

Mutter kehrte mit ihr zusammen zum großen Feuer zurück und drückte ihr ein Glas Punsch in die Hand. Nun schmeckte dieser ihr auch wieder um einiges besser, jedoch blieb ein ungutes Gefühl, wie sich ihre Beziehung zum Grafen wohl weiter entwickeln würde.

* * *

Anfang Firun suchte ein schwerer Schneesturm Salsweiler heim und machte es lebensgefährlich, sich draußen aufzuhalten. Der Wind zog heulend an den Läden vorbei und ließ diese unerträglich laut klappern, dass Hesinja keinen Schlaf fand. Sie mochte im steinernen Grafenhaus noch sicher sein, aber wie mochte es den Bauern in ihren einfachen Holzkaten ergehen?

Schon seit Wochen war kein Reisender mehr nach Salsweiler gekommen, der Ort vom restlichen Bornland völlig abgeschnitten. Hesinja konnte sich bisher nur an einen Winter erinnern, an dem dies ebenso gewesen war.

Wieder heulte der Wind laut und klapperten die Läden, dass Hesinja glaubte, ein böser Geist oder Dämon würde von außen dagegen klopfen. Sie zog die Mütze weiter über ihre Ohren und sank tiefer in die Decke. Die Mütze trug sie seit ein paar Wochen nachts, da es in ihrem Schlafzimmer so bitterkalt war, dass ihr die Ohren morgens wehgetan hatten. Auch jetzt brannte ihre Nasenspitze, und sie stellte sich vor, wie es wohl sein mochte, eines Morgens mit einem Eiszapfen daran aufzuwachen.

Bereits seit über einer Woche hatte sie der Graf nicht mehr nachts besucht. Seit es tagsüber nicht viel zu tun gab und alle eng zusammenlebten, wäre dies auch kaum unbemerkt möglich gewesen. Hesinja ahnte, dass Mew Wulfski nur auf eine Gelegenheit lauerte, sie bei der Gräfin anzuschwärzen. Sie wollte sich nicht ausmalen, was der Majordomus alles tun würde, um sie in Misskredit zu bringen. Schon jetzt spielte er jede kleine Unachtsamkeit ihrerseits extrem hoch, und dem Grafen blieb nichts anderes übrig, als sie zu maßregeln, wenn er nichts von ihrem Verhältnis verraten wollte. Einmal hatte er sie sogar notgedrungen schlagen müssen, als ihr ein Porzellanteller heruntergefallen und zerborsten war. Erst beim Säubern hatte Hesinja festgestellt, dass die Ränder des Tellers mit Fett beschmiert gewesen waren. Dies konnte nur der Majordomus gewesen sein, denn Minka wäre nicht auf eine so subtile Sache gekommen.

Die Magd hatte angefangen, Kleidung zu häkeln, und hielt sich seit geraumer Zeit den ganzen Tag in der warmen Küche auf, sehr zu Hesinjas Leidwesen. Zum Glück traf das ebenso auf Olga zu, sodass ihr die schlimmsten Sticheleien erspart wurden. Die Zofe der Gräfin war ebenfalls mit Kleidung beschäftigt, nähte jedoch neue Gewänder für ihre Herrin und besserte ältere Garderobe aus. Einzig Jarle hielt sich nach wie vor im Stall auf, um sich um die Pferde zu kümmern. Selbst als der Sturm aufzog, hatte der Graf ihm nicht gestattet, ins Haus zu kommen. Stattdessen musste der Stallbursche die Nacht bei den Tieren verbringen, damit diesen nichts geschah. Hesinja konnte sich durchaus vorstellen, wie unruhig die Kaltblüter sein mochten und dass Jarle ebenfalls kein Auge zumachte.

Irgendwann musste sie wohl doch eingenickt sein, denn als sie wieder zu sich kam, war es still. Endlich hatte der Sturm aufgehört, zaghafte Sonnenstrahlen drangen durch die Ritzen der Läden in ihr Zimmer. Es kostete sie einige Überwindung, das warme Bett zu verlassen, und als sie aus dem Nachthemd geschlüpft war und nach ihrem Kleid griff, schlotterte sie vor Kälte. So schnell sie konnte, legte sie Kleid und Mantel an und kuschelte sich in ihre Bettdecke, bis ihr wieder einigermaßen warm wurde. Am besten machte sie sich direkt unten einen heißen Hagebuttentee.

Bei so frostigen Temperaturen verzichtete man auf eine morgendliche Wäsche, und auch der Abtritt wurde nicht mehr benutzt, seit er vor einigen Wochen zugefroren war. Stattdessen verrichteten sie ihre Bedürfnisse in einem Putzeimer, der in der Waschküche stand und einmal täglich von Minka draußen geleert wurde, ansonsten aber unangenehmen Geruch verbreitete. So hielt sich Hesinja auch die Nase zu, als sie darauf Platz nahm. Ob sie Jarle etwas Tee nach draußen bringen sollte? Sicherlich würde er sich darüber freuen, doch sie befürchtete, dass er die Geste missverstehen würde. Am einfachsten wäre es sicherlich, wenn sie einfach eine große Kanne Tee aufbrühte und auf den Tisch des Gesindes stellte. Für den Grafen, seine Gattin und Mew Wulfski würde sie etwas heiße Milch mit Honig machen. Einer der Vorzüge des Winters war, dass man Milch zu Blöcken gefroren direkt außerhalb des Küchenfensters aufbewahren konnte und nicht den langen und mühseligen Weg zu den Bauern gehen musste. So brach sie in der Küche angekommen mit einem langen Messer ein Stückchen ab und gab es zum Auftauen in einem Topf. Ebenso setzte sie einen weiteren mit Wasser für den Tee auf.

Während sich beides erwärmte, ließ sie den Blick durch die Fensterläden nach draußen wandern. Der Sturm der vergangenen Nacht hatte vor allem eines gebracht - weiteren Schnee. Inzwischen lag dieser mehr als hüfthoch im Innenhof des gräflichen Anwesens. Wenn sich heute wer nach draußen wagte, würde er viel schaufeln müssen.

Wie auf Kommando tauchte da Jarle auf, dick in seine Winterkleidung gehüllt und mit einem Spaten in der Hand. Sogleich machte er sich an die Arbeit. Hesinja sah seinen dampfenden Atem und hörte ihn keuchen, als er sich durch den Schnee schaufelte. Es klang fast so wie der Graf, wenn er beim Liebesspiel so richtig in Fahrt kam. Sie musste über den Vergleich kichern.

Inzwischen war die Milch heiß. Sie nahm den Topf von der Herdplatte und rührte Honig hinein, danach ließ sie einige Hagebutten in das kochende Wasser des zweiten Topfs fallen.

Als der Tee Farbe annahm, trat sie ans Fenster. »Jarle!«

Sie musste den Ruf mehrmals wiederholen, bis er sie verstand. Er winkte ihr zu. Hesinja gab ihn durch eine Geste zu verstehen, dass er kommen sollte. Mühsam arbeitete er sich daraufhin durch den Schnee.

Hesinja schüttete etwas aus dem Topf in einen Becher und reichte diesen durch das Fenster. Dankbar nahm Jarle den Hagebuttentee entgegen und stampfte durch den Schnee zurück.

Hesinja begann, die Zutaten fürs Frühstück auf ein Tablett zu stapeln, als sie ein lautes Krachen hörte. Erschrocken ließ sie den Topf mit der Marmelade fallen. Was war passiert? Verunsichert machte sie sich auf dem Weg nach oben. Bereits auf der Treppe hörte sie den Grafen brüllen. Offenbar hatte er wieder einen seiner Wutanfälle. Nur was war der Anlass?

Sie brauchte nicht lange zu überlegen, denn Minka flüchtete aus dem Audienzzimmer. Da flog ein Stuhl hinter ihr her, prallte gegen die Wand und zerschellte. Nicht auszudenken, was mit der Magd passiert wäre, wenn er sie getroffen hätte. Panisch rappelte sich die zu Boden Gestürzte auf, warf Hesinja einen ängstlichen Blick zu und rannte an ihr vorbei.

Nur einen Augenblick später trat der Graf in den Korridor, knallrot angelaufen. Erst als er Hesinja entdeckte, hellte sich sein Blick wieder auf. Brummelnd bückte er sich nach den Überresten des Stuhls und betrachtete diese. Dann musterte er erneut Hesinja, die furchtsam ein paar Schritte zurückgewichen war.

»Hesinja, schaff Lumin heran!«, befahl er. »Er soll einen neuen Stuhl bauen.«

Sie schluckte. »Und das Frühstück …?«

Joost schnaubte. »Später.«

In so einer Stimmung war es nicht gut, ihm zu widersprechen. Sie nickte und eilte in ihr Zimmer, um den Mantel zu holen und die Schuhe anzuziehen. Draußen hatte Jarle bereits den halben Weg zwischen Stall, Tor, Scheune und Haus freigelegt, sodass ihr nur einige wenige Schritte im hohen Schnee bevorstanden. Wo sollte sie den Holzfäller und Schreiner nur suchen? Ob er bereits bei Vater war? Oder hielt er sich zu so früher Stunde noch daheim auf?

Sie hielt Letzteres für wahrscheinlicher und arbeitete sich mühsam durch den Schnee. Jeder Schritt strengte gewaltig an, da sie sich mühsam durch die Massen kämpfen musste. Zum Glück war es nach dem Orkan der vergangenen Nacht nun völlig windstill, ansonsten wäre sie keine drei Schritte weit gekommen. Dennoch kam es ihr wie eine halbe Ewigkeit vor, bis sie endlich Lumins Haus erreicht hatte. Einige Bewohner Salsweilers hatten den Schnee zur Seite geschaufelt, wodurch sie einige Abschnitte gut gehen konnte, doch rund um die Wohnstätte und Werkstatt des Trunkenbolds lag der Schnee völlig unberührt da. Hesinja konnte sich noch grob daran erinnern, wo die zugewucherten Werkzeuge bei ihrem letzten Besuch an diesem Ort gelegen hatten, sodass sie Bögen darum machen konnte, um nicht irgendwo hineinzutreten. Endlich stand sie in der Werkstatt, in die der Sturm erstaunlich wenig Schnee hineingeweht hatte. Eine Leiter zeigte an, wo der Zugang zu den Privaträumen von Lumin war. Zaghaft stieg sie einige Sprossen hinauf, bis sie die Luke erreichen konnte, und klopfte dagegen. Von innen erklang ein leises Brummen.

»Lumin, ich bin es, Hesinja.«

Erneutes unverständliches Brummen.

»Ich komme vom Grafen. Du sollst einen Stuhl bauen.«

Brummen.

»Darf ich reinkommen?«

Nun glaubte sie, etwas verstanden zu haben, dass etwa wie »Mir doch egal« klang.

Vorsichtig öffnete sie die Luke und kletterte ins Innere des Hauses. Ihr schlug eine Wolke aus Gestank entgegen, die sie erschrocken die Luft anhalten ließ. Kam ihr die Luft in Mew Wulfskis Arbeitszimmer schon muffig und abgestanden vor, so konnte man sie in Lumins Behausung schneiden. Am liebsten hätte sie sofort alle Fensterläden geöffnet, um den üblen Geruch zu vertreiben, doch dafür hatte sie keine Zeit.

Lumins Behausung bestand nur aus einem großen Raum, und der Raum war genauso unaufgeräumt wie seine Werkstatt. Hesinjas Blick streifte zerschlissene, getragene und einigermaßen saubere Kleidung, benutztes Geschirr, halbfertige Möbelstücke und allerlei Unrat, unter dem sie sich gar nichts vorstellen konnte. Inmitten dieses Mülls befand sich eine Art Nest, in dem sich der Holzfäller laut gähnend aufrichtete. Seine Bewegung ließ einen weiteren Schwall Gestank auf sie zuwehen und sie würgen.

Er nahm keinerlei Notiz von ihr, sondern tastete mit den Händen um seine Schlafstätte, bis er schließlich eine Tonflasche fand, den Korken herauszog und einen großen Schluck nahm. Dabei rutschte ihm die Decke vom Körper, und Hesinja stellte fest, dass er in seiner Tageskleidung geschlafen hatte und dass sie das nicht im Geringsten wunderte.

Lumin setzte die Flasche wieder ab, stieß einen befreiten Laut aus, stopfte den Korken wieder hinein und wischte sich danach den Mund ab. Sein Gesicht war völlig mit Stoppeln übersät, dass sie sich an einen Igel erinnert fühlte. Wollte er sich nun statt des Schnäuzers einen Vollbart wachsen lassen? Zum ersten Mal blickte er sie bewusst an – mit zusammengekniffenen Augen, obwohl allenfalls Dämmerlicht herrschte und das meiste Licht durch die Luke hineinfiel.

»Was willst du?«, brummelte er.

Hesinja überlegte, komplett das Haus zu betreten, entschied sich aber dann, lieber auf der Leiter stehen zu bleiben. So bekam sie zumindest ein kleines bisschen frische Luft ab. »Der Graf schickt mich. Du sollst einen Stuhl bauen.«

Stöhnend massierte sich Lumin mit Daumen und Zeigefinger die Augen. »Hab kein Holz mehr.«

Sie deutete auf eine wuchtige Axt, die an der Wand hin. »Bist doch Holzfäller, oder etwa nicht?«

»Pah!«, machte er. »Als wenn ich in einen Wald gehen würde, in dem blutrünstige Rotaugen lauern.«

Hesinja seufzte und stieg nun doch einige Sprossen empor, bis sie auf dem Rand der Luke Platz nehmen konnte.

»Was?«, fauchte Lumin.

»Einen Baum fällen.«

»Nein.«

»Doch.«

»Nein.«

Sie verdrehte die Augen. Lumin mochte doppelt so alt wie sie sein, aber momentan benahm er sich, als hätte er gerade mal die Hälfte an Hesinjas Jahren. »Du willst doch nicht deinen Grafen verärgern«, versuchte sie es erneut.

»Mir egal.«

»Er wird dir deine Schnapsrationen kürzen.«

Wortlos ergriff Lumin erneut die Flasche, entkorkte sie und nahm einen gewaltigen Schluck, bis ihm der Meskinnes an beiden Mundwinkeln herab über das Kinn lief.

So kam sie nicht weiter. Irgendwas musste sie tun, wollte sie nicht mit leeren Händen zum Grafen zurückkehren. Er oder der Majordomus würde sie dafür mit Sicherheit bestrafen. Hesinja zuckte zusammen. Das war die Lösung!

»Weißt du eigentlich, was der Majordomus mit Leuten macht, die sich den Befehlen des Grafen widersetzen?«

Lumin blickte sie verständnislos an, dann begann er, mit einem Finger sein Nasenloch zu erforschen.

Hesinja zwang sich, ihn dennoch weiter entschlossen anzublicken. »Mew Wulfski hat einen Stock, und wenn eine Strafe bevor steht, muss man die Hände nach vorn strecken, die Handflächen nach unten.« Sie strich die Haare hinters Ohr und beugte sich vor, um ihn die Haltung der Hände zu zeigen. »Und dann …« Sie tat, als würde sie den Stock in einer Hand halten und ihn auf die andere Hand herabsausen lassen. »ZACK! Und das Ganze dann drei Mal!«

Als sich die Augen Lumins weiteten, bereitete es ihr insgeheim Vergnügen. Doch der Effekt hielt nur wenige Augenblicke an, dann zog er den Finger aus der Nase und steckte ihn in den Mund.

»Mir doch egal«, brummelte er. »Mich stören Schläge nicht.«

Weil du sie noch nicht erlebt hast!, dachte Hesinja wütend. »Willst du eigentlich wissen, warum der Graf einen neuen Stuhl braucht?«

»Nein.« Lumin begann, mit den Zähnen den Dreck unter den Fingernägeln zu entfernen.

Angewidert schloss sie nun doch kurz die Augen. »Er hat ihn nach einer Magd geworfen, als diese seine Erwartungen nicht erfüllte. Dabei zerschellte er.«

Lumin zuckte die Schultern. »Weiber.«

Langsam wurde sie richtig wütend. »Als ein *Kerl*, nämlich sein geschätzter Majordomus, nicht gut genug gearbeitet hatte, schlug er ihn nieder. Dann trat und prügelte er ihn so lange, bis Mew Wulfski eine Woche das Bett hüten musste.«

Nun endlich wurde Lumin kreidebleich. Hesinja spürte Triumph, unterdrückte jedoch ein Lächeln, sondern blickte ihn nach wie vor finster an. »Was meinst du da wohl, was er mit einem Holzfäller und Schreiner machen wird?«

Sie wartete nicht auf eine Reaktion, sondern rutschte vom Lukenrand und kletterte in aller Ruhe die Leiter hinab. Endlich wieder frische Luft! Sie atmete befreit durch.

Von oben vernahm sie ein lang gezogenes Stöhnen, dann ein Poltern. »Ich tue es ja. Ich werde gleich in den Wald gehen und einen Baum fällen. Sag dem Grafen, dass sein Stuhl bereits übermorgen fertig sein wird.«

Grinsend und beschwingt hüpfend, soweit es im hohen Schnee möglich war, kehrte sie ins gräfliche Anwesen zurück.

Opfer

Zwei Tage vergingen, drei Tage, schließlich eine ganze Woche – doch Lumin brachte keinen neuen Stuhl. Schließlich wurde es dem Grafen zu bunt, und er schickte Jarle los, um Lumin zu holen. Hesinja konnte sich zwar denken, dass es so ausgehen würde, hatte jedoch gehofft, dass Lumin zur Vernunft kommen würde. Nun stand ihm wohl eine heftige Strafe bevor, möglicherweise sogar der Pranger, was bei den eisigen Temperaturen brutal werden würde. Jedoch kam Jarle ohne Lumin zurück. Der Graf tobte.

Mit mulmigem Gefühl spülte sie Geschirr. Sollte sie hochgehen und ihm sagen, dass sich Lumin den ganzen Tag bei Vater aufhielt und Meskinnes in sich hineinschüttete? So wütend, wie er gerade war, wollte sie nicht ausschließen, dass der Graf den Holzfäller halb totschlug, wie er es bei Jarle getan hatte. Andererseits hatte Lumin durchaus eine Abreibung verdient – doch so eine heftige?

Sie seufzte. Am besten war es wohl, vorerst nichts zu tun, dann konnte sie auch nichts falsch machen.

Tatsächlich tauchte der Graf wenig später in der Küche auf. »Hesinja, ich möchte, dass du zu Travienlieb Vigo gehst und ihn fragst, sich wo Lumin herumtreibt. Er soll *sofort* zu mir kommen!«

Hesinja nickte und trocknete sich schnell die Hände ab, dann machte sie sich sofort auf den Weg. Soweit sie sich erinnern konnte, war es das erste Mal, dass sie offiziell zu Vater geschickt wurde, denn bisher waren alle Besuche ohne konkrete Aufgabe gewesen – oder sogar unerlaubt, wie an dem Tag, an dem sie aus dem Fenster geklettert war.

In der vergangenen Woche war weiterer Schnee gefallen, sodass er an den meisten Stellen inzwischen gut acht Spann hoch lag. Neben den Wegen, die die Einwohner geschaufelt hatten, türmte er sich noch höher auf, sodass man oft das Gefühl hatte, durch einen engen Gang zu laufen. Lediglich der Marktplatz war weitestgehend freigeräumt. Im Winter gab es zwar keinen Markt, doch liefen hier alle Wege zusammen und man traf sich zu Gesprächen oder die Kinder zum spielen. Ebenso befand sich der Winterbold Salsweilers gut sichtbar über den Eingang der Taverne, wo er den ganzen Unbill fernhalten sollte. Wie zynisch, dass das gerade mit den beiden größten Unholden des Dorfs nicht klappte. Hesinja musste lächeln, als sie die Gaststätte betrat.

Innen fand sie jedoch nur Koj vor. Der Glatzkopf hatte das obligatorische Meskinnes-Glas und den Bierhumpen vor sich stehen und musterte sie böse. Hesinja wunderte sich, dass nicht Lumin wie sonst neben ihm saß. Überhaupt befand sich niemand in der Schänke. Normalerweise hielten sich hier im Winter immer viele Einwohner auf, um zu musizieren und zu tanzen. Gut, vielleicht war es noch etwas früh dafür. Sicherlich war sich Lumin kurz erleichtern gegangen und würde bald wiederkommen. Aber müsste dann nicht sein Glas auf dem Tisch stehen?

»Koj, ich suche Lumin. Wo ist er?«

»Woher soll ich das wissen?«, fauchte dieser zurück. »Vielleicht ist er ja mit meiner Frau durchgebrannt, diesem Miststück. Hab ihn schon eine Woche nicht mehr gesehen.«

Sie erschrak. Eine Woche? Also genau seitdem sie ihn in den Wald geschickt hatte?

»Hat er gesagt, wo er hin ist?«

Koj schaute sie finster an, ohne zu antworten. Da betrat Vater den Schankraum aus der Küche, in der Hand einen Bierhumpen und einen Lappen.

»Nein, Hesinja, ich wundere mich auch schon, wo er sich rumtreibt. Nicht, dass er noch zu arbeiten anfängt.« Er zwinkerte ihr zu.

»Das sollte er auch«, musste sie zugeben. »Der Graf hat einen seiner Stühle zertrümmert, und Lumin sollte einen neuen bauen.« Sie seufzte. »Nicht, dass ihm was passiert ist.«

Nachdenklich stellte Vater den Humpen ab und trocknete sich die Hände am Tuch. »Er wird bestimmt in seiner Werkstatt sein, wo sonst sollte er arbeiten?«

Sie schüttelte den Kopf. »Nein, da war Jarle vorhin. Keine Spur von Lumin.«

»Hm, das ist dann in der Tat merkwürdig. Also ich wüsste jetzt nicht, wo er sein könnte. Der Treidelpfad ist schon lange unbenutzbar, und selbst auf dem Walsach kann man nicht mehr reisen, seit dort so viel Schnee liegt. Ich denke, nicht einmal auf Schneeschuhen kommt man dort noch durch.«

»Ich hatte ihn in den Wald geschickt. Er hatte nämlich kein Holz mehr.«

»Was?«, brüllte Koj und donnerte die Faust auf den Tisch. »Meinen Freund Lumin hast du zu den Sumpfranzen geschickt? Komm her, du Weib!«

»Koj Perschoff!« Vaters Stimme war messerscharf und brachte den aufgebrachten Bauern sofort zur Ruhe.

Koj schnappte sich seinen Bierhumpen und kippte den Inhalt in seine Kehle, dann stand er auf und blieb leicht schwankend stehen. »Ich werde ihn suchen.«

»Du wirst gar nichts tun«, widersprach Vater, verschwand kurz in der Küche und stellte ihm ein neues Bier hin. »Hier, trink lieber noch etwas. So eine Suche muss gut organisiert sein – vor allem bei diesem frostigen Wetter. Es bringt uns allen nichts, wenn wir jetzt unkoordiniert in den Wald laufen. Ich befürchte aber, dass wir mit dem Schlimmsten rechnen müssen. Bei diesem Frost überlebt keine Menschenseele eine Woche da draußen.«

Bei den letzten Worten schaute er Hesinja genau in die Augen. Diese musste schlucken.

Schnell kehrte sie zum Grafen zurück und berichtete ihm, was sie herausgefunden hatte. Er befahl daraufhin Mew Wulfski, einen Trupp zusammenzustellen. Da es bereits dämmerte, wurde die Suche auf den nächsten Tag verschoben. Beim Abendessen herrschte gespenstische Ruhe. Joost von Salsweiler mochte zwar Bronnjar sein und als solcher seine Leibeigenen züchtigen, wenn es notwendig war, doch war es auch seine gottgegebene Aufgabe, seine Untergebenen zu schützen, und so beschäftigte ihn es offenbar sehr, dass ein Bewohner Salsweilers vermisst wurde.

Am nächsten Morgen begannen sie direkt nach einem kurzen Frühstück mit der Suche. Hesinja hatte sich freiwillig gemeldet, fühlte sie sich doch zumindest teilweise schuldig, dass Lumin verschwunden war. Lumin schien seine Prophezeiung mit den Rotaugen tatsächlich überall herumerzählt zu haben, denn in allen Gesprächen, die sie aufschnappte, gab es kein anderes Thema. So hatte es vor einigen Generationen tatsächlich einmal einen Überfall der Sumpfranzen auf Salsweiler gegeben, jedoch war es nur eine Überlieferung, sodass niemand genau sagen konnte, was passieren konnte.

Trotz Neuschnee und Wind fand der Graf sehr schnell eine Spur des Holzfällers. Hesinja hätte in den winzigen Unterschieden im Schnee niemals etwas erkannt, aber sie war auch noch nie auf einer Jagd gewesen – und um das handelte es sich letztlich, eine Jagd auf einen Menschen.

Schweigend betraten sie den Wald. Wo die Bäume dichter zusammenstanden, lag kaum Schnee, aber dafür behinderte das Unterholz das Vorankommen. Hesinja und die anderen Mitglieder des etwa zehn Köpfe zählenden Suchtrupps verfingen sich in ihren Mänteln immer wieder in irgendwelchen Dornen oder blattlosen Zweigen, und es mochte die Leute mit Nähkenntnissen noch Wochen beschäftigen, die Löcher auszubessern. Auch musste man vorsichtig sein, nicht einen Baum anzustoßen, da man sonst eine riesige Ladung Schnee abbekam.

Hesinja verstand nicht, warum Lumin so weit in den Wald gegangen war, doch der Graf hatte offenbar immer noch eine Fährte, der er zielsicher folgte. Schließlich musste er urplötzlich stehen geblieben sein, denn die Reihe kam übergangslos zum Stillstand. Hesinja, die im letzten Viertel mitging, und einige andere stießen an ihre Vorderleute. Sie hörte aufgeregtes Atmen vom Kopf der Schlange und bemühte sich, irgendwie an den Personen vor ihr vorbeischauen zu können, doch dasselbe probierten auch alle Leute vor ihr, sodass sie nichts außer Rücken sah. Schließlich zwängte sie sich kurzerhand zwischen zwei Büschen hindurch und ging in einem Bogen zum Grafen. Als sie es nun endlich sehen konnte, entglitt ihr ein erschrockener Schrei.

Die Person, die dort lag, war eindeutig Lumin, was sie an seiner Kleidung erkannte. Doch da, wo eigentlich der Kopf sein musste, befand sich nur ein unförmiger Brei aus Knochen, Gehirnmasse und den Überresten seines Gesichts, den der Frost hatte erstarren lassen. Wäre die Kleidung nicht gewesen, sie hätte eher ein geschlachtetes Tier als einen Menschen vermutet. Dazu passten auch die großen Wunden, die überall an seinem Körper klafften und deutliche Bissspuren aufwiesen.

»Ein Bär?«, fragte jemand aus der Menge.

»Rotaugen!«, zischte eine Frau zurück.

Der Graf nickte. »Bären zertrümmern keine Schädel, außerdem liegen sie gerade im Winterschlaf. Nein, Rotaugen lauern gern oben auf Bäumen und bewerfen ihre Opfer mit

Steinen, dann spalten sie ihnen die Schädel, bis sie gemütlich fressen können.

Hesinja spürte einen großen Kloß im Hals, dennoch schaffte sie es, die Frage hervorzuwürgen, die ihr in den Sinn kam: »Aber ... wenn sie ihn fressen wollten, wieso gibt es überhaupt noch etwas, das wir finden können?«

Joost von Salsweiler blickte sie an. Er trug eine Bärenfellmütze tief ins Gesicht gezogen und einen Schal, der ebenfalls aus Pelz bestand, sodass lediglich seine Augen frei lagen. »Ich weiß es nicht«, klang es dumpf hervor. »Lasst uns Lumin mitnehmen und begraben.«

* * *

Noch am selben Nachmittag hielt Mutter eine kurze Andacht auf dem winzigen Boronanger Salsweilers. Lumin hatte keine lebenden Verwandten zurückgelassen, lediglich eine Frau im zwölf Meilen entfernten Biesenbach konnte auf einen gemeinsamen Ahnen zurückblicken. Doch der Weiler am anderen Ende der Grafschaft hätte derzeit auch am anderen Ende der Welt liegen können, denn zwölf Meilen waren bei diesen Verhältnissen eine unüberbrückbare Entfernung. So würde sie erst im Frühjahr, wenn der Schnee zurückging und die Pfade wieder passierbar wurden, vom Tod Lumins erfahren.

Die stärksten Männer versuchten sich daran, eine Grube auszuheben, doch die gefrorene Erde war hart wie Granit. Von daher blieb ihnen nichts anderes übrig, als den Leichnam in ein »Grab« aus Schnee zu legen. Irgendwem würde dann die unangenehme Aufgabe zufallen, bei der Schneeschmelze den Körper umzubetten.

Hesinja konnte sich gut vorstellen, dass dies eine widerliche Tätigkeit war, und hörte auch aus geflüsterten Bemerkungen, dass sie hofften, ein Boron-Geweihter würde kommen. Hesinja wusste nur, dass Priester des Totengottes sehr selten waren, denn sie hatte noch nie einen zu Gesicht bekommen – und das, wo sie doch direkt am Walsach lebten und viele Reisende hier Halt machten. Aber vielleicht reisten Boronis auch einfach nur nicht gern.

»Wir müssen etwas gegen die Rotaugen tun«, rief jemand plötzlich, als Lumins sterbliche Überreste unter dem Schnee verschwunden waren.

»Selbst wenn sie sich zusammenrotten«, widersprach ein anderer, »kommen sie nicht in Ortschaften, sondern lauern höchstens in der Umgebung.«

»... was Lumin das Leben gekostet hat«, warf eine Frau mit schriller Stimme ein.

»Palisaden, wir brauchen Palisaden.«

Zustimmendes Gemurmel folgte.

»Und woher wollt ihr das Holz dafür bekommen?« Mew Wulfski sprach genauso leise wie immer, dennoch beendete seine kalte Stimme sofort die Diskussion. »Offenbar ist Lumin beim Schlagen von Holz ums Leben gekommen.«

Betretendes Schweigen folgte. Der Majordomus drehte sich langsam, bis er sicher war, dass er die gesamte Aufmerksamkeit auf sich ruhen hatte. »Außerdem bitte ich zu bedenken, dass wir nicht einmal den armen Schreiner begraben konnten. Wie wollt ihr dann eine Palisade in den Boden bekommen?«

Nach wie vor wagte es niemand, ihm zu widersprechen, Hesinja vernahm lediglich schüchternes Räuspern und unruhiges Scharren von Füßen im Schnee. Irgendwo schrie ein Kind und wurde von der Mutter beruhigt. Erst der Graf, der sich bisher zurückgehalten hatte, beendete die Stille, als er neben den Majordomus trat.

»Geht wieder nach Hause!«, befahl er. »Ab sofort geht niemand mehr in den Wald. Lasst uns zu den Göttern beten, dass Lumin das einzige Opfer sein wird, das dieser strenge Winter fordert.«

Nach und nach zerstreute sich die Menge. Hesinja starrte auf das weiße Grab aus Schnee, sodass sie einige Augenblicke brauchte, bis ihr bewusst wurde, dass Mew Wulfski genau vor ihr stand. Sie blickte ihn an.

»Nun habe ich dich!«, zischte der Majordomus und ließ sie stehen.

Was meinte er nur damit? Nach allem, was sie über ihn wusste, konnte es nichts Gutes bedeuten.

* * *

Durch die Suche und die sich anschließende Beerdigung hatte Hesinja keine Zeit gehabt, ein aufwändiges Gericht vorzubereiten, sodass es als Abendessen einfache Kohlsuppe gab.

Mit lautem Klirren ließ der Majordomus den Löffel in die Suppenschüssel fallen und zog damit alle Aufmerksamkeit auf sich. »Eine Sache ist mir aufgefallen …«

Unwillkürlich wartete Hesinja darauf, dass er weitersprach, doch er ließ sich Zeit.

»Und die wäre?«, fragte der Graf müde. Seit seiner kurzen Ansprache auf dem Boronanger hatte er nicht mehr gesprochen. Hesinja kannte ihn so gar nicht.

»Warum ist Lumin so weit in den Wald gelaufen?« Mew ließ die Frage in Raum stehen und den Blick von Graf über die Gräfin bis zu ihr gleiten. Vor allem Hesinja blickte er lange an, dass ihr ganz unbehaglich wurde.

Der Graf zuckte mit den Schultern und durchbrach die Anspannung. »Geeignetes Bauholz, nehme ich an.«

Der Majordomus winkte ab. »Lumin wollte Buchenholz, doch es wachsen genug Buchen am Waldrand. Nein, das kann es nicht gewesen sein. Wir wissen auch alle, wie viel Angst er vor der angeblichen Rotaugen-Bedrohung hatte. Wieso sollte er sich also dann so einer Gefahr aussetzen?«

»Was heißt angeblich?«, mischte sich nun die Gräfin ein. Es war lange her, dass Hesinja sie zuletzt reden gehört hatte, ging sie ihr doch nach Möglichkeit aus dem Weg.

»Wissen wir, dass es wirklich Rotaugen waren?« In aller Seelenruhe schaufelte er sich einen Bissen in den Mund.

»Worauf willst du hinaus, Mew?«, hakte der Graf nach. »Du warst nicht dabei, aber alle, die mit mir zusammen den Toten fanden, können bezeugen, dass es wirklich Bissspuren ...«

»Jede Person, die sich mit dem Schlachten und Ausnehmen von Tieren auskennt, könnte es so aussehen lassen. Vor allem, wenn sie lange Fingernägel hat.«

Mit langen Fingernägeln solltest ja gerade du *dich auskennen*, dachte Hesinja in einem Anflug von Sarkasmus. Noch immer fand sie die langen und dürren Finger des Majordomus schaurig. Seine überlangen, jedoch fast schon mit weiblicher Hingabe gepflegten Nägel passten da nur allzu gut ins Bild.

»Und den geborstenen Schädel, wie erklärst du dir den?« Joost schaute ihn mit gerunzelter Stirn an. Hesinja kannte ihn inzwischen gut genug, dass ihn die Diskussion aufzuregen begann.

»Habt ihr seine Werkzeuge gefunden?«

Hesinja überlegte. Der Baum, vor dem sie die Leiche entdeckt hatten, war nicht angerührt gewesen, auch an irgendwelche Werkzeuge wie ein Beil oder eine Säge konnte sie sich nicht erinnern.

»Selbst mit einem Beil bekommt man einen menschlichen Schädelknochen nicht so einfach zertrümmert«, warf die Gräfin ein.

»Wenn man eine Woche Zeit hat, schon.«

»Worauf willst du eigentlich hinaus, Mew?« Langsam wurde der Graf sichtlich ungehalten.

»Nun, wer hat denn den Schreiner das letzte Mal lebend gesehen?«

Sofort ruhten alle Blicke auf ihr. Hesinja zuckte zusammen.

»Ich … ich …«, stammelte sie. Also war seine Drohung nach dem Begräbnis doch nicht so dahergesagt zu werden. Sie bekam plötzlich Angst.

»Und wer ist die Einzige, die angeblich ein Rotauge gesehen haben will?«

Sie wollte sich verteidigen, doch brachte sie kein Wort heraus. Die Anschuldigungen trafen sie wie Peitschenhiebe.

»Ich habe einen, der bezeugen kann, dass Hesinja vor ihren Besuch im Wald, bei dem sie *angeblich* von einem Rotauge bedroht wurde – einem *einzelnen* Rotauge, wohlgemerkt –, lange vor Lumins Haus stand. Vermutlich hat sie da schon überlegt, wie sie ihn am besten in den Wald locken kann.«

Mit Tränen in den Augen schaute sie zum Grafen. »Tu doch was!«, wollte sie ihn zurufen, doch ihr Mund war wie zugeklebt.

»Hesinja ging zu Lumin, damit er mir einen neuen Stuhl baut«, sagte der zum Majordomus, ohne den Blick von Hesinja abzuwenden.

»Ein Stuhl, der zu Bruch ging, als Ihr damit Eure Magd bewarft.« Wulfski winkte ab. »Bedeutsamer ist die Frage, warum dies notwendig wurde. Ist es nicht so, dass einiger Unfriede im Haushalt herrscht, seit Hesinja hier ist?«

Was hatte dieser boshafte Majordomus nur vor? Hesinja zitterte inzwischen am ganzen Körper. Sie fühlte sich wie ein Reh, das von den Jägern in die Enge getrieben worden war und auf den finalen Pfeil wartete, der es niederstrecken würde. Joost hatte oft in aller Ausführlichkeit geschildert, welche Angst, welche Verzweiflung dann in den Augen des Wilds zu lesen war.

»Hesinja hatte nicht einmal das gräfliche Haus betreten, da griff sie mich bereits körperlich an. Nur wenig später die inszenierte Vergewaltigung durch Jarle. Dann gelang es ihr durch Intrige, sich wie eine Made in der Küche einzunisten, um von dort aus ihren weiteren Plänen nachgehen zu können.«

Sie begann zu schluchzen. Was erzählte dieser böse Mann da nur alles? Wie hatte sie in ihrer Anfangszeit hier gelitten und Prügel einstecken müssen, oftmals sich in stiller Verzweiflung in eine Ecke gekauert und gebetet. Und nun behauptete er, es wäre *geplant* gewesen?

»Schaut her, nun flennt sie wieder und will Mitleid!« Mew Wulfski redete sich immer mehr in Rage. »Vermutlich hat sie Mutter Jella und Travienlieb Vigo ebenso manipuliert.«

Nein, nicht auch noch Mutter und Vater! Hesinja sank in die Hocke und vergrub das Gesicht in den Händen.

»War Hesinja nicht einmal Novizin im Tempel?«, erkundigte sich die Gräfin, während der Graf schwieg.

»Das behauptet sie, ja«, erwiderte der Majordomus. »Aber habt ihr sie in all den Jahren einmal gesehen?«

Ich bin euch aus den Weg gegangen!, rief sie in Gedanken, konnte das jedoch nicht über die Lippen bringen, weil diese ihr nicht gehorchten. *Damals hielt ich den Grafen noch für ein Monster und nicht für einen … Geliebten …*

Mew Wulfski lachte gekünstelt auf. Noch nie hatte Hesinja einen Heiterkeitsausbruch vernommen, der falscher klang.

»Gerade ihr, wehrte Gräfin, solltet wissen, dass unsere kleine Intrigantin seit einigen Monaten euren Gatten bezirzt – ja sogar in sein Bett gehüpft ist. Einzig und allein zu dem Zweck, ihre finsteren Pläne durch weibliche Reize umzusetzen.«

Das war zu viel! In ihr zerbrach etwas. Hesinja schnellte hoch, riss die Tür auf und hechtete hindurch. Sie rannte so schnell sie konnte in ihr Zimmer, nahm dabei ihre Umgebung aber gar nicht war. Nachdem sie es betreten hatte, schmetterte sie die Tür hinter sich zu und ließ sich auf ihr Bett fallen. Dort wollte sie einfach nur noch sterben.

* * *

Niemand kam zu ihr, was einerseits gut war, andererseits aber auch etwas extrem Schlechtes bedeuten konnte. Doch es war ihr egal, alles war ihr egal. Wie hatte sie nur glauben können, durch dezente Hinweise an den Grafen ihr Leben erleichtern zu können? Wie naiv war sie anzunehmen, den Majordomus auf seinem eigenen Gebiet schlagen zu können?

Wie konnte sie nur so weltfremd sein zu hoffen, dass sie einen Adligen lieben könnte und dass dies gutgehen würde?

Irgendwann stand sie auf und öffnete die Fensterläden. Draußen hatte wieder leichter Schneefall eingesetzt, dennoch spendete das Madamal trotz Wolkendecke bleiches Licht und ließ den Schnee silbrig schimmern. Die Kälte fraß sich in ihre Glieder, doch Hesinja kümmerte es nicht. Ihr Innerstes war einfach nur eine riesig große Leere.

Es war vorbei. Komplett vorbei. Die vergangenen Monate seit jenem schicksalhaften Abendessen mit Wein waren ein Sommernachtstraum gewesen, der irgendwie bis in den tiefsten Winter angedauert hatte, aber nun war es Vergangenheit. Nie wieder würde sie die zärtliche Nähe von Joost spüren können.

Ob man sie nun hinauswarf? Der Graf musste das nicht, denn er konnte tun, was er wollte, immerhin war *er* doch das Gesetz, doch Hesinja wusste nicht, wie groß der Einfluss seiner Gattin auf ihn war. Vielleicht stellte sie ihn nun vor die Wahl und drohte ihn zu verlassen, wenn er Hesinja nicht fallen ließ.

Und falls nicht? Dann hatte Hesinja genau das vollzogen, was sie in den vergangenen Monaten immer tief in sich vergraben hatte, da sie darüber nicht grübeln wollte – Ehebruch.

Mutter würde sehr schnell davon erfahren und Fragen stellen, unangenehme Fragen. Dann würde sie feststellen, dass ihre Novizin dahintersteckte. Ob Hesinja bereits das Frevlermal besaß? Konnte man als Frevlerin überhaupt geweiht werden? Nein, das konnte sie sich nicht vorstellen.

Also hatte sie nicht nur den Grafen verloren, sondern auch ein Leben als Priesterin im Dienste Travias blieb ihr verwehrt. Und das alles nur wegen einer geschickt geführten Argumentation des Majordomus'.

Was würde ihr bleiben? Lebenslang die gräfliche Küche, aber abgestempelt als Delinquentin? Menschlicher Abschaum, mit dem niemand etwas zu tun haben wollte? Einsam, bis sie irgendwann alt und runzelig die Augen schloss? Oder sollte sie der neue Saufkumpan von Koj werden und ihre Sorgen im Meskinnes ertränken? Gab es wirklich keine andere Lösung mehr? Oder wurde sie gar des Mordes an Lumin angeklagt und endete am Galgen?

Sie konnte natürlich auch einfach fliehen – weit, weit weg, wo niemand von ihren Vergehen wusste. Doch ihre Heimstatt einfach so im Stich lassen? Würde sie das nicht endgültig zur Frevlerin machen? Überdies galten Schollenflüchtige als vogelfrei, sodass sie sich vermutlich nur den Piraten anschließen konnte.

Und das alles nur, weil Mew Wulfski Tatsachen verdreht und alles gegen sie gewandt hatte. Dabei wusste er doch ganz genau, dass es so nicht gewesen war.

Hesinja stutzte. Gab es vielleicht doch einen Ausweg – Ehrlichkeit? Die Wahrheit?

Die Liebelei mit dem Grafen würde sie in jedem Fall verlieren, aber vielleicht konnte sie zumindest ihr Ansehen bewahren.

Nur wie anstellen? Hesinja griff nach ihrem Mantel und zog sich diesen über die Schultern. Immerhin hatte die Kälte ihre Gedanken geklärt, wie auch die Luft im Winter immer sehr rein war.

Wer wusste von den Anschuldigungen, die der Majordomus sich ausgedacht hatte? Das waren natürlich er selbst, der Graf, seine Gattin und sie. Mehr nicht.

Hesinja konnte sich nicht vorstellen, dass Joost ihr zutraute, was Mew ihr vorwarf. Täte er das, hätte er sie bereits in einem Wutanfall an den Pranger gestellt oder ihr die Seele aus dem Leib geprügelt. Wie die Gräfin die Sache sah, konnte Hesinja nicht einschätzen, da sie diese auch nach einem dreiviertel Jahr immer noch kaum kannte. Bestimmt saßen sie gerade in ihren Gemächern beisammen und diskutierten die Vorwürfe. Ob dem Grafen eine Ausrede einfiel? Ob er ihr versichern konnte, dass er nicht fremdgegangen war? Würde sie ihm glauben?

Und was war mit dem Rest, den Mew Wulfski ihr vorwarf? So absurd es klang, aber sie hatte keinerlei Beweise, dass sie Lumin *nicht* in den Wald gelockt und erschlagen hatte. In der Woche hatte es viele Zeiten gegeben, wo sie lange niemanden zu Gesicht bekommen hatte. Unzählige Möglichkeiten, so eine furchtbare Tat zu begehen. Ebenso wenig konnte sie nachweisen, dass die Begegnung mit dem Rotauge tatsächlich stattgefunden hatte. Sie konnte sich noch genau an die haarigen Finger und den fauligen Atem erinnern, aber dies konnte sie aus ihrem Kopf nicht so einfach herausholen und den anderen zeigen.

Was wäre eigentlich, wenn der Tod Lumins in Wahrheit auf das Konto des Majordomus ging? Hesinja wusste nicht, wie sie plötzlich auf diesen abwegigen Gedanken kam, aber letztlich war es genau so eine Anschuldigung wie die, die er ihr gegenüber abgegeben hatte. Allerdings würden, wenn sie auf diese Art den Spieß umdrehte, alle eher dem Majordomus als einer einfachen Küchenmagd Glauben schenken. Hinzu kam, dass der wortgewandte Wulfski ihr mit Leichtigkeit jede Aussage von den Lippen reißen und ins Gegenteil verdreht als Waffe gegen sie verwenden würde. Außerdem wäre er mit seinem gebrechlichen Körper ohnehin nicht mal bis in die Nähe des Waldes gekommen. Andererseits konnte er ja einen Komplizen haben …

Dennoch blieb die Tatsache, dass derzeit einzig und allein die Gräfin und der Majordomus von der Sache wussten. Hesinja vermutete sehr stark, dass Letzterer bisher niemanden sonst davon erzählt hatte, weil er sich keinen Vorteil davon versprach. Das konnte sich aber bereits morgen ändern. Mit Sicherheit hatte er vor, ganz früh den Tempel aufzusuchen, um sie bei Mutter in Misskredit zu bringen.

Ihr musste also etwas einfallen, das dies verhinderte. Etwas, das den Grafen so in Rage versetzte, dass er Mew sofort dermaßen entmachtete, dass niemand mehr ihm Glauben schenkte.

Hesinja schlotterte, aber dieses Mal nicht vor Kälte. Nein, so etwas Widerwärtiges konnte sie unmöglich tun. Mew und Minka beim Grafen anschwärzen, weil sie ihre Aufgaben nicht gut erledigt hatten, das war eine Sache, aber *lügen*? So etwas würde Praios nicht gutheißen. Und Travia? Würde die Göttin verstehen, dass sie eine Lüge mit einer weiteren bekämpfen wollte, um vielleicht doch irgendwann einmal Geweihte zu werden? War es legitim, Unrecht mit Unrecht zu vergelten? Wie gern hätte sie Mutter dazu befragt, doch dies war momentan nicht möglich. Selbst wenn sie es probierte, wie sollte sie das anstellen?

So geräuschlos wie möglich öffnete sie ihre Zimmertür und schlich zum Arbeitszimmer des Majordomus'. Sie hatte sich immer gefragt, wann es sich einmal auszahlen würde, dass sie lesen und schreiben konnte – vielleicht war nun dieser Augenblick gekommen. Bereits einmal hatte sie durch eingefügte Zahlen eine hässliche Bestrafung Mew Wulfskis provoziert. Ob ihr das vielleicht noch einmal gelang? Nur wie? Die Abgaben waren abgerechnet, tiefster Winter ausgebrochen, wie sollte sie da durch bloßes Papier etwas erreichen können? Da konnte sie ihn auch gleich durch Worte zu bekämpfen probieren, was ebenso erfolglos enden würde.

Frustriert wollte Hesinja die Klinke, auf die sie bereits die Hand liegen hatte, wieder loslassen, doch letztlich hatte sie nichts zu verlieren. Wenn sie irgendwas finden wollte, das sie gegen den Majordomus verwenden konnte, würde das nur hier im Arbeitszimmer sein.

Sie huschte durch die Tür und schloss sie hinter sich. Der Raum war so muffig und warm wie immer. Im Dunkeln sah sie den Kübel mit den Holzscheiten glimmen und erneut fragte sie sich, ob Rauch und Ruß Mew Wulfski nicht störten, aber andererseits tat es die abgestandene Luft auch nicht. Sie nahm eine Kerze vom Schreibtisch und entzündete diese an der Glut, dann konnte sie sich in ihrem Schein umsehen.

Wie sie es kannte, herrschte in dem Zimmer nahezu sterile Ordnung, lediglich auf dem wuchtigen Schreibtisch befand sich eine chaotische Fülle an Pergamenten, Schriftrollen, aufgeschlagenen Büchern und einem Zählbrett mit Murmeln. Vater besaß auch so eins, um die Schnapsrationen der Bewohner nachzurechnen, doch Hesinja wusste nicht, wie man es benutzte. Flüchtig ließ sie die Blicke über die Papiere gleiten und achtete sorgsam darauf, dass kein einziger Tropfen Wachs darauf landete. Aber sie stellte schnell fest, dass sie wohl Wochen hier verbringen musste, um überhaupt ansatzweise herauszufinden, worum es hier ging, geschweige denn, es auch noch zu verstehen. Irgendwelche Ziffern hinzuzumalen würde ihr hier nicht im Geringsten etwas nützen, da brauchte sie etwas Handfesteres.

Verzweifelt stellte sie die Kerze in den Ständer zurück und ließ sich in einen der Polstersessel sinken. Flüchtig stellte sie fest, dass seit ihrem letzten Besuch hier einer der Sitzmöbel verschwunden war. Nun wusste sie auch, wie der Graf den zerstörten Stuhl ersetzt hatte. Oder war es gar das Sitzmöbel von hier gewesen, das er zerstört hatte? Im Audienzsaal gab es nur den Thron, sonst nichts. Die Bittsteller sollten stehen, was ihnen zusätzlich den Rangunterschied deutlich machte.

Hatte sie nicht schon einmal genau auf diesem Sessel gesessen? Hesinja schaute sich um. Doch, da war was gewesen. Ganz am Anfang, während ihrer ersten Wochen hier im Haushalt, als sie noch hatte schrubben und putzen müssen. Irgendwas Markantes hatte sie damals gefunden, das sie hatte stutzen lassen. Nur was?

Sie presste sich die Handballen gegen die Augen, bis sie Blitze sah. Es *musste* ihr wieder einfallen! Ein Brief – ja, es war ein Brief gewesen!

Vorsichtig öffnete sie die Schubladen des Schreibtischs, bis sie eine voller Briefe fand. Selbst in den Ablagefächern hielt der Majordomus penible Ordnung ein, sodass sie einfach nur kleine Schildchen absuchen musste, bis sie eines fand, das mit »Gräfin Thila von Walserwacht« beschriftet war und besonders viele Briefe enthielt. Vorsichtig entnahm sie den Stapel und entfaltete den obersten Bogen. Nach und nach entzifferte sie das Schriftstück sowie einige weitere Briefe. Die Mitteilungen von Mew Wulfski fehlten ihr natürlich, aber aus den Antworten der Gräfin konnte sie sich einigermaßen ein Bild machen.

Soweit sie es verstand, entstammte Wulfski wohl ursprünglich Walserwacht und war vom Vater der Gräfin an den Vater von Joost verkauft worden, da er immer gute Arbeit leistete und der Grafschaft Salsweiler ein Schreiber fehlte. Mew war jedoch nie heimisch geworden und musste in seinen Briefen wohl sehr über den Grafen gelästert haben, wie sie aus den amüsierten Antworten der Gräfin herauslas. Hesinja faszinierte dies, auf diese Weise doch etwas über das Leben und den Charakter des Majordomus zu erfahren, doch suchte sie nach einem Hebel gegen ihn. Sicherlich konnte man mit viel bösen Willen Zweifel an seiner Loyalität gegenüber dem Salsweiler Grafenhaus äußern, doch mehr auch nicht.

Hesinja seufzte. Nein, falls es wirklich irgendein Abkommen zwischen ihm und der Gräfin war, hielten sie es so geheim, dass man nicht einmal aus den Briefen etwas herauslesen konnte. Was aber wäre, wenn sie es etwas ausschmückte und nach mehr erscheinen ließ, als es wirklich war? Hatte das nicht auch der Majordomus ihr gegenüber getan, als er behauptete, sie hätte Lumin absichtlich in den Wald gelockt und die Begegnung mit dem Rotauge nur erfunden?

Sie griff einen Brief heraus, in dem sich die Gräfin von Walserwacht ausgiebig für die »frohe Kunde« bedankte. Hesinja wusste nicht, um was für eine gute Nachricht es sich handelte, da sie Wulfskis Schreiben nicht lesen konnte, aber vielleicht konnte man daraus etwas machen. In einer anderen Schublade hatte sie beim Suchen vorhin einige Geldmünzen gefunden. Vorsichtig entnahm sie diese, legte sie auf das Schreiben und faltete es wieder zusammen. So gut sie konnte, fügte sie die beiden Hälften des gebrochenen Wachssiegels mit dem Wappen von Walserwacht aneinander, dann hielt sie den Brief über das Becken mit der Glut. Tatsächlich gelang es ihr, das Wachs leicht flüssig werden zu lassen, sodass sie mit der Spitze der Schreibfeder den Anschein erwecken konnte, es wäre noch unbeschädigt. Sonderlich überzeugend wirkte es nicht, aber Hesinja hoffte, dass der Graf nicht so genau hinschaute. Sie räumte die anderen Briefe in die Schublade zurück und schloss alle vorsichtig, dann löschte sie die Kerze und schlich mit dem manipulierten Brief aus dem Arbeitszimmer.

Wenn ihr nun irgendwer begegnete, um in der Nacht den Eimer in der Waschküche aufzusuchen, hatte sie verloren, doch Phex war mit ihr. Ungesehen erreichte sie die Stube des Grafen im obersten Stock. Sie legte den Brief so auf ein Tischchen, dass er ihn am nächsten Morgen unmöglich übersehen konnte, dann schlich sie wieder nach unten.

Hoffentlich interpretierte der Graf das Schreiben genau so, wie sie es provozieren wollte: Mew Wulfski hinterging ihn, indem er heimlich Briefe mit der Gräfin austauschte und von dieser dafür bezahlt wurde.

Ihr war klar, dass es nur ein dünner Zweig war, an den sie sich klammerte, wo die gewaltigen Wassermassen des Walsach sie fortzuspülen drohten, doch was blieb ihr anderes übrig? Immerhin gab es nun was Handfestes bei der falschen Beschuldigung – im Gegensatz zu den Behauptungen, die der Majordomus ihr gegenüber aufgestellt hatte. Und, was viel entscheidender war, Hesinja hatte es in die Wege geleitet, ohne das jemand nachweisen konnte, dass sie dahintersteckte.

Als sie das Nachthemd anlegte und sich ins Bett kuschelte, musste sie kichern. Gelang es ihr am Ende gar, den Majordomus doch mit seinen eigenen Waffen zu schlagen? Vor lauter Aufregung konnte sie nicht schlafen, sondern wartete mit Herzklopfen auf den Beginn des nächsten Tages. Wann würde der Graf den Brief finden, wann ihn öffnen und lesen? Und würde er tatsächlich eine Verschwörung vermuten? Oder würde er sich fragen, wer ihn dort platziert hatte und ihn am Ende doch für eine Fälschung halten? Das Siegel war echt, doch Hesinja hatte es neu zusammengeklebt. Das stellte man bei einer genauen Untersuchung bestimmt fest.

An diesem Punkt angekommen, war sie schon fast wieder so weit, nach oben zu schleichen und das Schreiben wieder wegzuräumen – aber nein, sie *musste* es probieren, denn sonst würden all die Dinge geschehen, die sie sich vorhin ausgemalt hatte. So blieb ihr keine andere Wahl!

Schließlich wurde es hell. Sie zog sich wieder an und kauerte sich in die Decke gehüllt an die Tür, um ja nichts zu verpassen. Beinahe kam sie sich wie ein kleines Mädchen vor, das einen Streich gespielt hatte und nun gespannt auf den Ausgang warte.

Irgendwann war sie wohl doch eingenickt, denn ein gewaltiges Krachen schreckte sie auf. Sofort war sie auf den Beinen und streckte sich kurz die verspannten Glieder, dann lauschte sie an der Tür. Es wäre nicht nötig gewesen, das Ohr aufs Holz zu pressen, denn das Organ des Grafen war unüberhörbar: »MEW WULFSKI!«

Hesinja gluckste. Nun würde der fiese Majordomus seine Strafe bekommen! Sie überlegte, ob sie ihr Zimmer verlassen und die Posse beobachten sollte, entschied sich aber sicherheitshalber dagegen. So dauerte es eine ganze Weile, bis sie durch die Tür Poltern vernahm. Kurze Zeit später hörte sie das wütende Schnaufen des Grafen und Schmerzensschreie von Mew Wulfski, die sie vor Freude leicht in die Hände klatschen ließ – es hatte tatsächlich geklappt!

Ruhe kehrte ein, und sie war sich unsicher, was sie nun tun sollte. Nach wie vor traute sie sich nicht, ihr Zimmer zu verlassen, also setzte sie sich aufs Bett und wartete ab. Es dauerte lange, dann stieß der Graf ihre Tür auf. Noch immer war sein Kopf knallrot angelaufen.

»Frühstück!«, befahl er und verschwand wieder, bevor sie in irgendeiner Form reagieren konnte.

Hatte er sie überhaupt angesehen? Sie war sich völlig unsicher, ebenso, wie sie seinen Gesichtsausdruck deuten sollte. Hatte es eine Aussprache mit seiner Gattin gegeben? Falls ja, wie war sie ausgegangen?

Sie seufzte. Das alles waren Fragen, auf die sie vorerst keine Antwort bekommen würde. Immerhin konnte sie ihrer gewohnten Arbeit nachgehen.

Sofort eilte sie in die Küche und bereitete wie üblich das Frühstück vor.

Wenig später tauchte auch das restliche Gesinde auf. Minka wirkte heute ausgesprochen gut gelaunt, und Jarle grinste über beide Backen, soweit es sein schiefer Mund zuließ. Lediglich

Olga schaute sehr nachdenklich, als Hesinja den dreien Essen und Tee auf den Tisch stellte.

»Wisst ihr, wo der Majordomus abgeblieben ist?«, fragte Jarle schließlich glucksend und schob sich schmatzend Brot in den Mund.

»Nein«, erwiderte Minka. »Ich habe nur mitbekommen, dass der Graf ihn rasend vor Wut die Treppe herabgestoßen hat. Ich traute mich allerdings nicht, ihm in die Quere zu kommen.«

Jarle lachte. »Tja, manchmal hat es doch seine Vorteile, wenn man im Stall schlafen muss. An den Pranger gestellt hat er den alten Mistkerl!« Triumphierend blickte er zwischen den drei Frauen umher. »So viel zu den drei Schlägen mit dem Stock …« Grinsend leerte er seinen Becher und stand auf.

Hesinja hielt bereits das Tablett in der Hand und wollte gerade nach oben gehen, nun aber blieb sie fassungslos stehen. Der Pranger? Hesinja hatte es tatsächlich geschafft, den fiesen Gnom an den *Pranger* zu bringen?

Das Frühstück im gräflichen Speisesaal dauerte ihr heute viel zu lange. Die Gräfin nahm keinerlei Notiz von ihr, und selbst der Graf schaute betont an ihr vorbei, doch das störte sie heute kaum. Nachdem die beiden endlich ihr Mahl beendet hatte, räumte sie so zügig auf, wie sie konnte, dann zog sie schnell ihren Mantel über und eilte zum Dorfplatz.

Tatsächlich stand dort der Majordomus hinter dem mächtigen Holzbalken, Hände und Kopf hindurchgesteckt. Amüsiert stellte sie fest, dass sich die winzige Gestalt gar nicht bücken musste, wie es bei nahezu jedem anderen dort notwendig war, um die unbequeme Haltung einnehmen zu können. Es war immer noch recht früh und frostig, sodass sie beide derzeit die einzigen Menschen auf dem Platz waren.

In aller Seelenruhe trat sie vor den Pranger und wartete, bis der Majordomus sie bemerkte. Mühsam hob er den Kopf, bis er ihr einigermaßen in die Augen sehen konnte.

»Hesinja, du musst mich hier rausholen!«

Ihr klappte der Mund auf. Das konnte er doch unmöglich ernst meinen! Sie verschränkte die Arme und versuchte, ihn so finster anzustarren, wie er es sonst immer bei ihr tat.

»Hesinja, bitte …«

»Warum sollte ich das tun wollen?«, ließ sie sich nun doch zu einer Antwort herab.

»Du kannst mich doch nicht so stehen lassen!« Er leckte sich über die Lippen. »Es ist viel zu kalt für den Pranger.«

Hesinja lachte. »Rate mal, wer dich in diese Lage gebracht hat.«

Seine Augen, die sich erschrocken weiteten, verrieten ihr, dass er verstand. »Du … du kannst lesen?«

»Sollte eine Novizin das nicht können?« Sie kicherte. »Oh, da hat der allwissende Intrigant wohl was übersehen? Sag, was hat dir die Gräfin von Walserwacht versprochen? Dass du unseren Grafen hier ersetzen darfst, wenn ihr ihn losgeworden seid?«

»Hesinja …« Er versuchte, seiner Fistelstimme einen warmen Klang zu geben, doch es klang absolut unehrlich. »Bitte … Rette mein Leben.«

Sie spuckte ihm vor die Füße. »Das hättest du dir vorher überlegen müssen. Du wolltest mein Leben und das des Grafen ruinieren – nun schau, was es dir eingebracht hat.«

Er flüsterte nur noch. »Ich tue, was immer du willst.«

Aber Hesinja lachte nur, lachte ihn aus. Da stand er nun, der vorher nahezu allmächtige Majordomus, der sie, Jarle, Minka und Olga tyrannisiert und unzählige Male geschlagen hatte. Der Majordomus, der nicht einmal davor zurückgeschreckt hatte, seinen eigenen Herren zu hintergehen.

Sie tätschelte ihm den Kopf, wie man es bei einem kleinen Kind tat, erfreute sich noch einige Augenblicke lang an seinem Wimmern, dann kehrte sie pfeifend und hüpfend in das gräfliche Anwesen zurück.

Zuerst würde sie sich erst einmal in der Küche aufwärmen, während der Majordomus draußen frieren musste.

Und dann würde sie dem Grafen sein Leibgericht kochen.

Was für ein wundervoller Tag!

Der Eintopf brodelte schön auf dem Herd vor sich hin, als Jarle in die Küche gestürmt kam. Hesinja war in allerbester Laune, sodass sie vergnügt lächelnd aufschaute. Doch was war mit ihm? Er war kreidebleich und hatte die Augen weit aufgerissen. Ohne ein Wort zu sagen, schnappte er sich den Krug Wein, der eigentlich für das Abendessen des Grafen gedacht war, und trank direkt ohne Glas daraus.

»Jarle!« Wütend funkelte sie ihn an. »Was soll das?«

Der Stallbusche keuchte, wischte sich kurz den Mund ab und setzte den Krug erneut an. Hesinja lief auf ihn zu und versuchte, ihm diesen aus den Händen zu winden, doch sie hatte gegen seine überlegenen Kräfte keine Chance. So blieb ihr nichts anderes übrig, als ihm fassungslos zuzuschauen, wie er den gesamten Wein in Rekordzeit in sich hineinschüttete.

Endlich war er fertig, stellte den Krug ab und schaute Hesinja wieder an. »Er ist tot, Hesinja!«

»Wer? *Du* wirst es gleich sein, wenn der Graf erfährt, wer sich da an seinen Vorräten vergriffen hat. Ich werde gleich zu ihm gehen.« Wütend machte sie ein paar Schritte.

Jarle hielt sie fest. »Der Majordomus ist *tot*! Erfroren am Pranger!«

Hesinja riss die Hände vor den Mund. »Nein«, flüsterte sie. »Er sollte doch nur einen Denkzettel bekommen. Das wollte ich nicht …«

Sie ließ Jarle stehen, der sie verwirrt anstarrte, schlüpfte so schnell es ging in Stiefel und Mantel, dann rannte sie auf den Dorfplatz. Mew Wulfski stand noch genauso am Pranger, wie sie ihn heute Morgen verlassen hatte, doch seine Augen waren geschlossen, und er rührte sich nicht. Jarle hatte maßlos übertrieben; er war nicht tot, sondern einfach nur eingeschlafen. Dennoch machte sich ein mulmiges Gefühl in ihr breit. Vielleicht war es doch besser, wenn sie den Grafen bat, den Majordomus frei zu lassen.

»Mew?«, sprach sie ihn zögerlich an. Sicherlich wollte er die frohe Kunde hören. Doch er reagierte nicht, also wiederholte sie seinen Namen lauter. Schließlich brüllte sie ihn an, doch kein einziger Muskel in seinem Gesicht zuckte.

Sollte er tatsächlich …? Eine Eishand griff nach ihrem Herz, als hätte sich spontan ein Loch im Mantel aufgetan und Firun hätte seinen frostigen Atem hineingeblasen. Sie begann zu schluchzen und stieß den Majordomus an, doch immer noch rührte er sich nicht. Hesinja zog ihre Hand aus dem Muff, obwohl es bitterkalt war, und legte sie auf seine Stirn. Eiskalt.

»Nein«, flüsterte sie. »Nein …«

Langsam den Kopf schüttelnd wich sie zurück. Schnee wirbelte auf. Plötzlich sah sie nicht Mew Wulfski, sondern ihren Vater am Pranger stehen – die Nase gebrochen, fallende Blutstropfen und seine Stimme, die sie nie vergessen würde: »Geh! Sofort!«

Hesinja stieß mit den Fersen an irgendetwas und fiel rückwärts hin. Keuchend rappelte sie sich wieder auf, konnte dabei den Blick aber nicht vom Pranger nehmen. Jeden Moment rechnete sie damit, dass der Majordomus die Augen öffnen und sie verdammend anstarren würde. Sie, eine Mörderin, die ihn durch eine Fälschung zum Tode verurteilt hatte.

Sie begann zu kreischen, riss sich die Mütze vom Kopf, dann krallte sie ihre Hände in die Haare und zog daran, bis sie den Schmerz deutlich fühlte. Nun verstand sie, warum sich Jarle am Wein vergriffen hatte. Hesinja hätte es ihm am liebsten gleichgetan.

Ein Bauer betrat den Platz. Sie wollte nur einfach weg. Die erstbeste Tür war Vaters Taverne. Sie stieß diese auf und flüchtete nahezu ins Gebäude. Innen hatte sich eine kleine Gruppe versammelt, um zu musizieren und zu tanzen. Erschreckt hielten sie inne, als Hesinja hineinplatzte, und starrten sie an.

Vater war gerade mit den Händen voller Bierhumpen aus der Küche gekommen. »Gänslein, was ist los?«

Hesinja schüttelte nur stumm den Kopf, riss ihm ein Glas aus der Hand und kauerte sich dann am hintersten Tisch genau in die Ecke. Einen kurzen Moment herrschte noch Ruhe, dann setzte die Fiedel wieder ein, und die Leute widmeten sich wieder der Musik. Ihr war es ganz recht, wollte sie doch momentan einfach nur ihre Ruhe haben. Sie versuchte, das Bier so schnell wie möglich herunterzukippen, und ließ dabei die Blicke durch die Schänke schweifen. Koj saß an seinem Stammplatz, und der leere Platz neben ihm wirkte fast schon wie ein Loch. Er hielt seinen Humpen mit beiden Händen fest umklammert und starrte genauso finster in die Menge, wie sie selbst es wohl tat. Am Nachbartisch ignorierten ein paar Männer die Musik und waren in ein Würfelspiel vertieft, wie es sie in unzähligen Varianten gab. Da fast jede Woche irgendein Schiffer mit einer neuen Variante kam, hatte sie es längst aufgegeben, sich die Regeln merken zu wollen, auch wenn sie in ihrer Zeit als Aushilfe hier oft zum Mitspielen aufgefordert worden war. Zwei weitere Tische waren zur Seite geräumt worden, um Platz für die Tanzenden zu schaffen, und auf den Tischplatten hatte die Kapelle Platz genommen. Es handelte ich um den üblichen Spielkreis aus Salsweiler, bestehend aus vier Männern und einer Frau, die üblicherweise auf ihren Fiedeln spielten. Momentan erklang ein sehr schwermütiges Lied – wie passend.

Inzwischen hatte sie es geschafft, ihren Humpen zu leeren und winkte Vater, ihr einen weiteren zu geben. Er schaute sie drei Herzschläge schweigend an, gab ihr dann aber ein volles Glas. Ob irgendwer hier schon vom Tod des Majordomus erfahren hatte? Sicherlich hatten sie ihn am Pranger stehen sehen – so etwas übersah man im kleinen Salsweiler nicht, schon allein, weil man unmittelbar daran vorbeimusste, um die Taverne betreten zu können. Hesinja konnte sich gut vorstellen, wie viel Hohn und Spott das unbeliebte Männlein eingesteckt haben musste – hatte er doch unzählige Einwohner an genau diesen Pranger gebracht. Sie konnte nicht sagen, ob Mew Wulfski auch in jener Nacht dabei gewesen war, als ihr leiblicher Vater am Pranger gestorben war, aber bereits einen Sommer später war Vater Vigo ein Opfer des Majordomus' geworden. Mew war der Meinung gewesen, dass er zu viele Schnapsrationen an die Dorfbewohner ausgegeben hatte, und Mutter hatte einen ganzen Nachmittag beim Grafen gebraucht, um ihren Mann zu befreien.

Hesinja seufzte, inzwischen war der zweite Humpen leer. Sie spürte, wie sich ein wohltuender Schleier um ihre Gedanken legte und diese betäubte. Sie fühlte sich mutig genug, nun auch einen Meskinnes zu probieren, und bestellte einen. Vater stellte die leeren Bierhumpen, die er gerade in den Händen trug, vor ihr ab und schaute sie lange an.

»Was ist los?«, fauchte sie ihn an. Hoffentlich lallte sie nicht. »Darf ich etwa keinen Meskinnes bekommen?«

»Gänslein, ich weiß nicht, was vorgefallen ist, aber wir wissen beide, dass du Schnaps nicht verträgst.«

Sie knallte die Faust auf den Tisch. »Mir egal; ich will auch einmal einen trinken. Jetzt wo Lumin nicht mehr da ist, solltest du doch genug davon haben.«

Vater kratzte sich am Kopf. »Selbst wenn … ich *darf* dir keinen Meskinnes geben …«

»Warum?« Sie fixierte die Humpen. Zu ihrem Glück waren doch nicht alle leer, sondern in einem schäumte noch Bier. Bevor Vater reagieren konnte, hatte sie sich den Krug geschnappt und einen großen Schluck genommen. Langsam meldete sich ein dringendes Bedürfnis bei ihr, wie unpassend.

»Du hast deine Rationen an Koj abgetreten – vor Jahren schon.«

Hesinja zuckte zusammen. Er hatte recht! Koj hatte sie bereits lange vor ihrem damaligen Geburtstag darauf angesprochen und dadurch erst erfahren, dass es in Salsweiler ein Mindestalter für Schnäpse gab. Da sich ihre Erfahrungen mit Alkohol zu diesem Zeitpunkt auf ein gelegentliches Nippen am Bier beschränkt hatten, hatte sie dem zugestimmt, um eine lange Diskussion mit dem Säufer zu vermeiden. Schlimm war nur, als Lumin davon Wind bekommen hatte. Letztlich musste sie ihr Angebot dann widerrufen und ihre Anteile – sie wusste nicht einmal, wie viele Meskinnes ihr pro Woche überhaupt zustanden – gleichmäßig auf die beiden Säufer aufteilen.

»Ich übernehme das.« Vor Hesinja landete hell klingend eine schwere Goldmünze – ein ganzer Batzen!

Fassungslos schaute sie zur der Sprecherin, die nahezu lautlos neben ihr Platz genommen hatte. Es handelte sich um eine wahrhaft schöne Frau mit langen schwarzen Augen und grün funkelnden Augen, kaum älter als Hesinja selbst. Sie hatte sie doch schon mal irgendwo gesehen. Nüchtern hätte sie die mit Sicherheit erkannt, aber mit Bier … Ohnehin musste die Fremde unfassbar reich sein, wenn sie einen Batzen einfach so auf den Tisch legen konnte.

Vater schaute zu der Fremden, dann wieder zu Hesinja. Eine Falte bildete sich auf seiner Stirn. Hesinja erwiderte seinen Blick finster. Einige Augenblicke sagte niemand etwas, und die Musik und der Gesang der Kapelle schienen unfassbar weit weg. Dann ergriff Vater die Krüge und verschwand wortlos in der Küche. Hesinja hatte gewonnen, sie triumphierte.

Die Fremde murmelte etwas, was Hesinja nicht verschwand. Sofort wendete sie sich ihr zu. »Was? Ich verstehe nicht …«

»Ach nichts …« Sie winkte ab und griff ihren eigenen Bierhumpen, um Hesinja zuzuprosten. Diese war sich nun sehr sicher, dass sie die Schwarzhaarige kennen müsste. »Du arbeitest für den Grafen, habe ich recht?«

»Weißt du doch!« Warum hatte sie das gesagt? Konnte sie das wirklich wissen? Und wieso fiel Hesinja ihr Name nicht ein? Das konnte nur am Bier liegen. Dennoch ließ sie ihren eigenen Bierhumpen gegen den der Schwarzhaarigen klingen und nahm einen großen Schluck.

»Ich müsste mal kurz …« Kichernd stand sie auf und huschte durch den Durchgang in den kleinen Schuppen hinter der Taverne, der als Latrine genutzt wurde.

Hesinja wollte partout nicht einfallen, was sie mit der Schwarzhaarigen verband, aber dass sie diese kannte – *gut* kannte – stand für sie fest. War sie vielleicht bei Mutters Unterricht gewesen? Als Novizin hatte Hesinja jede Stunde besucht, ganz im Gegensatz zu den anderen Kindern der Umgebung, die nur kurze Zeit unmittelbar vor ihrer Initiation der Unterweisung beigewohnt hatten. Am schlimmsten war die gemeinsame Zeit mit Jarle gewesen, denn damals hatten sich unübersehbar bei ihr die Rundungen entwickelt, was den Burschen zu anzüglichen Witzen inspiriert hatte.

Sie hatte ihr Geschäft beendet und eilte sich, die Kleidung zu richten und das kalte, stinkende Kämmerchen wieder zu verlassen. Irgendwie hatte sich aber der Rückweg in die Planken eines Walsach-Floßes verwandelt. Hesinja musste sich an einer Wand abstützen und vorsichtig einen Fuß vor den anderen schieben. Hoffentlich sah man sie so nicht. Sie drehte einen weiten Bogen, um zu ihren Tisch zurückzukehren. Dort saß immer noch die Schwarzhaarige, und Hesinja war sich sicher, dass diese älter als sie selbst war. Dann hatte sie ihren Unterricht wohl schon beendet gehabt, als Hesinja in den Tempel kam, und war ihr nur selten begegnet. Aber wieso waren sie dann befreundet?

Als sie endlich ächzend wieder auf ihren Hocker sank, war sie fest entschlossen, kein Bier mehr zu trinken, doch die Schwarzhaarige drückte ihr prompt ein Glas Meskinnes in die Hand und prostete ihr zu. So blieb ihr nichts anderes übrig, als den Inhalt hinabzustürzen. Sie keuchte.

»Was hältst du eigentlich vom Grafen?«, fragte die Schwarzhaarige Hesinja nahezu beiläufig.

»Ich hasste ihn, dann liebte ich ihn und nun …« Hesinja stellte fest, dass Vater ebenso neues Bier gebracht hatte. Zwei Humpen für sie. Ach nein, es war doch nur einer. Sie schloss ein Auge, um zielsicher den Griff zu erwischen.

»Gehasst und geliebt?«

Wieso machte ihr eigentlich der Alkohol nichts aus? Hesinja wurde wütend. »Was für eine Freundin bist du eigentlich, dass du alles über mich vergisst?«, fauchte sie.

»Entschuldige, ich war eine Weile weg.«

Hesinja seufzte. Sie wollte doch auch irgendwann einmal weg. Wieso hatten immer nur die anderen Glück? Aber eines gab es, womit sie die Freundin sicherlich beeindrucken konnte. Verschwörerisch beugte sie sich zu ihr.

»Wir haben ein Verhältnis!« Hesinja kicherte und bemühte sich, sich wieder aufrecht hinzusetzen, fiel dabei aber fast vom Hocker.

Sofort stützte die Freundin sie. »Wie hast du denn das geschafft?«

»Er hat doch meinen Vater umgebracht, als ich noch ein kleines Mädchen war.« Was strengten sie nur die Sätze so an. Hesinja musste sich sehr konzentrieren, um dem tauben

Etwas in ihrem Mund, das irgendwann mal ihre Zunge gewesen war, die richtigen Töne zu entlocken. Vielleicht half ein weiterer großer Schluck Bier. »Und als ich im Tempel als Novizin aufwuchs, ging ich ihm aus dem Weg.«

Die Freundin musterte sie. »Bist du nicht schon alt genug für die Weihe?«

Hesinja musste schnauben. »Er wollte mich nicht frei lassen, sondern nahm mich als Magd in seinen Haushalt.« Sie kicherte. »Dort kamen wir uns dann näher, bis ... ja bis ...« Sie schaute die Freundin grinsend an. Kam sie drauf?

Deren Augen weiteten sich und verrieten Hesinja, dass sie verstanden hatte. »Ihr habt ...? Du und der Graf?«

Hesinja musste wieder kichern und nahm genüsslich einen großen Schluck Bier. Inzwischen fand sie es ganz nützlich, den Kopf aufzustützen und ein Auge zuzuhalten, dennoch drehte sich alles. Sie wollte nicht wissen, wie viele Bierspritzer inzwischen ihr Kleid getränkt hatten, klebte es doch an vielen Stellen am Körper.

»Und die Gräfin hat es bis zuletzt nicht herausbekommen!«, rief sie triumphierend. Einige an den Nachbartischen schauten rüber. Hesinja schlug sich eine Hand vor den Mund. Nicht alle mussten erfahren, wenn sie hier mit ihrer Freundin lästerte.

»Es wird aber noch besser«, flüsterte sie der Freundin zu.

»Erzähl!« Sie winkte Vater.

Hesinja schwante Übles. »Der fiese Majordomus quälte uns immer, doch ich bekam heraus, dass er heimlich Briefe mit einer Gräfin von Waser ... Wallser ... mit so einer Gräfin halt wechselte. In einen davon konnte ich Geld schmuggeln, deshalb stellte der Graf ihn an den Pranger.«

Vater brachte zwei weitere Gläser Meskinnes, schaute Hesinja kurz an, schüttelte dann den Kopf und ging wieder. So war es recht. Sollte er sie doch in Ruhe lassen, wenn sie ihrer Freundin Geheimnisse verriet, die ihn nichts angingen.

»Er ist tot, nicht wahr?«, zog Hesinjas Freundin wieder ihre Aufmerksamkeit auf sich. »Erfroren am Pranger, womit du deinen Vater gerächt hast, oder?«

Hesinja runzelte die Stirn. So hatte sie es noch gar nicht betrachtet. In dieser Formulierung klang es sogar positiv. Schön, so eine Freundin zu haben. Sie prostete ihr zu.

»Ich glaube«, lallte sie dann, »ich bekomme es auch noch hin, dass er sich von seiner Frau trennt.« Grinsend nickte sie. »Und dann ist Joost mein … Gräfin Hesinja von Salsweiler.« Sie kicherte und entleerte ihr Bier bei dem Versuch, einen Schluck zu trinken.

Ihre Freundin wischte kurzerhand mit einem Ärmel den Tisch trocken. »Oh, das sind ja hervorragende Neuigkeiten, Hesinja!« Sie nahm Hesinja in den Arm.

»Danke … danke …«, hauchte sie ergriffen und drückte ihr einen Kuss auf die Wange. »Das werde ich dir nie vergessen.«

Die Schwarzhaarige sprang auf, ließ ihr halb ausgetrunkenes Bier stehen und war dann durch die Tür aus der Taverne verschwunden. Hesinja starrte ihr nach.

Woher kannte sie die Fremde eigentlich?

* * *

Stöhnend wachte Hesinja auf. Hatte sie so etwas nicht im Sommer schon mal erlebt gehabt? Wo war sie überhaupt? Mühsam öffnete sie ein Auge, worauf die Helligkeit wie ein Brandeisen in ihren Kopf drang. Sofort schloss sie es wieder und grübelte, was passiert war.

Da war doch so eine Schwarzhaarige gewesen, mit der sie geredet hatte. Hesinja keuchte. Sie hatte sie irgendwie für eine Freundin gehalten und ihr ihre größten Geheimnisse verraten. Wie konnte ihr nur so etwas widerfahren? Das war ja furchtbar!

Die Herzschläge pochten in ihrem Kopf und drohten, in jedes Mal zerspringen zu lassen. Sie zog die Decke über den Kopf und versuchte, wieder einzuschlafen, doch die Schmerzen und die Übelkeit hinderten sie daran. Als wäre Letzteres ein Kommando gewesen, kletterte es ihre Speiseröhre empor. Ihr gelang es trotz Kopfweh so eben noch, sich zur Seite zu beugen, da sprudelte bereits ihr Mageninhalt aus ihr hervor. Hesinja fühlte sich hundeelend. Keuchend verharrte sie, und tatsächlich – eine weitere Ladung ihres bitteren Mageninhalts bahnte sich brutal einen Weg hinaus.

Was war danach passiert? Hesinja hatte nicht die geringste Ahnung. Nachdem die Fremde nahezu geflüchtet war, wusste sie nur noch, dass sie ihren Schnaps hinuntergekippt und einen Schluck Bier genommen hatte, dann endete ihre Erinnerung. Und sie wusste immer noch nicht, wo sie war. Die Matratze unter ihr war aus Stroh, nicht das weiche Daunenbett, das sie im Grafenhaus belegte, aber dennoch vertraut. Mühsam öffnete sie wieder ein Auge, dann erkannte sie den Raum endlich. Es war ihre Kammer im Travia-Tempel. Irgendwer musste sie hierher getragen und schlafen gelegt haben. Nun nahm sie auch den beißenden Geruch wahr. Offenbar war ihr Erbrechen gerade eben nicht das einzige gewesen. Hesinja schämte sich maßlos und massierte sich die Schläfen, als würde das die Kopfschmerzen vertreiben.

Sie spürte ein grobes Nachthemd an sich, wie sie sie früher getragen hatte. Also war sie nicht einmal in der Lage gewesen, sich selbst umzukleiden, denn ihr Kleid konnte sie nirgendwo entdecken. Wie hatte sie sich nur so gehen lassen können?

Der Majordomus!

Die Erkenntnis traf sie wie ein Schlagstock eine Trommel und ließ ihren Schädel ebenso dröhnen. Sie hatte Mew Wulfski durch einen Trick an den Pranger gebracht, wo er erfroren war. Wie war sie nur in der Lage, so etwas zu tun, wo doch Travia alle ihre Gänslein lieb hatte.

Hesinja schluchzte. Hatte sie in den letzten Monaten oftmals mit ihrem Schicksal gehadert und anfangs noch gehofft, bald die Wallfahrt nach Rommilys antreten zu können, hatte sie dieses Ziel schnell aus den Augen verloren – spätestens seit sie das Verhältnis mit dem Grafen eingegangen war.

Erneut stöhnte sie. Wie hatte sie nur so naiv sein können anzunehmen, dass dies gut gehen würde? Vermutlich war sie für ihn wirklich nur ein nettes Betthäschen gewesen, eine junge Abwechslung zum Alltag mit seiner Gattin, aber keine wirkliche Alternative. Er hatte vermutlich schon an dem Tag, als Mutter um ihre Freilassung gebeten und er sie so eindeutig angestarrt hatte, vorgehabt, sie ins Bett zu bekommen – und sie hatte es mit sich machen lassen.

Sollte sie als angehende Geweihte es nicht besser wissen? Wie oft hatte Mutter ihr Gleichnisse erzählt, in dem es zu großen Problemen und Unfrieden, ja sogar Kriegen gekommen war, weil Travias Gebote nicht beachtet worden waren. Und sie, Hesinja, hatte diese Gebote mit Füßen getreten, sogar noch Mutter angelogen, als sie nach ihrem Geliebten gefragt hatte. Frevel!

Und ihr leiblicher Vater? Hatte sie ihm nicht geschworen, seinen Tod zu rächen? Dann hätte aber Joost von Salsweiler gestern am Pranger sterben müssen, und nicht Mew Wulfski. Aber nein, in Travias Sinn war so ein Verhalten nicht. Es widersprach allen Göttern, Menschen unschuldig umzubringen, soweit sie wusste. Der Majordomus mochte ein böswilliger Mensch gewesen sein, aber hatte sie ihn durch ihr Verhalten nicht provoziert? Wer war sie eigentlich, dass sie dachte, niemand hätte von ihrem Verhältnis zum Grafen erfahren? Wenn sogar *Mutter*, die nicht einmal im Anwesen lebte, es ihr angesehen hatte. Hesinja stöhnte, *natürlich* hatten sie es gewusst. Deshalb waren ihr Jarle und Minka zuletzt auch immer furchtsam aus dem Weg gegangen. Klar, mit der Geliebten des Grafen legte man sich nicht an.

Trotz der Kopfschmerzen begann Hesinja zu schluchzen und sich zu schütteln. Sie hatte alles falsch gemacht, was man nur falsch machen konnte. Mutter hatte sie als Botschafterin Travias in den gräflichen Haushalt geschickt, damit sie dort den Leuten Trost geben konnte und eine lebenswertere Heimstatt. Und was hatte sie getan? Sich zur Tyrannin aufgeschwungen und den Einzigen, der ihr gefährlich werden konnte, mit nahezu dämonischer Finesse entfernt. Sie, die sie eigentlich Travia-Geweihte sein sollte, hatte jedes, aber wirklich jedes Gebot, das die Göttin an die Menschen gerichtet hatte, mit Füßen getreten.

Und nun lag sie hier im Tempel in einem Bett, das ihr völlig fremd geworden war. Was maßte sie sich an, auch nur einen Herzschlag länger diesen heiligen Boden mit ihrem Frevlertum zu besudeln?

Besudeln … ihr Blick huschte zu der Lache neben dem Bett. Sie hatte auf den Boden der Göttin *gekotzt*!

Hesinja ließ sich fallen und schlug ihren Hinterkopf ins Kissen. Wieder und immer wieder. Dabei heulte sie. Sie war zu einer Säuferin geworden, hatte sich bis zur Besinnungslosigkeit mit Bier und Schnaps volllaufen lassen, wie es nicht einmal Lumin und Koj schafften.

Lumin … Oh, wie hatte sie ihn bedroht, bis er in den Wald geflüchtet war, von dem er sich fürchtete. Zu recht, wie sich rausgestellt hatte. Hesinja selbst hatte die Bestie gesehen – und ihn in den sicheren Tod geschickt.

Zwei Tote in nicht einmal einer Woche. Und beide hatte sie auf dem Gewissen.

Dass die Ehe des Grafen nun zerbrach, hatte sie auch auf dem Gewissen.

Und dass sie nur aufgrund ihres eigenen Vorteils jemanden genauso umgebracht hatte, wie es der Graf mit ihrem Vater getan hatte – eigentlich hatte sie sogar ihren Vater auf dem Gewissen.

Wie viel Schuld konnte ein einziger Mensch auf sich laden? Wie viel in so kurzer Zeit? Wie viel mit gerade einmal siebzehn Lebensjahren?

Und – was würde sie noch alles anrichten, wenn sie auch nur einen Atemzug länger in Salsweiler blieb?

Nein, es gab nur einen Ausweg. So bitter er war.

Vielleicht würde die Göttin ihr doch noch verzeihen, wenn sie ihre Konsequenz zog. Es gab ohnehin keine Alternative.

Hesinja schwang die Beine aus dem Bett. Die Kopfschmerzen kümmerten sie nicht mehr, auch nicht, dass ihre Füße in der stinkenden Brühe landeten. Das war nun egal. Sie verzichtete auch darauf, nach Tageskleidung zu suchen. Für das, was sie vorhatte, war ein weißes Nachthemd sogar passend. Weiß war eine reine Farbe. Vielleicht verstand man das Zeichen, wenn man sie fand.

Sie wollte auf keinem Fall Mutter begegnen. Sie würde sie möglicherweise noch von ihrem Vorhaben abbringen wollen, doch Hesinja wusste genau, was sie zu tun hatte. Sie trat ans Fenster, löste die Verriegelung und stieß die Läden auf. Eisig fraß sich der Frost durch das dünne Nachthemd, aber das würde sie nun zumindest kurz aushalten müssen. Es erschien ihr nur gerecht, dass sie es genauso beendete, wie es Mew Wulfski ergangen war.

Sie kletterte durch das Fenster und ließ sich einfach in den Schnee fallen. Sie kratzte sich etwas die Arme auf, aber das war egal. Bald brauchte sie diese ohnehin nicht mehr.

Hesinja schaute nicht nach rechts oder links, sondern stampfte einfach nur los. Sie hatte noch nicht die letzten Häuser Salsweilers hinter sich gelassen, als ihre Füße bereits taub wurden. Ihr Gang wurde schwankender, aber zumindest tat es nicht mehr so weh. Sie hielt die Arme eng um den Körper gepresst und klapperte mit den Zähnen, als sie den Waldrand erreichte. Sie wusste nicht, warum sie überhaupt noch stehen konnte, nahm sie ihre Umgebung doch kaum noch wahr.

Irgendwann stolperte sie und blieb im Schnee liegen. Sie war nur noch müde, so unendlich müde. Dann sollte es eben diese Stelle sein. Sie schloss die Augen.

Travia, ich komme …

Rettung?

Es war nicht vorbei. Dumpf nahm Hesinja plötzlich Wärme war, oder waren es Travias Alverane oder Heilige, die sie ins Totenreich abholten? Verschwommen nahm sie kurz eine dunkle Gestalt wahr. Sollten Travias Anhänger nicht eher wie Gänse oder orange aussehen? Bevor sie darüber nachdenken konnte, schlummerte sie wieder weg.

Als Nächstes spürte sie Schmerz, der sie aus dem Nichts zurückholte. Das war eindeutig noch ihr lebender Körper und das, was Firuns Kälte aus dessen Gliedern gemacht hatte. Die Füße, Beine, Hände und Arme sowie Nase und Ohren taten so unfassbar weh, dass sie es nur wenige Augenblicke aushielt, bis Borons gnädige Schwärze sie umfing.

Beim nächsten Streifzug, der in ihrem Bewusstsein aufblitzte, befand sie sich dick verbunden in einem Bett. Allerhand unbekannte Gerüche drangen in ihre Nase, das Maunzen einer Katze und eine beruhigende Frauenstimme in ihre Ohren. Sie wurde mit einer Paste eingerieben und bekam eine scheußlich schmeckende, aber warme Flüssigkeit zu trinken, dann schlief sie wieder ein.

Einen scheinbaren Augenblick später wurde sie wieder wach, doch musste sie lange geschlafen haben, denn die Verbände und Binden waren verschwunden. Stattdessen lag sie ohne Kleidung, aber in dicke Daunendecken gehüllt, in einem winzigen Bett. Zum ersten Mal bemerkte sie, dass es ihr viel zu klein war und dass ihre Glieder völlig verspannt waren. Sollten ihre Finger und Zehen nicht erfroren sein? Zögerlich wühlte sie die linke Hand aus den Decken und betrachtete sie von allen Seiten. Die Haut war hell, nahezu rosig, und erinnerte sie an ein Neugeborenes, aber sie konnte nicht eine einzige Blase oder gar schwarz verfärbte Erfrierungen erkennen.

»Ich musste mit Magie nachhelfen, sonst hättest du nicht nur deine Gliedmaßen, sondern auch dein Leben verloren.«

Hesinja zuckte zusammen und hielt nach der Stimme Ausschau. Die Hütte, in der sie sich befand, war düster, obwohl es unzählige Talglichter und Kerzen gab. Aus der Finsternis eines Regals funkelten ihr zwei Katzenaugen entgegen, darüber stapelten sich unzählige Dinge, die sie aus ihrer Küche kannte, aber auch völlig fremde Zutaten. Vor einem gewaltigen Kessel, der auf einem kleinen Feuer brodelte, stand eine schwarzhaarige, wunderschöne Frau mit stechend grünen Augen, eine Kelle in der Hand, und lächelte ihr zu.

»Wo … wo bin ich?«, flüsterte Hesinja verwirrt. Instinktiv wollte sie ihre Haare aus den Decken befreien, stellte jedoch fest, dass die Fremde sie zu Zöpfen geflochten hatte, damit sie im Bett nicht verfilzten. Hesinja schien lange geschlafen zu haben. »Dies ist nicht das Totenreich?«

Die Schwarzhaarige kicherte. »Nein, sicherlich nicht.«

Nun endlich erkannte Hesinja die Frau. Es handelte sich genau um die Fremde, die sie gestern – war es wirklich gestern gewesen? – in Vaters Taverne getroffen und für eine Freundin gehalten hatte.

Die Fremde füllte mit der Kelle etwas aus dem Topf in eine kleine Holzschale und reichte diese Hesinja. »Hier, trink. Das wird dich schnell wieder auf die Beine bringen.«

Hesinja schnupperte an der Flüssigkeit. Es roch ein wenig nach Brühe aus Suppengrün, doch ein paar Duftnoten waren ihr völlig unbekannt. Immerhin hatte die Fremde sie vor dem Erfrieren gerettet. Zögernd nahm die seinen Schluck. Es breitete sich angenehm warm in ihr aus. Tatsächlich fühlte sie sich wieder gut … doch halt!

»Aber ich wollte doch sterben!« Sie ließ sich stöhnend wieder in die Kissen sinken. »Ich muss doch Buße tun ...«, ergänzte sie flüsternd.

Die Fremde ließ die Kelle in den Kessel gleiten und stemmte die Fäuste in die Hüften. »Weil du diesen Arsch von Graf ein wenig geärgert hast? Ich bitte dich.«

Hesinja schossen die Tränen in die Augen. »Aber ich habe ihn geliebt – immer noch …«

»Ich auch!«, fauchte die Fremde. »Länger, als du dir vorstellen kannst.«

Langsam verstand Hesinja gar nichts mehr. Sie hatte die Schwarzhaarige vielleicht zwei oder dreimal in ihrem Leben gesehen, wie konnte sie sich da in den Grafen verguckt haben? Sie kannte ihn doch gar nicht.

Hesinja öffnete den Mund, um eine Frage zu stellen, doch sie wusste nicht, wo sie anfangen sollte. Ihre Intuition sagte ihr, dass die Schöne sehr emotional war, da konnte jedes Wort fehl am Platz sein.

Die Fremde zog sich einen Hocker heran, dann setzte sie sich unmittelbar vor Hesinjas Bett. Mit einem schnellen Griff langte sie nach einem Tongefäß und entkorkte es. Sie nahm einen großen Schluck, dabei Hesinja unentwegt anstarrend.

»Für wie alt hältst du mich, Hesinja?«, fragte sie schließlich.

Die stutzte. Bisher hatte sie die nur wenig älter als sich selbst gehalten, vielleicht um die zwanzig Sommer, doch passte so ein Alter überhaupt zu ihrem Verhalten? Da war der Batzen, den sie auf den Tisch gelegt hatte, ohne mit der Wimper zu zucken, da waren diese Hütte und die Tatsache, dass sie Hesinja vor dem Erfrieren gerettet und gesund gepflegt hatte – ohne bleibende Schäden, was ihr nur durch …

Hesinja traf die Kenntnis wie ein Paukenschlag. »Du bist eine Hexe!«

»Guten Morgen!« Die Hexe lachte. »Gestatten, Swinja. In einem früheren Leben Levthansweibchen, nun beim Zirkel vom Walserwald, wie eine gute Bekannte von dir.« Die letzten Worte hatte sie nahezu ausgespien.

Hesinja verstand kein Wort. Was meinte diese Swinja mit früheren Leben? Sie wusste nicht viel über Hexen, nur dass es einige äußerst nette und weise Damen unter ihnen gab, aber auch finstere Gestalten, in deren Nähe man sich nicht wagen sollte. Irgendwie beschlich Hesinja das mulmige Gefühl, dass Swinja zu letzterer Variante gehörte.

»Ich bin über hundert Jahre alt«, eröffnete Swinja ihr so beiläufig, als sei es das Selbstverständlichste der Welt, und nahm einen weiteren Schluck aus der Flasche. »Glaube mir, ich habe schon mehr gesehen, als sich die meisten vorstellen können.«

»Hundert …?«, hauchte Hesinja fassungslos. Damit war die Hexe ja weitaus älter als Mew Wulfski, den weitaus ältesten Menschen, dem sie bisher begegnet war. Gut, Mütterchen Trawine war fast neunzig Winter alt geworden, aber schon vor fast sieben Jahren gestorben. Bei der Beerdigung hatte sie gestandene, alte Männer mit Tränen in den Augen gesehen, was sie nie vergessen würde.

Swinja kicherte. Es schien ihr unglaublichen Spaß zu machen, Hesinja zu verwirren. »Verstehst du nun? Ich kenne deinen Grafen, seit er ein junger Bursche war. Ein Prachtkerl …« Sie schloss die Augen und seufzte. »Wir trafen uns fast jeden Tag im hohen Gras und liebten uns, wie Levthan selbst es nicht besser könnte.«

Hesinjas Wangen wurden heiß, als ihr das Blut hineinschoss. Die Hexe mochte ihr zwar sehr fremdartig sein, aber in diesem Punkt waren sie sich ähnlich. O ja, sie wusste aus eigener Erfahrung, wie aufregend eine Nacht mit dem Grafen war. Dabei war er doppelt so alt wie sie, wie wild mochten da seine jungen Jahre gewesen sein?

»Ich sehe, du kannst es durchaus nachvollziehen, da er dich auch durchgebügelt hat«, sagte sie schnippisch und stand auf, um unruhig durch die Hütte zu laufen.

Die Katze – Hesinja wurde jetzt erst bewusst, wie riesig sie war – schmiegte sich an ihre Beine und schnurrte, als wollte sie die Hexe beruhigen. Sie hatte glänzendes, pechschwarzes Fell, dessen Schimmern sie an das ihres hesindigofarbenen Kleids erinnerte. Doch zeigten sich auch graue Haare überall dazwischen. Ob die Katze ebenso uralt wie ihre Herrin war? Doch war das überhaupt möglich? Innerlich winkte Hesinja ab. Die Hexe hatte sie vor dem sicheren Frosttod gerettet, war über ein Jahrhundert alt, was wunderte es da noch, wenn sie eine Katze besaß, die ihr übliches Alter bereits um das Zehnfache überschritten hatte.

»Das ist Fawliar«, murmelte Sewinja. »Mein treuer Begleiter seit ungezählten Jahrzehnten.«

Ein Kater also. Unwillkürlich nickte Hesinja. »Was ist damals passiert, dass er eine andere zur Frau nahm?«

Ein lautes Fauchen ertönte. Hesinja meinte erst, Fawliar hatte es ausgestoßen, doch es war tatsächlich Swinja gewesen. Sie war auf der Stelle herumgewirbelt, dass ihre Haare ihr wild ins Gesicht hingen. Dazu hatte sie die Zähne gefletscht und die Finger mit den langen Nägeln nach vorn gestreckt, dass es tatsächlich so wirkte, als hätte sie die Krallen wie eine Katze ausgefahren.

»Er kam plötzlich mit dieser Grimje von Ouvenmas an, dem Miststück!«, zischte sie, dass sich bei Hesinja eine Gänsehaut bildete.

Bisher hatte sie sich nur vor den Wutausbrüchen des Grafen und Wulfskis Stock fürchten müssen, doch die Gefühlsausbrüche der Hexe hatten so etwas Animalisches an sich, dass ihr Angst und Bange wurde. Und Swinja tat nichts, um sich zurückzuhalten, lebte jede Emotion mit ganzer Seele aus. In einer kleinen Ecke ihres Bewusstseins bewunderte Hesinja die Hexe dafür.

»Ich bekam später heraus, dass Mew Wulfski die Ehe im Sinne von Joosts Vater Ugo arrangiert hatte.« Swinja spie das Wort regelrecht aus; ihr Kater knurrte zustimmend. »Ein Mitglied des Fürstenhauses von Ouvenmas war nun einmal standesgemäßer als eine Hexe aus den Wäldern. PAH!«

Hesinja schluckte. Wieder eine Gemeinsamkeit mit ihrem eigenen Schicksal. Eine Hexe war sie zwar nicht, aber ein einfaches Mädchen, dazu noch Vollwaise.

»Auf seiner Hochzeit habe ich Joost bespuckt, dann warf man mich aus der Stadt.« Swinja kicherte. »Einer der Kerle, die das taten, hatte dann jahrelang unter Warzen zu leiden. Leider konnte ich mich dann nicht mehr in Salsweiler blicken lassen, doch ich hatte genug Zeit, mir einen Racheplan auszudenken.«

Was für eine Frau! Hesinja konnte sich durchaus ausmalen, was eine wie sie auf einem großen Fest für eine Unruhe auslösen würde. Ob Mutter damals schon Geweihte in Salsweiler gewesen war? Durchaus möglich, doch war der Ehebund mit Sicherheit von einem Rondra-Geweihten oder Praios-Priester gesegnet worden, wie es bei den Bronnjaren üblich war. Erlebt hatte sie selbst noch keinerlei Adelshochzeit, aber die Geschichten darüber reichten für unzählige lange Winternächte.

»Hast du mich auch verzaubert?«, fragte sie so ruhig wie möglich, um die sich immer weiter in Rage redende Swinja abzulenken. »Ich meine, als du in der Taverne zu mir kamst.«

Tatsächlich blieb sie stehen und fixierte Hesinja mit einem langen Blick, dann nickte sie. »Die Magier nennen es *Bannbaladin*. Es kostete mich sieben intensive Liebesnächte mit einem schnuckeligen Spitzbartträger, bis er ihn mir beibrachte.« Sie kicherte. »Ist oftmals nützlich und bei uns Töchtern Satuarias nahezu unbekannt.«

Wieso traute Hesinja ihr nur zu, dass sie diese Magie hauptsächlich gelernt hatte, um Männer ins Bett zu bekommen? Sie unterdrückte ein Grinsen. Als wenn so eine Hübsche das nötig hätte.

Swinja zwinkerte ihr verschwörerisch zu, dann nahm sie wieder Platz. »Es tut mir leid, dass ich dich da so reingezogen habe, Hesinja.«

In dieser war kurz ein Bild aufgeblitzt, ob Jarle wohl unter einem ständigen Bannbaladin litt, als diese Aussage sie prompt aus den Gedanken riss. »Was meinst du damit?«

Die Hexe seufzte und langte nach ihrer Tonflasche. Was da wohl drin sein mochte? Kwassetz mit Sicherheit nicht. »Der Grund, warum ich dich verzauberte, war, dass ich schnell herausfinden musste, ob die von mir seit zehn Jahren gesäte Saat aufging. Dich kannte ich ja schon wegen deiner Erzählung vom Rotauge, daher warst du dafür am nützlichsten.«

Hesinjas Herzschlag beschleunigte sich übergangslos. Genau zehn Jahre? Nein, bei Travia, das konnte nur ein Zufall sein. »Was für eine Saat?«

»Dein Vater …«, begann Swinja und Hesinja schrie in Gedanken: *Nein, bitte nicht!* »Es tut mir leid, dass er dem Jähzorn von Joost zum Opfer fiel, doch das Opfer war nötig.« *Nötig? Was war hier nötig?* »Sagt dir der Name Pettar was?«

Hesinja schüttelte den Kopf. *Worauf wollte sie nur heraus? Travia, bitte, ich will es gar nicht wissen!*

»Pettar war der Sohn des Grafen und der blöden Ziege Grimje. Als ich sie das erste Mal auf unserem Zirkeltreffen sah, mit diesem überheblichen Gesichtsausdruck, ihrer hässlichen Eule und von ihrem Söhnchen schwärmend, da wusste ich, wie ich mich rächen würde.«

»Moment … Zirkeltreffen?«

»Die Gräfin ist ebenfalls eine Hexe. Allerdings von der Verschwiegenen Schwesternschaft, keine Schöne der Nacht.«

Die Eule Pubitz, die stechenden Blicke der Gräfin, ihr Verschwinden im Sommer für mehrere Tage genau zu der Zeit, in der die Hexennächte dem Aberglauben nach stattfanden – nun ergab alles einen Sinn, aber wie passte es dazu, dass sich der Graf offenbar vor Hexen fürchtete?

Swinja kicherte. »Natürlich weiß Joost das nicht, wie auch? Seit meinem Auf-, oder besser gesagt Abtritt bei der Hochzeit hat er eine panische Angst vor uns Töchtern, da hätte sie sich nur selbst geschadet.«

Hesinja wurde schwindelig. Wenn sie nicht immer noch im Bett gelegen hätte, hätte sie sich nun endgültig setzen müssen. *Dann hat mich die Gräfin bestimmt auch verzaubert, ohne dass ich davon etwas merkte. Bei Travia, sie hat bestimmt ebenfalls von der Liebelei mit ihrem Gatten gewusst!*

»Joost war immer schon in die Jagd vernarrt gewesen«, wechselte Swinja übergangslos das Thema und unterbrach damit Hesinjas Gedanken. »So musste ich nur warten, bis sein Sohn das Alter erreichte, wo er ihm das Fährtensuchen beibringen würde. Zu meinem unfassbaren Glück tat er das nicht einmal selbst, sondern überließ es einem leibeigenen Waldläufer.« *Vater!* »Ich wartete, bis sie im Wald waren, dann nahm ich eine *harmlose Gestalt* an und lockte Pettar davon.«

Plötzlich hatte Hesinja vor ihrem geistigen Auge einen Jungen, etwas größer als sie damals, mit strubbeligen, kastanienfarbenen Haaren und grauen Augen. Sie hatten gemeinsam den Ifirnstanz vor den Leuten Salsweilers vorgeführt – nur mit dünnen Hemdchen bekleidet den ersten Schnee willkommen geheißen, der adlige Prinz und ein einfaches Mädchen. Doch irgendwann war Pettar nicht mehr da gewesen. War es nicht zur selben Zeit gewesen, als Vater starb?

Hesinjas Blut gefror zu Eis. »Nein«, flüsterte sie.

»Ich habe ihn zu einem Morgendornstrauch geführt und ihn dagegen gestoßen, dass er sich stach. Heulend rannte er zu deinem Vater zurück. Dieser glaubte nicht, dass Pettar tatsächlich ein kleines Mädchen im Wald getroffen hatte, und brachte ihn schließlich zum Grafen zurück.«

»Er ist weg!«, vernahm Hesinja plötzlich die donnernde Stimme des Grafen und meinte die harte Holzbank zu spüren, unter die sie sich gequetscht hatte, damit der jähzornige Graf sie nicht sah. Karinja … sie musste sich immer noch im gräflichen Anwesen befinden, in ihrem Schlafzimmer.

»Es dauerte nur eine Woche, dann hatte sich das gräfliche Bubilein in eine Sumpfranze verwandelt und floh durch das Fenster, dass ich an diesem Abend von außen geöffnet hatte.« Swinja kicherte. »Der Graf tobte vor Wut und zerrte den, den er dafür verantwortlich hielt, vor den Pranger. Ich mischte mich unter die Leute und schaffte es kaum, ein Lachen zu unterdrücken, so wütend war er.« Sie blickte Hesinja genau in die Augen und wurde übergangslos wieder ernst. Wie konnte ein Mensch nur so völlig übergangslos die Stimmung wechseln? »Es tut mir leid, dass du dadurch deinen Vater verloren hast, wirklich.«

Hesinja unterdrückte den großen Kloß in ihrem Hals, den die Erinnerung in ihr wachgerufen hatte. »Also hast du den Prinzen getötet?«

»Aber neeeein!« Swinja lachte. »Ich sagte doch, dass der Morgendornstrauch ihn in ein Rotauge verwandelte. Nun musste ich mich wieder in Geduld üben. Tatsächlich dauerte es bis zu diesem Jahr, dass die Erinnerung an sein menschliches Leben wieder in seinen Affenschädel drang und er die Nähe Salsweilers aufsuchte.«

So viele finstere Pläne, so eine lange Zeit! Hesinja rieb sich die Augen. Ihr wurde immer schwindeliger. Von einem Morgendornstrauch hatte sie noch nie in ihrem Leben gehört, aber was hieß das schon?

Plötzlich durchzuckte sie ein Gedanke. »Das Rotauge letzten Sommer im Wald …«

»… war Pettar in seinem neuen Leben«, beendete Swinja glucksend vor Freude den Satz. »Mit seinem letzten Fünkchen Menschlichkeit muss er sich wohl irgendwie an dich erinnert haben.«

»Aber … aber … Was war mit Lumin?«

Swinja winkte ab. »Ich bin doch noch nicht fertig. Pettar zu einer Sumpfranze zu machen, war nur der halbe Plan. Natürlich musste ich das Grafenhaus auch von innen aushöhlen, also begann ich, Mew Wulfski Briefe zu schreiben, denn mit ihm hatte ich ja auch noch eine Rechnung offnen.«

Hesinja riss fassungslos die Augen auf. »Du bist die Gräfin von Walserwacht?«

»Natürlich nicht, aber Briefen sieht man nicht an, wer sie geschrieben hat, oder? Und wenn man eine Abmachung mit den Piraten hat, kommt man leicht an die Post. Du glaubst gar nicht, wie sehr sich Boten freuen, wenn man ihnen nur einzelne Briefe aus dem Beutel zieht und sie dann ungeschoren davonkommen lässt.«

Der Kreisel in Hesinjas Kopf drehte sich weiter. Hatten sie schon die Anschuldigungen des Majordomus wie Peitschenhiebe getroffen, kamen die perfiden Rachepläne dieser Hexe mit der Naturgewalt der Schneeschmelze über sie. Swinja hatte wirklich an alles gedacht! Hesinja sparte es sich nachzuhaken, wie sie an das gräfliche Siegel gekommen war, da sie etwas ganz anderes beschäftigte.

»Aber was ist nun mit Lumin passiert? Hast du ihn so zugerichtet?«

»Bei Satuaria, nein! Ich bin doch keine Mörderin!« Swinja lachte. »Auch wenn sich zu Rotaugen verwandelte Menschen kaum von den richtigen Affen unterscheiden, sind sie doch immer noch um einiges klüger als die echten Tiere. Es war klar, dass Pettar irgendwann Anführer einer ganzen Rotte Sumpfranzen werden würde. Genauer gesagt passierte das bereits vor fünf Jahren. Fehlte also nur noch ein besonders grimmiger Winter, in dem sie der Hunger in die Nähe der Menschen treibt. Für Pettar konnte dies nur Salsweiler sein. Nun kehrt der arme, verlorene Sohn heim und reißt seine Heimat in den Abgrund. Süß, nicht wahr? Das Ende der Geschichte und meine Rache am Grafenhaus.«

Swinja lachte erneut, begann ein nahezu hysterisches Gelächter und klatschte dabei in die Hände, dass sich Hesinja an ein kleines Kind erinnert fühlte, dem man ein neues Spielzeug geschenkt hatte.

Hesinja schauderte. Diese Hexe gehörte eindeutig zur finstersten Sorte, von ihrer Rache getrieben, seit sie ihren Geliebten an eine andere Hexe verloren hatte. Und nun arbeitete sie seit Jahrzehnten an einem Plan, der nicht nur Hesinjas Leben zerstört hatte, sondern nun auch unzähligen Salsweilern dasselbe kosten würde. Und da sagte sie von sich, sie sei keine Mörderin?

War das vielleicht die Chance, die sie ergreifen musste? Konnte sie nun das, was sie angerichtet hatte, wieder gutmachen, indem sie Swinja von ihren Machenschaften abhielt? Aber wie sollte sie das tun? Wie machte Mutter das immer, wenn sie jemanden belehrte? Sie tat zunächst so, als wollte sie in allen Punkten zustimmen, riss das Ruder später aber immer so herum, dass das Gegenüber zum nachdenken kam und ihr Recht geben musste. Ob ihr das auch gelingen konnte?

»Weißt du, ich verstehe dich sogar«, begann sie.

Swinja beendete ihr Gegacker und prostete Hesinja mit ihrer Tonflasche zu. »Du warst fast eine Woche dem Tode näher als dem Leben. Leider konnte ich in dieser Zeit kaum schauen, wie die momentane Lage in Salsweiler ist, aber wenn ich dann im Frühjahr die kläglichen Überreste sehe, reicht mir das auch.«

Eine Woche! Was mochte da alles passiert sein! »Ich muss nach Salsweiler zurück.«

Trotz Schwindels wollte sich Hesinja nun endgültig aus den Decken wühlen, doch Swinja drückte sie entschieden zurück. »Gar nichts musst du. Du wirst schön bis zum Frühling hierbleiben, dann hindert dich nichts daran, deine Pilgerreise nach Rommilys anzutreten. Das willst du doch immer noch, oder?«

Nun war sie von der Hexe schon wieder aus dem Konzept gebracht worden. Sie wollte doch Salsweiler retten!

»Aber die ganzen unschuldigen Leute …«, stammelte sie mit Tränen in den Augen.

»Die sterben oder überleben – egal, ob du nun dabei bist oder nicht. Aber, und das ist der entscheidende Unterschied, hier wird dir nichts passieren!«

So kam sie nicht weiter, sie brauchte einen anderen Ansatzpunkt. »Ich hasse den Grafen auch …«

»Natürlich hasst du ihn, und wie du ihn hasst …« Swinja streckte ihr die Zunge raus und machte eine obszöne Geste, die Hesinja das Blut ins Gesicht trieb.

»Ich meine, seit er meinen Vater an den Pranger stellte, hasste ich ihn von ganzen Herzen. Die letzten Monate waren … anders, aber ich habe all mein Streben seit jener Nacht fast ausschließlich dafür aufgewendet, wie ich es ihm heimzahlen könnte.«

»Das brauchst du nun nicht mehr, Süße.« Swinja tätschelte ihr über die Wange.

»Wenn dir das Leben aller anderen so egal ist, warum hast du mich dann gerettet?«

Swinja zog die Hand zurück und nahm wieder einen Schluck aus der Flasche. Nachdenklich blickte sie Hesinja an. »Vermutlich hauptsächlich, weil du eine Frau bist«, musste sie zugeben. »Eine Frau, die der Graf ebenso durch seine männlichen Qualitäten um den Finger gewickelt hat, wie er es einst bei mir tat.«

Hesinjas Innerstes krampfte sich zusammen, aber sie musste das hier jetzt durchstehen. »Und die Gräfin?«

Swinja fauchte. »Hör mir bloß mit dieser Kröte auf. Ich würde ihr am liebsten die Haut abziehen, aber ich komme an sie nicht heran. Was meinst du, warum sie sich demselben Zirkel wie ich angeschlossen hat? Andernfalls hätte ich sie schon lange ausradiert, aber nun würde aller Verdacht auf mich fallen. Die anderen Schwestern denken eh, dass ich einzig und alleine die Macht will.« Sie spie aus. »Dabei will ich nur meinen Spaß, keine Politik.«

Ihre Hände begannen zu zittern, eng presste Hesinja sie unter der Decke an den Körper, damit Swinja davon nichts mitbekam. »Es geht dir doch einzig und allein um das Grafenhaus, nicht um Salsweiler. Der Majordomus ist bereits tot. Wenn sich der Graf nun den Rotaugen entgegenstellt, könnte er fallen, aber das würde unzählige Opfer kosten. Außerdem ist da noch Pettar, dem du das Leben zerstört hast, um ihn für deine Rachepläne einzuspannen.«

Swinja nickte.

»Er kann ebenso wenig dafür wie ich, und mich hast du gerettet.«

»Das war etwas völlig anderes.«

»Und wenn ich dich nun darum bitte, Pettar zu retten?«

»Nein, die Rotaugen *brauchen* Pettar, ansonsten würden sie nicht Salsweiler angreifen, sondern sich ihr Futter woanders suchen.«

Hesinja atmete auf, also war ihre Vermutung doch richtig gewesen. Pettar war der entscheidende Faktor. Aber ebenso klar war, dass Swinja nie im Leben auf ihre Rache verzichten würde. Es blieb nur ein einziger Ausweg.

»Wenn ich dafür sorge, dass du Joost bekommst – oder er zumindest irgendwie ums Leben kommt, verwandelst du dann Pettar zurück?«

»Und wie willst du das anstellen?«, stellte Swinja sofort die Gegenfrage, vor der sich Hesinja gefürchtet hatte.

»Ich weiß nicht«, musste Hesinja zugeben.

»Siehst du, Süße, und deshalb bleibst du bei mir, leistest mir in diesem Winter etwas Gesellschaft, und die Rotaugen radieren derweil Salsweiler aus – mitsamt dem Grafenpaar.«

Hesinja schluchzte. Warum war sie nicht so redegewandt wie Mutter? Dann hätte sie die Hexe sicherlich überzeugen können. Vielleicht half es ja, sie an die Götter zu erinnern.

»Wie kommt es eigentlich, dass *du* mich gerettet hast, und nicht jemand aus dem Dorf? Ich bin barfuß und im Nachthemd gelaufen, muss also eine deutliche Spur hinterlassen haben.«

Swinja grinste. »Ich sagte doch schon, weil ich dich mag. Natürlich hab ich in der Nähe von Salsweiler gewartet und dich weglaufen sehen. Irgendwie tatest du mir leid, deshalb nahm ich dich mit, als du umfielst und liegen bliebst. Vielleicht hätte ich dich sogar schon früher eingeholt, aber ich musste ja deine Spuren verwischen. Hab's nicht so mit Besuch, weißt du.«

»Könnte es sein, dass Travia dir gesagt hat, du sollst mich retten?«

»Ach Travia …« Swinja winkte ab und nahm einen Schluck. »Ich verehre nur Satuaria. Und Levthan natürlich …« Wieder kicherte sie. »Aber es wäre übertrieben zu sagen, dass ich ihnen *diene*.«

Schon wieder diese Satuaria. Hesinja war der Name völlig unbekannt. Levthan, den Sohn der Liebesgöttin Rahja und Inbegriff der animalischen Stärke und Manneskraft, kannte sie, auch wenn er in Travia-Kreisen eher ein Tabu war. Sie wunderte es nicht, dass Swinja ihn verehrte. Hatte Hesinja selbst nicht Levthan geehrt, als sie sich dem Grafen hingab? Sie beschlich ein mulmiges Gefühl und entschied, da nicht so genau drüber nachzudenken.

»Wer ist Satuaria? Ich kenne diese Göttin gar nicht. Oder ist sie eine Alveraniar?«

Swinja lachte grell. »Satuaria ist *die* Göttin überhaupt, Süße. Aus dem Ei geboren, das Sumu legte, bevor Los sie tötete. Sicherlich sind aus Los Tränen die anderen Götter entstanden, aber Satuaria war zuerst da. Ich stehe ihr sehr nahe, denke ich, denn ich kam auch als Ei auf die Welt, nicht so wie andere Menschen.«

Nein, Hesinja würde jetzt nicht nachfragen, seit wann Menschenfrauen Eier legten. Es störte sie schon genug, dass diese Hexe irgendetwas über die Zwölfe stellte. »Aber indem du mich gerettet hast, hast du doch Travias Gebote gehalten. Du hast mir eine sichere Heimstatt gegeben und mich mit seinem Herdfeuer gewärmt.«

»Hm«, machte die Hexe und trank einen weiteren Schluck. »Mag sein.«

»Also müssen dir doch Travias Gebote irgendetwas bedeuten, sonst hättest du sie nicht befolgt.«

»Travia ist dröge«, stellte Swinja klar. »Ich meine, einem Kerl einen Treueeid schwören und sich dann das ganze Leben nur von ihm vögeln lassen, das kann doch nicht alles sein?«

»Wenn es der Richtige ist, ist es doch wunderbar.«

»Dann sag Levthan, dass er mich heiraten soll.«

»Levthan ist ein göttliches Wesen.«

»Ja, und? Also damit für mich so unerreichbar wie der Graf für dich.«

Hesinja schluckte. Schon wieder drohte ihr die Diskussion zu entgleiten. »Was bedeutet dir diese Hütte?«

»Es ist meine Heimat, seit die Levthansweibchen mich verstießen. Hier kann ich tun und lassen, was ich will.«

»Also hast du deine Heimat bereits einmal verloren?«

»Ja«, fauchte Swinja und sprang auf. Wieder brach das Katzenhafte aus ihr hervor, und ihr Kater antwortete mit knurren.

»Als Eigeborene bin ich unsterblich, was ein Traum für viele Menschen ist, aber es ist auch ein großer Nachteil.«

Hesinja hätte gern mehr aus dem offenbar sehr bewegten Leben der Hexe erfahren, doch dies war nicht der richtige Zeitpunkt. »Was würdest du mit jemanden machen, der dir diese Hütte hier wegnimmt?«

»Ich würde ihn verfluchen oder gleich töten.«

»Ich dachte, du bist keine Mörderin?«

»Alles hat Grenzen. Ich lebe hier schon so lange, hier bleibe ich nun. Noch mal werde ich mir nicht einen neuen Platz im Leben suchen.«

Nun musste Hesinja grinsen. Ihr war es tatsächlich gelungen, Swinja dorthin zu bugsieren, wo sie sie haben wollte. Mutter wäre stolz auf sie.

»Warum nimmst du dann anderen Menschen ihre Heimat weg?«, fragte Hesinja Swinja in aller Ruhe und schaute ihr dabei so intensiv in die Augen, wie sie konnte. »Erst Pettar, dann mir und nun den Rest der Bewohner von Salsweiler, die den Angriff vielleicht überstehen?«

Sie sah, wie es in Swinja arbeitete, schließlich wirbelte diese herum und trat mit einem Fuß gegen den Kessel. »Nein, du Göre wirst mir meine Rache nicht ausreden!«

»Das will ich auch gar nicht. Ich will nur Salsweiler retten, meine *Heimat*.«

Swinja schaute über die Schulter. »Und der Graf?«

Hesinjas Unterlippe begann zu beben. »Den habe ich doch bereits verloren.« Sie schluchzte. »Bitte lass mir zumindest Vater, Mutter und den Tempel sowie die ganzen anderen Menschen, mit denen ich groß geworden bin. Ja, auch Jarle und Koj. Wenn ich mir vorstelle, sie würden wie Lumin enden … Nein …«

Sie konnte nicht mehr und begann zu heulen. Bisher war es abstrakt gewesen, aber wenn sie sich es so vorstellte, was die Rotaugen mit Bekannten tun konnten, überkam sie panische Angst.

Hände griffen nach ihren Schultern, und sie ließ sich in den Arm nehmen. »Ich verstehe, was du meinst«, flüsterte Swinja ihr ins Ohr. »Traurige Gefühle sollten nicht diese Welt beherrschen, sondern Leidenschaft und Freude. Ich werde Pettar zurückverwandeln.«

Hesinja wischte sich die Tränen aus dem Gesicht. Wieder verhakten sich ihre Finger in den ungewohnten Zöpfen. Am besten löste sie diese so bald wie möglich, bevor ihre Haare ganz wellig wurden. »Wirklich?«

»Es ist nur ein kleiner Funke von Pettars Seele in diesem Affenkörper«, erklärte Swinja. »Der Rest ruht immer noch gefangen im Morgendornstrauch. Ich kenne ein Ritual, wie man ihn befreien und Pettar wieder zu einem Menschen machen kann. Ohne ihren Anführer werden sich die Rotaugen zerstreuen und leicht zu besiegen sein.«

»Und der Graf?«

Swinja seufzte. »Glaubst du wirklich, dass dies mein einziger Plan war, Rache zu nehmen? Es hätte viel zu leicht schiefgehen können. Nein – ich hab noch ein paar Eisen im Feuer.«

Hesinja drückte die Hexe eng an sich. »Danke. Danke, dass du doch Herz zeigst.«

Swinja löste sich aus der Umarmung und begann, Zutaten aus ihren Regalen in einen Beutel zu packen. »Das Ritual vorzubereiten, ist nicht ganz einfach. Vor allem bleibt mir keine Zeit, Pettar zu suchen und zu dem Strauch zu führen.« Sie drehte sich um und blickte Hesinja an. »Das wird deine Aufgabe sein.«

»Aber ich weiß doch gar nicht, wo dieser Strauch steht.«

»Ach, du süßes Dummerchen, natürlich zeige ich ihn dir. Aber bitte verstehe, dass ich nicht verraten werde, wo meine Hütte steht. Deshalb nimm es nicht persönlich …«

Hesinja wollte etwas erwidern, doch da hatte die Hexe bereits die flache Hand ausgestreckt und blies ihr ein Pulver ins Gesicht, das ihre Gedanken wie eine Kerze im Wind verwehen ließ.

Irgendetwas stieß schmerzhaft in ihre Brust. Hesinja fuhr quietschend auf.

Swinja lachte und zog ihren Finger zurück. »Ich wusste doch, dass dich das wecken würde.«

Hesinja unterdrückte den Impuls, über die schmerzende Stelle zu reiben. Wer wusste schon, ob die Hexe nicht ebenfalls auf Frauen stand und dies provozieren wollte. Stattdessen blickte sie sich um. Sie befanden sich im Wald, an einer eher lichten Stelle. Swinja hatte Hesinja auf einen Stein eines alten Steinkreises gelegt und dann geweckt. Irritiert stellte sie fest, dass keiner der Steine auch nur von einer einzigen Schneeflocke bedeckt war. Hatte nicht einmal Lumin von so einem Kreis im Wald erzählt? Sie blickte an sich herunter. Swinja hatte sie in Lederkleidung gesteckt, die innen mit Kaninchenfell gefüttert war. Trotz des eisigen Wetters war ihr mollig warm. Ihre Füße waren mit Leder umwickelt, da Swinja wohl kaum passende Stiefel für sie hatte.

»Kennst du diesen Steinkreis?«, fragte Swinja sie.

»Nein.« Hesinja schüttelte den Kopf und spürte trotz der dicken Wollmütze, dass sie immer noch diese dicken Zöpfe hatte. Kurzerhand zog sie die Handschuhe aus und begann diese zu lösen.

Swinja murmelte irgendetwas, das von Tonfall her nicht nett sein konnte, aber unverständlich war. Dann zeigte sie in eine bestimmte Richtung. »Salsweiler befindet sich etwa zwei Meilen in diese Richtung. Es ist nur eine dreiviertel Meile bis zum Waldrand. Eigentlich kannst du ihn nicht verfehlen.«

»Und der Morgendornstrauch?«

Swinja deutete in die entgegengesetzte Richtung. Tatsächlich wuchsen dort unweit des Steinkreises einige Dornensträucher, die ungeachtet des tiefen Winters handgroße goldene und purpurne Blüten trugen.

»Sobald die Nacht hereinbricht, werden sich die Blüten öffnen und die darin gefangenen Seelen als Irrlichter emporsteigen. Wenn Pettar dann hier ist, können wir ihn wieder mit seinen Körper vereinen und diesen zurückverwandeln.«

Hesinja nickte. Unweit der Gewächse lag ein Schlitten, mit dem Swinja ihren Kessel und wohl auch Hesinja hinter sich hergezogen haben musste. Die Hexe musste erstaunliche Kräfte besitzen.

»Hier, nimm meine Schneeschuhe.« Swinja bückte sich und band sie von ihren Stiefeln. »Damit kommst du schneller voran.«

Während Hesinja die Schneeschuhe anlegte, stapelte Swinja etwas Reisig und Torf genau in der Mitte des Steinkreises. Offenbar wohnte diesem Ort eine Magie inne, die sie für ihren Kessel nutzen wollte. Da huschte ein schwarzes Etwas durch den Schnee – Fawliar. Erst jetzt wurde Hesinja bewusst, dass sie den Kater bisher nicht gesehen hatte. Er eilte zu seinem Frauchen, das ihn auf den Arm nahm. Eine Weile verharrten beide in stiller Eintracht, die Hesinja irgendwie rührend fand, dann ließ Swinja Fawliar wieder zu Boden gleiten und schaute Hesinja finster an.

»Dir wird nicht gefallen, was Fawliar gesehen hat«, erklärte sie. »Ich habe ihn nach Salsweiler geschickt, um dort nach dem Rechten zu sehen. Die Rotaugen sind bereits da.« Sie kicherte und machte einige Tanzschritte im Schnee. »Meine Rache, meine Rache …«

Hesinja erschauderte, band die Schuhe so schnell fest, wie sie konnte, und rutschte dann vom Stein. Schwankend blieb sie stehen. Nun rächte sich die Woche, die sie krank im Bett gelegen hatte. Aber egal, sie musste Salsweiler retten!

»Viel Spaß bei den süßen Tierchen«, flötete ihr Swinja nach. »Ich werde meinen Teil der Abmachung halten. Also besorge mir Pettar.«

Die Hände zu Fäusten geballt, stapfte Hesinja davon. Es machte sie wütend, wie sehr sich die Hexe daran ergötzte, dass sie nun doch nicht mehr die Plünderung des Ortes verhindern konnte. Welche Möglichkeiten hatte Salsweiler? Es gab außer dem Grafen selbst keinerlei Bewaffnete, sondern nur Werkzeuge in der Stadt. Ob sich Rotaugen von einer Sichel, einer Sense oder einem Spaten aufhalten ließen? Wohl kaum. Eher würden die Einwohner hinter die sicheren Mauern von Tempel und gräflichem Anwesen fliehen. Doch was war, wenn die Affenartigen einfach die Mauern emporkletterten? Hielten die hölzernen Fensterläden ihren Krallen stand? Wenn sie es geschafft hatten, Lumins Schädel zu zertrümmern, war das wohl kein Hindernis für sie. Und wie sollte Hesinja selbst überhaupt an Pettar heran kommen, ohne selbst zerfleischt zu werden?

»Ich bin in den Wald gelaufen, um zu sterben«, murmelte sie sich selbst Mut zu. »Wenn ich also nun bei dem Versuch ums Leben komme, meine Heimat zu retten, habe ich nichts verloren.«

Dennoch zitterte sie am ganzen Körper, als sie den Waldrand erreichte. Vermeintlich still lag der Ort in einiger Entfernung vor ihr. Sie sah die schneebedeckten Katen der Bauern, Fischer, Händler und Handwerker, dazwischen das deutlich größere Gasthaus und der massive Travia-Tempel, und alles überragend die Gebäude des Grafen. Doch waren da nicht Wesen auf den Dächern? Hesinja hielt sich die Hände unter die Augen, um den grellen Schnee auszublenden. Tatsächlich, wie sie befürchtet hatte, kletterten die Sumpfranzen bereits über die Häuser.

Sie beschleunigte ihren Schritt. Wenn sie Pettar schnell genug fand, mochte sie vielleicht das Schlimmste verhindern können – egal, wie.

Als sie näher kam, trug der Wind Fetzen von Schreien und Kampfeslärm an ihre Ohren. Sie erkannte, dass in den Fenstern des Grafenhauses Leute standen und Joosts Jagdtrophäen nach den Rotaugen warfen, um sie am Klettern zu hindern. Zwischen ihnen stand auch der Graf selbst und ließ Pfeil um Pfeil seinen Bogen verlassen. Doch die Überzahl der Sumpfranzen war beachtlich. Für jede, die herabfiel, kletterten zwei neue empor. Hinzu kamen die Scharen der Affenartigen, die den restlichen Ort heimsuchten. Hesinja erkannte, dass der Plan der Hexe aufgehen würde. In ihrer Gier und ihrem Hunger würden sie über die Bewohner herfallen und bis auf die Knochen abnagen.

Die Leute, die sich im Gasthaus oder im Tempel verschanzt hatten, verfolgten offenbar einen anderen Plan. Statt mit Gegenständen warfen sie Nahrung nach draußen, über die die Ranzen dann herfielen. So lenkten sie diese von sich selbst ab, dabei blieb aber fraglich, ob die restlichen Vorräte reichen würden. Und falls ja, wie sie dann den Winter überleben würden.

Hesinja atmete tief durch. Bald hatte sie den Ortsrand erreicht, bald würden die Rotaugen ihre einsame Gestalt erkennen, die sich ihnen schutzlos näherte.

»Travia, sei bei mir«, flüsterte sie.

Es war völliger Wahnsinn, was sie vorhatte. Wie stellte sie es sich vor, inmitten dieses Chaos Pettar zu finden und unversehrt wieder davonzukommen? Sie hatte *nichts*, nicht einmal ein kleines Messer oder einen Stock, mit dem sie sich wehren konnte.

»Ich muss es versuchen«, murmelte sie und fröstelte. »Ich habe es geschafft, dass Swinja ihren Plan zumindest teilweise aufgibt, da wird das hier doch ein Klacks.«

Hysterisch kichernd setzte sie stur einen Fuß vor den anderen, den Blick einfach auf einen imaginären Punkt vor den

Schneeschuhen gerichtet. Jeden Moment rechnete sie damit, dass Krallen nach ihr griffen, Zähne nach ihr schnappten oder schwere, beharrte Körper sie umwarfen.

Doch noch hatte sie Glück. Inzwischen vernahm sie die Laute der Ranzen rund um sich, doch es war, als würde ein kupferner Schimmer vor ihr auf dem Schnee tanzen. Hesinja lächelte, vielleicht zeigte sich Travia doch noch gnädig und nahm sie trotz ihrer ganzen Frevel bei sich auf.

Sie hob den Blick und stellte fest, dass sie mitten auf dem Dorfplatz stand. Vor ihr balgten sich einige Rotaugen um einen großen Käsebalg und schenkten ihr keinerlei Aufmerksamkeit. Ihr Blick streifte den Pranger, der umgeworfen und teilweise zertrümmert mitten auf dem Platz lag. Nie wieder würde irgendjemand dort ausharren und möglicherweise sterben müssen.

Sie setzte sich wieder in Bewegung. In ihr war alles ruhig, ihr Herz schlug sanft in ihrer Brust, und auch das Zittern hatte aufgehört. Sie spürte einfach nichts in sich, hatte mit allem abgeschlossen. Wenn sie nun starb, war es gut so. Im Gegensatz zu dem Morgen, als sie in den Wald gelaufen war, gab es nun keine starken Gefühle, die sie vorwärts trieben, keine Schmerzen in den Gliedern, die sie davon abhalten wollten.

Hesinja erreichte die Schlupftür des großen Tors, das völlig unversehrt war. Pettar mochte an jedem Ort sein, doch ihr Gefühl sagte ihr, dass er sein altes Zuhause, seine ehemalige Heimstatt aufsuchen würde. Wo sonst als an einem traviagefälligen Ort sollte sie ihn finden?

Sie drückte die Klinke herab, und die Tür schwang auf. Hesinja blickte über einen Hof voller Sumpfranzen. Die Tiere machten sich über die Artgenossen her, die von den Pfeilen des Grafen oder dessen Trophäen niedergestreckt worden waren. Inmitten des Gewusels entdeckte sie auch Körperteile, die von

Pferden oder Menschen stammen mussten, aber selbst dieser Anblick konnte ihre innere Ruhe nicht durchbrechen. Hesinjas Gedanken waren kristallklar, als sie den Blick schweifen ließ. Sie wusste selbst nicht so genau, wonach sie Ausschau hielt, als sie schließlich inmitten der Massen von Rotaugen ein einzelnes ausmachte, das immer wieder laute Rufe ausstieß, als würde es seine Artgenossen befehligen. Still und abwartend hielt sie den Blick auf die Sumpfranze gerichtet, bis sich diese irgendwann umwandte und sich ihre Blicke trafen.

»Komm!«, flüsterte Hesinja und schaute ihm genau in die rot glühenden Augen. »Pettar!«

Der Angesprochene hielt einen Moment inne, dann machte er tatsächlich einige Schritte auf sie zu. Hesinja erinnerte es ein wenig an Hauskatzen, die ihr Ziel genau im Blick hatten und darauf zuschlichen, doch es machte ihr keine Angst. Pettar würde ihr hier ebenso wenig etwas antun, wie er es damals im Wald getan hatte.

Er stieß gegen einige andere Rotaugen, die sich um ihre Beute balgten. Er wurde angefaucht und fauchte zurück. Die Ranzen kuschten, womit eindeutig klar war, wer hier das Sagen hatte. Nach wie vor war der Blickkontakt ununterbrochen, der Rest der Welt mehr und mehr ausgeblendet. Dann erreichte Pettar die Schlupftür und damit Hesinja. Er knurrte, rührte sie aber tatsächlich nicht an. Wieder dieser kupferfarbene Schimmer. Hesinja lächelte.

Langsam und in einer gleitenden Bewegung drehte sie sich um und ging genau in ihren eigenen Fußspuren zurück. Sie schaute nicht danach, was die restlichen Sumpfranzen oder Pettar taten. Sie hatte es bis hierhin geschafft, also würde sie auch den Rückweg schaffen – und Pettar würde ihr folgen. Es gab nichts, was sie in diesem Glauben erschüttern konnte. Ruhig setzte sie einen Fuß vor den anderen, die Augen wieder auf einen imaginären Punkt im Schnee gerichtet. Nach wie vor waren die Schreie und Rufe da, erklangen grässliche Geräusche um sie herum, doch wirklich erreichen taten sie sie nicht. Nach und nach blieben sie zurück, bis sie nur noch einen einzelnen Atem hinter sich hörte. Sie erreichte den Waldrand, doch auch hier blickte sie nicht auf. Sie hatte ihre eigene Fußspur, die der Wind in der kurzen Zeit kaum verweht hatte, und folgte dieser einfach. Es war daher nicht sinnvoll, sich groß auf die Umgebung zu konzentrieren. Hesinja war die Ruhe selbst, wie die gute Stube ihres leiblichen Vaters, die geduldig ein ganzes Jahr darauf wartete, bis sie zu Travias Ehren verwendet werden konnte. War nicht ihr ganzes bisheriges Leben die Suche nach so einer Stube gewesen? Wollte sie nicht ihren Platz finden, wo sie bleiben und glücklich werden konnte? Geweihte eines Travia-Tempels, einen netten Mann an ihrer Seite, den sie das ganze Leben lieben konnte? Wann hatte sie das letzte Mal davon geträumt?

Es schien ihr lange her, zu lange. Was hatte ihr das Leben im gräflichen Haushalt schon gebracht, außer neuen Fertigkeiten im Kochen? Nein, es war töricht, eine unehrliche Beziehung wie zum Grafen zu führen. Ihr Platz war ein anderer.

»Du hast es geschafft!«, vernahm sie eine Stimme und schreckte auf. Was war passiert? »Du hast es tatsächlich geschafft, unversehrt nach Salsweiler zu gelangen. Ich weiß nicht, wie du es angestellt hast, aber in dir scheint mehr zu stecken, als ich dachte.«

Hesinja blickte sich verwirrt um. Sie stand wieder am Steinkreis, dabei war sie doch eben erst auf dem Weg nach Salsweiler gewesen, um den Ort zu retten. Was war geschehen? War sie tatsächlich dort gewesen? Warum lebte sie dann noch?

Swinja kam kichernd auf sie zugelaufen, dann hörte Hesinja unmittelbar hinter sich ein Fauchen und wirbelte herum. Nur ein paar Schritte entfernt stand die Sumpfranze, die sie im Herbst im Wald bedroht hatte und von der Swinja sagte, sie sei der verwandelte Pettar. Wo kam er denn plötzlich her? Hesinja stellte fest, dass Pettar in einer Fährte stand, wie Schneeschuhe sie hinterließen, und dass diese genau an ihren eigenen Schneeschuhen endete.

»Aber …«, machte sie verwirrt, doch da war Swinja bereits an ihr vorbei.

Die Hexe riss sich ein Haar aus, machte blitzschnell einen Knoten hinein und warf es über die Schulter nach dem Rotauge. Dieses warf sich herum und wollte fliehen, doch irgendetwas Unsichtbares hinderte es daran. Der Affe kreischte und rannte ein paar Schritte auf und ab, als würde er vor einer massiven Mauer oder einem Flussufer stehen.

»Du entkommst mir nicht, Freundchen!«, rief Swinja kichernd und zwinkerte der völlig perplexen Hesinja zu. »Dann fangen wir mit dem Ritual mal an.«

Sie begann einen Sprechgesang in einer Sprache, die Hesinja nicht verstand, die aber sehr beruhigend auf sie wirkte. Dieselbe Wirkung schien er auch auf Pettar zu haben, denn er stellte sein Herumgehetze ein und widmete seine Aufmerksamkeit völlig der Hexe. Er hielt den Kopf schief und schien ihr zu lauschen. Der Sprechgesang bekam eine fordernde Komponente, und Pettar reagierte darauf, indem er ein paar Schritte nach vorne machte. Ohne ihn aus den Augen zu lassen oder in ihren Worten innezuhalten, ging Swinja langsam zu ihrem Kessel.

Schnell huschte Hesinja zur Seite, um ihr nicht in die Quere zu kommen, befreite ihre Füße von den Schneeschuhen und ließ sich dann auf dem Stein nieder, auf dem sie vorhin auch erwacht war, um das Ritual zu beobachten. Sie schob die nagenden Gedanken an Salsweiler vorerst zur Seite, denn sie konnte nur hoffen, dass die Rotaugen dort ohne ihren Anführer vollends in Chaos versanken und vertrieben werden konnten.

Swinja hatte kreisförmig um ihren Kessel allerhand Zutaten platziert, die sie nun nach und nach aufnahm und hineinwarf. Dabei wurde sie von Pettar verfolgt, der jedoch die ganze Zeit über den genau gleichen Abstand hielt und die Hexe nicht aus den Augen ließ.

Nach und nach wurde der Gesang lauter und intensiver, dennoch tat sich sonst nichts, was Hesinja erkennen konnte, und sie begann sich zu langweilen. Sollte sie vielleicht doch in Salsweiler nach dem Rechten sehen? Aber was konnte sie allein schon dort ausrichten? Sie würde sich selbst nur in Gefahr bringen. Hesinja seufzte, rutschte vom Felsen und ging ein paar Schritte, um sich etwas aufzuwärmen. Näher an den Kessel und das Feuer darunter wagte sie sich nicht, denn wer wusste schon, ob das das Ritual stören konnte. Auch Fawliar saß auf einem der Steine und rührte sich nicht. Hesinja sah nur durch das Feuer, das sich in seinen Augen spiegelte, dass er überhaupt da war.

Langsam wurde es dunkel, und Hesinja stellte verwundert fest, dass Bewegung in die Morgendornsträucher kam. Ein Tier? Zögernd rückte sie näher. Es wäre wohl besser, es zu vertreiben, bevor irgendwas schiefging.

Doch nicht ein Tier hatte die Büsche in Bewegung gesetzt, die großen Blüten waren es, die sich nun langsam öffneten. Hesinja erblickte goldene und purpurne Kelche von solcher Schönheit, wie sie sie noch nie in ihrem Leben gesehen hatte – und das mitten im Winter? Wie sie wohl durften mochten? Vorsichtig trat sie näher.

»Nein!«, die Hexe hatte ihren Sprechgesang unterbrochen, um ihr eine Warnung zuzurufen. »Steche dich bloß nicht an den Dornen, oder willst du eine Sumpfranze werden?«

Erschrocken zuckte Hesinja zurück. Nun wäre sie um ein Haar selbst Opfer dieses heimtückischen Gewächses geworden. Sie nickte Swinja dankbar zu, doch diese war wieder in ihre Formeln verfallen und schenkte ihr keinerlei Beachtung mehr. So betrachtete sie wieder die Blütenkelche. Langsam und anmutig stiegen aus einigen kleine Lichter hervor, die wie Kerzenschein flackerten, jedoch bläulich-weiß waren. Lustig begannen sie über den Blüten zu tanzen.

Hesinja kicherte, dann fiel ihr ein, was Swinja über sie gesagt hatte, und sie wurde übergangslos wieder ernst. Was sie hier als so lustig empfand, waren die gefangenen und gequälten Seelen der Opfer des Strauchs, während ihre Körper irgendwo als Rotaugen ihr Dasein fristeten. Eine davon war Pettar, doch so sehr sich Hesinja auch bemühte, sie erkannte keinen Unterschied.

Abermals unterbrach Swinja ihre Liturgie. »Hesinja, die purpurne Blüte ganz außen – schneide sie ab und bring sie mir. Aber ganz langsam, sie darf auf keinen Fall die Verbindung zum Irrlicht verlieren. Ein Messer findest du im Schlitten, schnell!«

Hesinja nickte und wandte sich dem Holzgestell zu. Im Dämmerlicht würde es schwer sein, dort ein Messer zu finden.

»DUUUUUUU!«, donnerte ein hasserfüllter Schrei über den Steinkreis.

Hesinja fuhr erschrocken hoch. Diese Stimme kannte sie doch. Es war eindeutig das Organ der Gräfin Grimje von Salsweiler, aber noch nie hatte Hesinja diese Stimme so laut und wütend erlebt. Sie ließ den Blick über die Lichtung huschen, konnte die Gräfin aber nirgendwo entdecken.

»Ja, ich!«, rief Swinja zurück und lachte, das Gesicht Richtung Himmel gewandt.

Hesinja schaute nach oben und erschrak. Dort schwebte die Gräfin auf einem Stab mitten über dem Steinkreis, Pubitz auf der Schulter. Also stimmten die Märchen über Hexen, die auf Besen reiten konnten. Bestimmt war Swinja auch zu so etwas in der Lage.

»Ich wusste, dass du hinter diesem Rotaugen-Angriff steckst!« Grimjes Stimme loderte vor Zorn. »Er ist tot, Swinja, du hast ihn auf dem Gewissen.«

Etwas in Hesinja zerbrach. Sie wusste sofort, wen die Gräfin meinte. Also war der Racheplan der Hexe aufgegangen, und ihr ehemaliger Geliebter war ein Opfer der Rotaugen geworden.

Swinja lachte. Es war ein befreites Lachen, das aus tiefster Seele kam. Sofort hasste Hesinja Swinja dafür, dass sie sich so über den Tod und das Leiden anderer Menschen amüsierte. Aber hatte sie selbst nicht den Majordomus kurz vor dessen Tod ausgelacht? Sie fröstelte und drückte sich an den Schlitten, damit die Gräfin sie nicht sah, doch diese hatte ohnehin nur Augen für Swinja.

»Was willst du nun tun, Grimje?«, rief Swinja belustigt nach oben. »Mich mit Zaubersprüchen angreifen? Mich verfluchen? Aus der *Luft*?«

Wie eigenartig sie das letzte Wort betonte. Grimje fluchte, dass sich Hesinja die Nackenhaare aufstellten. Irgendwas musste an Swinjas Aussage dran sein, aber ebenso klar war, dass sie nie zwei Menschen begegnet war, die sich abgrundtiefer hassten.

»Komm her, alte Frau!«, rief Swinja und hob eine Faust. »Spüre meinen *Hexenschuss*, wenn du es nicht freiwillig tust!«

Grimje brüllte auf und verkrampfte sich, als würden sie plötzlich furchtbare Schmerzen heimsuchen. Hesinja erschauerte. Was für eine furchtbare Kraft der Hexenmagie innewohnte. Langsam rutschte sie von dem Stecken, in dem Hesinja nun verwirrt den Holzständer erkannte, auf dem Pubitz sonst immer schlief. Die Gräfin fiel die paar Schritte zu Boden und blieb dort stöhnend liegen.

Swinja kam auf Hesinja zugerannt, die instinktiv in Abwehrhaltung die Arme hochriss. Doch die Hexe riss nur einen großen Weidenkorb vom Schlitten, kippte den Inhalt aus und sprang selbst hinein.

»Das wird sie nicht lange aufhalten«, zischte Swinja Hesinja zu. »In ihrem lodernden Zorn wird sie nie kapieren, dass wir hier ihr eigenes Kind befreien. Ich locke sie weit weg, damit du das Ritual beenden kannst. Nimm die Blüte und wirf sie vorsichtig in den Kessel, dann rühre siebenmal um und gib Pettar eine Kelle voll zu trinken. Beeile dich aber, denn der magische Schlaf, in den ich ihn geschickt habe, wird nicht mehr lange anhalten.«

Sie wartete keine Reaktion von Hesinja ab, sondern erhob sich urplötzlich mitsamt des Korbs in die Luft. Verdattert wich Hesinja ein paar Schritte zurück. Fawliar kam angehuscht und sprang mit in den Korb, als wäre er das gewohnt.

»Ich werde dich *töten*!« Die Gräfin.

Swinja zwinkerte ihr noch einmal kurz zu, dann flog der Korb schon durch die Bäume, dich gefolgt vom Fluggerät der Gräfin. Hesinja war übergangslos allein.

Nicht ganz allein. Langsam wandte sie sich um, doch wie von Swinja beschrieben lag Pettar ruhig neben dem Kessel und rührte sich nicht. Schnell suchte sie nach dem Messer und fand es inmitten der Gegenstände, die Swinja aus dem Korb gekippt hatte. Sie eilte zum Morgendornstrauch und hielt respektvollen Abstand zu jedem Stachel. Als sie die Blüte abschnitt, meinte sie ein leises Jammern zu hören, doch dies konnte auch Einbildung sein. So behutsam wie möglich bewegte sie die Blüte vom Strauch weg, und tatsächlich – das kleine tanzende Licht folgte!

Nahezu schleichend näherte sie sich der Mitte des Steinkreises und damit dem Kessel, bemerkte aber nach ein paar Schritten, dass die Helligkeit von Pettars Seele abnahm, also beschleunigte sie. Endlich stand sie vor dem Kessel und ließ die Blüte hineingleiten. Das Irrlicht folgte. Der gesamte Kesselinhalt flackerte kurz auf, als es die Flüssigkeit berührte.

Hesinja ergriff die Kelle und wollte siebenmal rühren, wie Swinja gesagt hatte, doch dann stutzte sie. Machte es bei diesem Hexenzauber einen Unterschied, in welche Richtung sie rührte? Swinja hatte nichts dazu gesagt. Nicht, dass Hesinja das Ritual im letzten Moment noch vermasselte.

Neben ihr begann sich Pettar zu rühren. Ihr blieb keine Zeit mehr. Willkürlich entschied sie sich für eine Richtung und zählte die Kreise laut mit. Immer wieder stieß sie mit der Kelle an große Dinge, die dort in dieser magischen Brühe schwammen – sie wollte gar nicht wissen, in was sie da rührte.

»Sieben!«

Hesinja zog die Kelle aus dem Kessel und griff etwas tiefer am langen Stiel zu, damit sie nichts vom Inhalt verschüttete. Swinja verwendete Holz, dennoch war es sehr heiß. Sie verkniff sich den Schmerz und beugte sich zu Pettar herab. Er war bereits wieder wach geworden und starrte sie mit rot glühenden Augen ab.

»Trink!« Hesinja bemühte sich, ihrer Stimme einen möglichst ruhigen Klang zu geben. »Nun mach schon, es wird den Fluch brechen und dich wieder zu einen Menschen machen.«

Pettar knurrte leise, doch es klang nicht aggressiv, eher so, als wüsste er nicht, was sie von ihm wollte. Sie hielt ihm einer Eingebung folgend einfach die Kelle an die Schnauze und kippte sie langsam, sodass sich der Inhalt in seinen Rachen entleerte. Hesinja hörte ein Schlucken, also nahm er die heiße Brühe tatsächlich an. Sie atmete auf.

Dann begann er plötzlich zu fauchen und sich zu schütteln. Erschrocken wich sie einige Schritte zurück. Pettar bäumte sich auf und brüllte. Hatte sie doch in die falsche Richtung gerührt? Oder hatte vielleicht gar Swinja einen Fehler begangen? Hesinja wusste nichts über Hexenrituale oder Magie allgemein.

Pettar brüllte weiterhin aus Leibeskräften und sprang auf, riss die Arme nach oben, legte den Kopf in den Nacken und brüllte wie ein Wolf in der Nacht, dann klappte er in sich zusammen und verkrampfte.

Hesinja blieb auf Abstand, die Kelle nach wie vor in der Hand. Sie hoffe, dass er sie nach wie vor nicht angriff, aber wenn er es tat, was die Kelle immer noch eine bessere Waffe als das winzige Messer, mit dem sie die Blüte abgeschnitten hatte.

Pettar wälzte sich im Schnee, der ihn dampfend einhüllte. Sie meinte, ganze Fellbüschel abfallen zu sehen, war sich aber nicht sicher. Ängstlich, aber auch fasziniert beobachtete sie ihn weiter.

Es dauerte lange, aber sie konnte nicht sagen, wie lange, bis Pettar plötzlich ruhig liegen blieb und verstummte. Hesinja wartete einige Herzschläge ab, dann nahm sie allen Mut zusammen und näherte sich ihm.

»Pettar?«

Keine Regung. Sie wiederholte den Namen, doch weiterhin tat sich nichts. Vorsichtig beugte sie sich herab und schob den Schnee behutsam beiseite. Sie legte Haut frei, dampfende Haut, doch haarlos – Menschenhaut.

Nun gab es für sie kein Halten mehr, mit beiden Händen befreite sie den nun wieder menschlichen Pettar vom Schnee und lief dann zum Schlitten, um einige Kleidungsstücke und eine Decke zu holen, die Swinja in weiser Voraussicht eingepackt hatte.

Als sie zurückkam, saß Pettar bereits aufrecht im Schnee. Die Kälte schien ihn nicht zu stören, denn er hielt seine Hände vor das Gesicht und betrachtete sie von allen Seiten, dann ließ er sie sinken und suchte Hesinjas Blick. Er stieß einige unverständliche Laute aus, doch es dauerte nicht lange, da verstand sie ihn: »Wo bin ich? *Wer* bin ich?«

Hesinja lächelte. »Du bist Pettar, Sohn des Grafen von Salsweiler. Komm, zieh dich an, dann zeige ich dir deine Heimat …«

Epilog

Rommilys war weitaus größer, als sich Hesinja je hätte träumen lassen. Tagelang waren sie von Salsweiler aus den Born herabgefahren und in Neersand, einer gewaltigen Stadt, auf ein riesiges Schiff gestiegen und von da aus wochenlang über das Meer nach Perricum gereist. Riesige Burgmauern und einen Hafen, größer als ganz Salsweiler, hatte es dort gegeben.

Doch Rommilys übertraf Perricum noch. Hoch über der Stadt prangte eine Burg, in der der Sitz der Grafen von Salsweiler zwanzig Mal Platz hätte, darunter breitete sich eine unüberschaubare Zahl an Häusern aus, die man unmöglich zählen konnte. Am liebsten wäre sie sofort zum Friedenskaiser-Yulag-Tempel geeilt, doch Mutter mahnte zur Ruhe. Erst in ein paar Tagen würde die Audienz beim Hohen Paar stattfinden.

Sie trug nun endlich das Wahlfahrergewand der Travia-Kirche. Fast schon erschienen ihr die furchtbaren Geschehnisse des letzten Winters wie ein böser Traum, doch die vielen Toten, die der Angriff der Rotaugen gefordert hatte, blieben traurige Realität. Neben dem Grafen selbst waren noch zwanzig andere Menschen von den Sumpfranzen zerfleischt worden und Salsweiler damit auf einen Schlag um fast einen Zehntel seiner Einwohner beraubt worden.

Trotz des Winters hatten sie aber sofort mit dem Aufräumen begonnen. Hesinja hatte vor Freude geheult, als sie Mutter und Vater völlig unversehrt in die Arme schließen konnte. Ebenso groß war die Freude auf der anderen Seite gewesen, war Hesinja doch eine Woche zuvor spurlos verschwunden und für tot gehalten worden. Hätte sie nicht Pettar als lebenden Beweis gehabt, hätte ihr wohl niemand die Geschichte mit dem Zwist der zwei Hexen geglaubt. Als die gröbsten Schäden beseitigt worden waren, hatte sie Vater, Mutter und andere aus dem Dorf sofort zum Ritualplatz geführt, wo noch alles so lag, wie Pettar und sie es verlassen hatten. Alles, bis auf den schweren Hexenkessel, der spurlos fehlte.

Im beginnenden Frühling, als die Witterung es zuließ, war Hesinja tagelang durch die Wälder gestreift, hatte aber nie eine Spur von Swinjas Hütte oder ihr selbst entdeckt, und auch die Gräfin blieb verschollen, sodass man sie in Salsweiler schließlich für tot erklärte.

Mutter hatte gesagt, sie solle sich in Geduld üben, aber nichts konnte sie davon abhalten, sich Rommilys anzusehen! Sie griff nach Pettars Hand und zog ihn kurzerhand mit sich.

Neben Mutter war er der Einzige, der sie auf ihrer Pilgerfahrt begleitete. Vater konnte die einzige Gaststätte im Ort nicht unbeaufsichtigt lassen, sodass Hesinja ihn schweren Herzens verlassen musste. Pettar hingegen hielt nichts. Seinen Anspruch auf den Grafentitel von Salsweiler würde er sich erst beim Adelskonvent erstreiten müssen, doch zunächst einmal musste er ins Menschenleben zurückfinden. Ein schwieriger Weg, bei dem ihm Hesinja gern half. Wie froh war sie daher gewesen, als sie ihn am Tag der Abreise ebenfalls in Pilgerkleidung gesehen hatte.

Sie huschten durch die engen Gassen der Großstadt, blieben vor Marktständen mit exotischen Waren stehen und rochen Dürfte, wie sie sie noch nie wahrgenommen hatten. Einige Händler waren so nett, ihnen als Pilger einen Happen zum Probieren zu geben, sodass bis zum Abend in völlig unbekannten Genüssen schwelgen konnten.

Auch wenn es keinen Grafen mehr zu bekochen gab, war Hesinja dennoch immer wieder in die Küche zurückkehrt und hatte nach und nach die Schäden beseitigt, die die Rotaugen hinterlassen hatten. Bereits einen Monat nach dem Angriff hatte sie das erste Essen darin kochen können und im gräflichen Speisesaal für Pettar, Mutter und Vater aufgetischt. Es war das erste Mal seit jeder schicksalhaften Nacht mit dem Grafen gewesen, dass sie selbst wieder dort gegessen hatte, doch war das damals bereits nur noch ein böser Traum gewesen.

Die Tage des Wartens in Rommilys vergingen wie im Flug, doch in all dem ausgelassenen und heiteren Treiben kam in Hesinja auch immer wieder Wehmut auf. Sie versuchte, so wenig wie möglich an Graf Joost zu denken, doch die Erinnerung an die wunderbaren Liebesnächte ließ sich nicht so einfach vertreiben. Nach wie vor war ihr Herz gebrochen, und sie war sich völlig unsicher, ob sie einen Menschen jemals wieder lieben konnte.

Dabei gab es Verehrer genug. Es dauerte nicht lange, bis sich herumgesprochen hatte, wer Salsweiler letztlich gerettet hatte. Auch berichteten einzelne Leute übereinstimmend, dass sie Hesinja in eine gleißend orangene Aura gehüllt durch den Ort hatten gehen sehen.

Hesinja tat es als Unfug ab, konnte sie sich an ihren Aufenthalt in Salsweiler an jenem Tag doch nicht erinnern, genoss es aber insgeheim, so verehrt zu werden. Dennoch war niemand dabei, der sie wirklich reizte, also würde sie wohl vorerst eine ehelose Geweihte bleiben.

Endlich war der Tag gekommen. Hesinja würde nun den höchsten Tempel der Travia von innen sehen können und ihre Weihe vom Hohen Paar der Travia-Kirche empfangen. Sie verschlang ihr Frühstück nahezu, doch dann widmete sie eine ganze Zeit dem Richten ihrer Robe und Haare, bis Mutter schließlich an die Tür klopfte.

Natürlich hatte sie in den vergangenen Tagen den Platz des traviagefälligen Friedens bereits besucht. Er war so gewaltig, dass man dort Getreide für eine ganze Familie hätte aussäen können. Doch er war gepflastert, kein Feld. Hesinja versuchte zu überschlagen, wie viele Steine es sein mussten, doch die Zahl überstieg ihre Vorstellungskraft. Aber es war vor allem der Friedenskaiser-Yulag-Tempel selbst, der das Viertel dominierte. Ein riesiges Oval aus Steinen, ragte er als ein von Menschen erschaffenes Gebirge in der Stadt auf.

Heute befanden sich Menschenmassen auf dem Platz. Hesinja sah so viele Pilger mit ihren orangen Binden und Gänsestöcken und Geweihte in ebenfalls orangener Tracht, dass ihr ganz schwindelig wurde. So viel Travia auf einem Fleck! Es erfüllte sie mit Stolz, nun endgültig Teil dieser großen Familie zu werden.

Mutter setzte sich entschlossen an die Spitze und kämpfte sich durch die Pilgerschar. In ihrer Geweihtenrobe wurde sie sofort erkannt, sodass die Menschen ihr bereitwillig Platz machten. Hesinja folgte ihr mit mulmigem Gefühl. Plötzlich war es ihr gar nicht mehr geheuer, das Ende ihrer Wallfahrt erreicht zu haben. Pettar griff nach ihrer Hand und drückte sie, dankbar lächelte sie zurück.

Endlich hatten sie das Portal erreicht und konnten den Tempel betreten. Vor ihnen öffnete sich eine gewaltige Halle, in der aber dennoch gemütliche Feuer brannten und Gemälde heimelige Stimmung verbreiteten. Hesinja fühlte sich auf Anhieb wohl.

Doch sie konnte nicht stehen bleiben und den Anblick in sich aufnehmen, denn Mutter war bereits weitergegangen. Die Geweihte war einige Male in ihrem Leben in Rommilys gewesen und kannte den Weg, den sie nehmen musste.

Bei ihrem Gang durch den Tempel kamen sie an unzähligen kleinen Nischen vorbei, in dem Gläubige vor einem Heiligen Herd hocken oder saßen und ihre Gebete an Travia sandten. Nun wurde ihr erst bewusst, wie viele Gebete Travia in jedem einzelnen Moment hören musste. Wie wenig verwunderlich war es da, wenn sie nicht immer alle erhören konnte?

»Schau.« Mutter war stehen geblieben und deutete ins Zentrum der Halle. »Weißt du, was das da ist?«

Hesinja erblickte eine riesige Statue der Travia, davor ein Herd von wahrhaft gewaltigen Ausmaßen, um die sich gackernd einige Wildgänse scharrten. Doch auf dem Herd stand …

»… der Kessel der Göttin …«, flüsterte sie ergriffen.

Er war eines der heiligsten Artefakte des Traviakults. Man erzählte sich, dass ein jeder Geweihte ihn in Zeiten der größten Not zu sich rufen konnte und die Speisen daraus niemals versiegten.

Mutter lächelte sie kurz an, dann ging sie weiter. Sie erreichten die Füße der Travia-Statue, oder eher ihre Zehen, die Hesinja bis zu den Knien reichten. Unweit davon standen ein Mann und eine Frau, die Hesinja sofort für das harmonischste Ehepaar hielt, das sie jemals gesehen hatte. Hand in Hand warteten sie geduldig ab. Sie waren in prächtige Roben aus Goldbrokat gekleidet, dazu trugen sie eine golden-rotgoldene Tiara mit eingewobenen Gänsen auf dem Köpfen. Hesinja zuckte zusammen, als ihr bewusst wurde, dass sie dem Hohen Paar gegenüberstand, den obersten Geweihten der Travia überhaupt!

»Hohe Mutter, hoher Vater …« Mutter verneigte sich.

Hesinja wollte das Paar ebenfalls begrüßen, doch ihr Mund war wie zugeklebt. Sie spürte, wir ihr die Schamröte ins Gesicht schoss, als sie einen schüchternen Knicks machte.

Mutter half ihr, indem sie für Hesinja redete. Sie berichtete dem Hohen Paar von Hesinjas bisherigen Leben, von ihrem am Pranger gestorbenen Vater, den Dingen, die sie als Waise im Tempel gelernt und getan hatte. Aber Mutter ließ auch keine ihrer Verfehlungen aus und berichtete ausführlich von ihrer Affäre mit dem Grafen.

Hesinja begann zu schwitzen und widerstand den Zwang, von einem Bein aufs andere zu treten oder noch lieber gleich zu flüchten. Ihre Wangen fühlten sich an, als könnte man darauf Spiegeleier braten. Dann erzählte Mutter von Hesinjas Verschwinden und dem Angriff der Rotaugen wenige Tage später.

»Hesinja ging völlig ruhig durch Salsweiler, als könne nichts sie erschüttern. Dabei war sie von einem kupfernen Schimmer umgeben, den nur die gütige Göttin selbst über sie gelegt haben konnte.«

Hesinja riss entsetzt Augen und Mund auf. Nun erzählte Mutter diesen Unsinn mit dem Schimmer sogar schon dem Hohen Paar.

»Ich … ich war gar nicht in Salsweiler«, stammelte sie. »Ich meine – ich weiß nichts mehr davon.«

»Bescheidenheit.« Der Hohe Vater lächelte, und seine Gattin ergänzte: »Eine wahre Tugend.«

Hesinja wünschte sich, ein Loch im Boden würde sich auftun und sie verschlingen. Sie senkte den Kopf und hoffte, ihre Haare mochten zumindest die Röte etwas kaschieren.

Mutter berichtete, wie sie dann mit Pettar aus dem Wald gekommen und sich um ihn gekümmert hatte.

»Zuletzt hat sie nicht geruht«, schloss sie, »bis der Herdfrieden in der gräflichen Residenz wiederhergestellt war. Unablässig hat sie dort gearbeitet, bis sie uns ein Essen auftischen konnte.«

Hesinja knetete hinter ihrem Rücken die Finger. Wie gern hätte sie Pettars Hand ergriffen, wagte es jedoch nicht, danach zu greifen.

»Ihr habt Euch wahrhaft würdig in Travias Geboten gezeigt«, sprach der Hohe Vater sie nun direkt an.

Er hatte eine sanfte Stimme, die Vertrauen schenkte, so blickte Hesinja wieder auf und ihn schüchtern an. Was benahm sie sich nur wie ein kleines Mädchen, das Dummheiten begangen hatte? Sie stand hier dem Hohen Paar gegenüber, das einen kurzen Moment seiner kostbaren Zeit nur ihr widmete. Aller Voraussicht nach würde es ihre einzige Begegnung mit ihm bleiben, also sollte sie alles mitnehmen, was möglich war. Sie zwang sich zu einem Lächeln.

»Ich sehe keinen Grund, warum Ihr nicht die Weihe empfangen solltet, gleich hier. Kniet nieder!«

Es hatte noch nie eine Aufforderung in ihrem Leben gegeben, die sie rascher gefolgt war. Das Herz klopfte ihr bis zum Hals, als sie vor dem Hohen Paar auf die Knie fiel. Sie fühlte die Hände des Hohen Vaters auf ihrem Kopf ruhen und senkte ihn demütig.

Einen Augenblick lang geschah nichts, und Hesinja fragte sich, ob bei dieser Liturgie nicht Worte gesprochen oder sie zumindest etwas fühlen sollte.

Schließlich zog der Hohe Vater seine Hände zurück. »Steht auf.«

Nicht ganz so enthusiastisch wie eben erhob sie sich wieder, fast schon enttäuscht. Das sollte alles gewesen sein? Sie blickte ihn an und hoffte, dass man ihr die Verwunderung nicht ansah.

Doch der Hohe Vater wirkte ebenso irritiert. Er flüsterte seiner Gattin etwas ins Ohr.

»Der Hohe Vater kann Hesinja die Weihe nicht verleihen«, sagte sie darauf.

Hesinjas Herzschlag setzte aus. *Nein! Bitte nicht! Ich bin doch eine Frevlerin!*

Unaufhaltsam drängten sich die Tränen in ihre Augen.

»Ihr habt die Weihe schon empfangen«, sagte da der Hohe Vater mit unüberhörbar ergriffener Stimme. »Vermutlich von Travia persönlich, als Ihr in ihrem Schutz durch Salsweiler geschritten seid. Ein wahres Wunder.«

Irgendwer zog Hesinja die Beine weg oder raubte ihr zumindest die Kniegelenke. Wie eine Puppe wäre sie zusammengeklappt, wenn Pettar nicht blitzschnell reagiert und sie festgehalten hätte. Sie blickte ihm genau in die Augen. Waren es nicht exakt dieselben, die sie beim Grafen so geliebt hatte?

Götter und Monate des Zwölfgötterglaubens

Praios: Sonne, Gesetz, Herrschaft, Recht, Ordnung – Monat Juli – Himmelsrichtung Süden

Rondra: Krieg, Ehre, Zweikampf, Tapferkeit, Sturm – Monat August

Efferd: Wasser, Meer, Regen, Fischfang, Schifffahrt – Monat September – Himmelsrichtung Westen

Travia: Gastfreundschaft, Heimat, Ehe, Herdfeuer – Monat Oktober

Boron: Tod, Schweigen, Vergessen, Schlaf, Träume – Monat November

Hesinde: Weisheit, Magie, Wissenschaft, Wissen – Monat Dezember

Firun: Winter, Jagd, Eis, Natur, Selbstbeherrschung – Monat Januar – Himmelsrichtung Norden

Tsa: Wandel, Schöpfung, Schwangerschaft, Beginn, Geburt – Monat Februar

Phex: Glück, Handel, List, Humor, Diebe – Monat März

Peraine: Fruchtbarkeit, Ackerbau, Arbeit, Erde, Pflanzen – Monat April

Ingerimm: Handwerk, Schmiede, Feuer, Fleiß, Beständigkeit, Zorn – Monat Mai

Rahja: Liebe, Lust, Rausch, Ekstase, Harmonie – Monat Juni – Himmelsrichtung Osten

Der Namenlose: Widersacher der Zwölfe – Namenlose Tage, 5 Tage zwischen Rahja und Praios

Halbgötter und Götter anderer Pantheone

Aves: Sohn von Rahja und Phex, Schutzgott der Reisenden und Abenteurer

Ifirn: Milde Tochter des Firun

Kor: Sohn Rondras, der von Söldnern für den guten Kampf für guten Lohn verehrt wird

Levthan: Widderhäuptiger Sohn Rahjas, Vegetationsgott, von Hexen angebetet

Mada: Tochter Hesindes, Bringerin der Magie, der Mond

Los: Urgott des Schicksals

Sumu: Urgöttin der Erde

Satinav: Gott der Zeit

Natûru-Gon: Mammutgestaltiger Gott der Gjalskerländer, seine Aspekte sind Heim, aber auch Kampf und Krieg

Makka: Name Madas bei den Gjalskerländern

Fekorr: Name Phexens bei den Gjalskerländern

Tayrach: Gott der Gjalskerländer, Aspekte s. Tairach

Tairach: Orkgott der Rache, des Blutes und der Geheimnisse

Gravesh: Orkgott des Handwerks, der Schmiedekunst

Angrosch: Name Ingerimms bei den Zwergen

Verwendete Maße und Gewichte:

1 Finger – 2 cm

1 Spann – 20 cm

1 Schritt – 1 m

1 Meile – 1 km

1 Unze – 25 g

1 Stein – 1 kg

1 Lot – 10 m (Tiefe)

1 Götterlauf – 1 Jahr

1 Banner – Gruppe von 50 Kämpfern

Das Schwarze Auge
Das Ferdoker Pergament
Der Roman zum DSA Computerspiel "Am Fluss der Zeit"

Jetzt im Handel erhältlich:
ATLAN
Das Flexion
Bernhard Kempen
Sternensplitter-Trilogie 2
ATLAN
Taucher im Lavastrom
Sternensplitter-Trilogie 1
ATLAN
Geheimplan Quinto-Center
Sternensplitter-Trilogie 3
Die Sternensplitter-Trilogie
Taucher im Lavastrom • ISBN 978-3-89064-077-8
Das Flexion • ISBN 978-3-89064-078-5
Geheimplan Quinto-Center • ISBN 978-3-89064-079-2
ULISSES SPIELE
Ulisses Spiele GmbH, Industriestr. 11,
65529 Waldems Steinfischbach, www.ulisses-spiele.de

ATLAN
Kreta-Zyklus
Hans Kneifel
ATLAN
Lotse im Sandmeer
Hans Kneifel
ATLAN
Insel der Winde
Hans Kneifel
Historisch-phantastischer Roman
ATLAN
Das schwarze Schiff
Hans Kneifel
Historisch-phantastischer Roman
Lotse im Sandmeer • ISBN 978-3-89064-188-1
Insel der Winde • ISBN 978-3-89064-195-9
Das schwarze Schiff • ISBN 978-3-89064-196-6
ULISSES SPIELE
Ulisses Spiele GmbH, Industriestr. 11,
65529 Waldems Steinfischbach, www.ulisses-spiele.de

Bisher sind folgende Titel erschienen:

DAS SCHWARZE AUGE		ISBN 978-3-89064-	
Magische Zeiten	Hrsg. Momo Evers	Reader	516-2
Dämmerung	Ulrich Kiesow	55. Roman	459-2
Das Greifenopfer	Thomas Finn	62. Roman	544-5
Das Dämonenschiff	Harald Evers	74. Roman	568-1
Kompanie der Verdammten	Manuel Krainer	75. Roman	562-9
Der Tag des Zorns	Daniela Knor	76. Roman	573-5
Der Schandfleck	Andre Helfers	77. Roman	582-7
Den Göttern versprochen	Charlotte Engmann	78. Roman	579-7
Unsterblicher Traum	Patricia Renau	79. Roman	588-9
Blaues Licht	Daniela Knor	80. Roman	589-6
Spielsteine der Götter	Heike Wolf	81. Roman	591-9
Rabengeflüster	Wichert/Jäcke/Wolf	82. Roman	515-5
Thronräuber	Alexander Lohmann	83. Roman	512-4
Todeswanderer	Yvonne Gees	84. Roman	518-6
Roter Fluss	Daniela Knor	85. Roman	514-8
Todgeweiht	Markus Tillmanns	86. Roman	523-0
Dunkle Tiefen	Daniela Knor	87. Roman	538-4
Maraskengift	Markus Tillmanns	88. Roman	457-8
Unter Aves' Schwingen	Hrsg. Momo Evers	89. Band	460-8
Goldener Wolf	Linda Budinger	90. Roman	542-1
Sieben Winde	Matthias A.W. Ott	91. Roman	461-5
Der Zugvogel	André Fomferek	92. Roman	468-4
Hjaldinger-Saga I: Glut	Daniela Knor	93. Roman	472-1
Galotta 1: Der Hofmagier	Ludwig / Wachholz	94. Roman	476-9
Galotta 2: Der Feuertänzer	Ludwig / Wachholz	95. Roman	489-9
Hohenhag	Dietmar Preuß	96. Roman	494-3
Satinavs Auge	Tobias Radloff	97. Roman	495-0
In den Nebeln Havenas	Daniel Jödemann	98. Roman	496-7
Answin 1: Macht	Michelle Schwefel	99. Roman	499-8
Über den Dächern Gareths	Stefan Schweikert	100. Roman	226-0
Gewittertage	Jana M. Eilers	101. Roman	225-3
Die rote Bache	Dietmar Preuß	102. Roman	455-4
Das Zepter des Horas	Mützlitz/Kopp	103. Roman	236-9
Khunchomer Pfeffer	Demirtel/Findeisen	104. Roman	237-6
Die letzte Kaiserin	Daniel Jödemann	105. Roman	244-4
Todesstille	Bernard Craw	106. Roman	246-8
Löwin und Mantikor	J. Hahn und K. Kaeb	107. Roman	249-9
Toras von Havena	Christian Labesius	108. Roman	168-3
Hjaldinger-Saga II: Sturm	Daniela Knor	109. Roman	245-1

Der erste Kaiser	Daniel Jödemann	110. Roman	247-5
Eiswolf	Linda Budinger	111. Roman	248-2
Der Kreis der Sechs	Michael Masberg	112. Roman	169-0
Die Paktiererin	Dietmar Preuß	113. Roman	158-4
Im Schatten der Dornrose	Bernard Craw	114. Roman	136-2
Galotta 3: Der Aschengeist	Ludwig/Wachholz	115. Roman	229-1
Answin 2: Verrat	Michelle Schwefel	116. Roman	455-4
Kamaluqs Schlund	Stefan Schweikert	117. Roman	137-9
Nachtrichter	Dorothea Bergermann	118. Roman	138-6
Isenborn 1: Stein	Bernard Craw	119. Roman	141-6
Das Ferdoker Pergament	Florian Don-Schauen	120. Roman	139-3
Isenborn 2: Erz	Bernard Craw	121. Roman	142-3
Isenborn 3: Eisen	Bernard Craw	122. Roman	143-0
Isenborn 4: Stahl	Bernard Craw	123. Roman	144-7
Tie'Shiannna	Florian Don-Schauen	124. Roman	140-9
Caldaia	Christian Lange	125. Roman	145-4
Der Schrecken von Arlingen	Thomas Walach-Brinek	126. Roman	146-1
Rabenkind	Gerrit Harm	127. Roman	147-8
Der Pfad des Wolfes	Alex Spohr	128. Roman	148-5
Im Schatten der Esse	Judith Vogt	129. Roman	125-6
Riva Mortis	Mike Krzywik-Groß	130. Roman	129-4
Slasweiler	Alex Noffz	131. Roman	161-4
Der Kristall von Al'Zul:			
Land ohne Gesetz	Anton Weste	Al'Zul 1	231-4
Stadt der Geister	Martina Nöth	Al'Zul 2	232-1
Wald der Verlorenen	Linda Budinger	Al'Zul 3	233-8
Am Finsterquell	Gernot Vallendar	Al'Zul 4	234-5
Aufs Schafott	Florian Don-Schauen	Al'Zul 5	235-4
Hundstage:			
Hundesöhne	Carolina Möbis	Hundstage 1	131-7
Hundswache	Henning Mützlitz	Hundstage 2	132-4
Hundeleben	Christian Humberg	Hundstage 3	133-1
Hundeelend	Dorothea Bergermann	Hundstage 4	134-8
Hundsfott	Carolina Möbis	Hundstage 5	135-5

ATLAN X		ISBN 978-3-89064-	
Lotse im Sandmeer	Hans Kneifel	Kreta 1	188-1
Insel der Winde	Hans Kneifel	Kreta 2	195-9
Das schwarze Schiff	Hans Kneifel	Kreta 3	196-6
Die Prophezeiung von Saïs	Hans Kneifel	Tamaran 1	820-0
Sternenfall der Goldenen	Christian Montillon	Tamaran 2	821-7
Das Urteil des Drachenbaumes	Herren/Mathiak	Tamaran 3	822-4

ATLAN		ISBN 978-3-89064-	
Totentaucher	Wim Vandemaan	Lepso 1	486-8
Die acht Namenlosen	Christian Montillon	Lepso 2	487-5
Befreiung in Camouflage	Michael M. Thurner	Lepso 3	488-2
Die Psi-Kämpferin	Achim Mehnert	Rudyn 1	171-3
Das Sphärenrad	Rüdiger Schäfer	Rudyn 2	172-0
Acht Tage Ewigkeit	Michael H. Buchholz	Rudyn 2	173-7
Das Relikt der Macht	Hans Kneifel	Illochim 1	174-4
Im Bann der Gatusain	Achim Mehnert	Illochim 2	175-1
Der Traum des Navigators	Rüdiger Schäfer	Illochim 3	176-8
Rico	Arndt Ellmer	Roman	177-5
Planet der Silberherren	Uwe Anton	Monolith 1	178-2
Todeszone Zartiryt	Rüdiger Schäfer	Monolith 2	179-9
Echo der Verlorenen	Hans Kneifel	Monolith 3	184-3
Der Silbermann	Marc A. Herren	Monolith 4	185-0
Ceres am Abgrund	Manfred H. Rückert	Monolith 5	186-7
Sprung ins Jenseits	Achim Mehnert	Monolith 6	187-4
Rhaens Ruf	Rüdiger Schäfer	Höllenwelt 1	197-3
Das Erwachen	Achim Mehnert	Höllenwelt 2	198-0
Dämmerung über Höllenwelt	Hans Kneifel	Höllenwelt 3	199-7
Im Schutz des Paladin	Rüdiger Schäfer	Marasin 1	065-5
Tschirque, der Kreuzwächter	Achim Mehnert	Marasin 2	066-2
Die zerschnittene Welt	Rüdiger Schäfer	Marasin 3	067-9
Taucher im Lavastrom	Oliver Fröhlich	Sternensplit. 1	077-8
Das Flexion	Bernhard Kempen	Sternensplit. 2	078-5

SHADOWRUN		ISBN 978-3-89064-	
Chromscherben	M. A. Stackpole	Anthologie	550-6
Shadowrun – Die 6. Welt	Hrsg. T. Hamelmann	Reader	540-7
Wiener Blei	Leo Lukas	41. Roman	555-1
Nachtstreife	Björn Lippold	46. Roman	558-2
Auf dem Sprung	Harri Aßmann	49. Roman	567-4
Töne der Unendlichkeit	Harri Aßmann	50. Roman	569-8
Elementares Wissen	Harri Aßmann	52. Roman	570-4
Die Anfänger	Ivan Nedic	54. Roman	572-8
ASH	Lara Möller	57. Roman	574-2
Pesadillas	Maike Hallmann	58. Roman	575-9
Vertigo	Maike Hallmann	59. Roman	581-0
Hand am Hort	Sebastian Schaefer	60. Roman	583-4
Flynns Weg	Lara Möller	61. Roman	585-8
Shelley	André Wiesler	62. Roman	580-3
Matrixfeuer	Hrsg. Beck / Hallmann	63. Anth.	587-2

Born to Run	Stephen Kenson	64. Roman	564-3
Im Namen des Herrn	André Wiesler	65. Roman	594-0
Quickshot	Lara Möller	66. Roman	595-7
Giftmischer	Stephen Kenson	67. Roman	565-0
Wiedergänger	Maike Hallmann	68. Roman	593-3
Feuerzauber	André Wiesler	69. Roman	519-3
Im Fadenkreuz	Petra Prinz	70. Roman	543-8
Kettenhund	Alexander Wichert	71. Roman	548-3
Fallen Angels	Stephen Kenson	72. Roman	549-0
GmbH	Christian Riesslegger	73. Roman	463-9
Machtgelüste	Jason M. Hardy	74. Roman	484-4
Cash Flow	Christian Riesslegger	75. Roman	483-7
Böses Erwachen	André Wiesler	76. Roman	473-8
Der Schattenlehrling	Boris Koch	77. Roman	482-0
Aftershocks	J. Raabe / J. Helfers	78. Roman	485-1
Fatimas Tränen	Alex Wichert	79. Roman	513-1
Für eine Handvoll Daten	Stephen Dedman	80. Roman	571-1
Flammenmeer	Jan-Tobias Kitzel	81. Roman	497-4
Digitaler Albtraum	Thorsten Hunsicker	82. Roman	123-2
BATTLETECH		ISBN 978-3-89064-	
Schrapnell	Hrsg. M. Immig	Anthologie	551-3
Wahnsinn & Methode	Michael Diel	1. Roman	592-6
Clangründer: Abkehr	Randall N. Bills	2. Roman	596-4
Das Schwert und der Dolch	Ardath Mayhar	3. Roman	425-7
Über dem Gesetz	Michael Diel	4. Roman	517-9
Clangründer: Traum	Randall N. Bills	5. Roman	597-1
Die Albatros-Akte	Reinhold H. Mai	6. Roman	526-1
Warrior: En Garde	Michael A. Stackpole	7. Roman	545-2
Warrior: Riposte	Michael A. Stackpole	8. Roman	546-9
Warrior: Coupé	Michael A. Stackpole	9. Roman	547-6
Früchte voll Bitterkeit	Ritter & Schreiber	10. Roman	458-5
Katze unter Bären	Arous Brocken	11. Roman	490-5
Clanwächter	Arous Brocken	12. Roman	491-2
In Ungnade	Chris Hartford	13. Roman	475-2
Mission Kiamba	Arous Brocken	14. Roman	493-6
En Passant	Michael Diel	15. Roman	479-0
Duo Infernale	Carolina Möbis	16. Roman	498-1
Karma	Bernard Craw	17. Roman	454-7
Royal Flush	Carolina Möbis	18. Roman	620-6
Wiege der Basilisken	Reinhold H. Mai	19. Roman	153-9

HARDCOVER			ISBN 978-3-89064-
Sturm über Windhaven	Martin & Tuttle	Roman	531-5
Die Flamme erlischt	George R. R. Martin	Roman	530-8
Dead Man River	George R. R. Martin	Roman	529-2
Die »Eis und Feuer«-Saga:			
Eisenthron	George R. R. Martin	1. Roman	532-2
Königsfehde	George R. R. Martin	2. Roman	533-9
Schwertgewitter	George R. R. Martin	3. Roman	534-6
Krähenfest	George R. R. Martin	4. Roman	535-3

WEITERE TITEL			ISBN 978-3-89064-
Tor der tausend Sonnen	Hanns Kneifel	Roman	602-2
Cugel in der Unterwelt	Michael Shea	Roman	470-7
Cugels Irrfahrten	Jack Vance	Roman	462-2
Das Voynich-Rätsel	Florian F. Marzin	Roman	541-4
Vor Adam	Jack London	Roman	524-7
Am Anfang war das Feuer	J. H. Rosny	Roman	525-4
Der große Heliumkrieg	M.A. Stackpole u. A.	Anthologie	563-6
Lexikon der Fantasy-Literatur	Hrsg. Alpers u. A.		566-7
Galaktische Odyssee	Hanns Kneifel	Roman	603-9
Hanky und der Tausendschläfer	Marvin Roth	Roman	999-3
Hanky und der Mächtige	Marvin Roth	Roman	998-6

Dies ist eine Bibliographie und kein Verzeichnis lieferbarer Titel.
Es ist leider nicht möglich, alle Titel vorrätig zu halten.
Sollten Sie Fragen haben, kontaktieren Sie uns bitte unter

Ulisses Spiele GmbH
Industriestr. 11, 65529 Waldems Steinfischbach,
www.ulisses-spiele.de